Drei Larsen-Krimis auf Amrum

Thomas Meinen

Gewidmet all denen, die Erholung suchen und finden!

Sämtliche Handlungen sind frei erfunden. Etwaige Ähnlichkeiten mit tatsächlichen Begebenheiten oder mit lebenden oder verstorbenen Personen wären rein zufällig.

Impressum:

Texte: Copyright by Thomas Meinen
Bilder: KI-generiert
Umschlaggestaltung: Copyright by Thomas Meinen

Verlag:
Thomas Meinen
Schwester-Macra-Straße 6
63457 Hanau
meinenth@gmail.com

Vertrieb: epubli - ein Service der Neopubli GmbH, Berlin

Min Öömrang Lun

Kapitel 1

Die Leiche lag mitten auf einem Hügel. Den hatten die Wikinger an dieser Stelle bereits vor Tausenden von Jahren hier auf Amrum angelegt. Die Leiche selbst war allerdings noch ganz frisch. Sie wurde erst vor Kurzem hier abgelegt. Ein Dolch steckte tief in der Brust. Der Tote wurde hier vermutlich bewusst abgelegt, drapiert und quasi in Szene gesetzt. Genau so sollte man ihn finden. Aber warum? Polizeihauptkommissar Hauke Larsen begab sich sofort zum Tatort, nachdem ihn Spaziergänger informiert hatten, dass sie eine Leiche gefunden hatten, mitten auf dem Esenhugh, dem größten Steingrab der Wikinger hier auf Amrum. Mit einer Höhe von fast fünf Metern und einem Durchmesser von über 26 Metern musste in dem nordwestlich von Steenodde gelegenen Esenhugh ein bedeutender Mann bestattet gewesen sein.

Larsen kannte sich aus und wusste, wohin er fahren musste. Allerdings konnte er mit seinem Fahrzeug nicht direkt bis zum Fundort fahren. Er stellte sein Auto auf dem nächstgelegenen Parkplatz ab und ging den Rest zu Fuß bis zu dem Punkt, an dem die Leiche liegen sollte. Larsen kletterte den Hügel hinauf und stand nun vor der Leiche und fragte sich: Wer macht so etwas und vor allem warum?“ Schon während der Fahrt dorthin alarmierte er die Polizeidirektion in Flensburg und bat um Unterstützung. Kommissarin Petersen, die an diesem Morgen bereits sehr früh in ihrer Dienststelle in Flensburg war und kurz über den Leichenfund auf Amrum informiert wurde, packte schnell ein paar Sachen in eine kleine Reisetasche,

die für alle Fälle immer bereitstand und machte sich gleich auf den Weg. Allerdings musste sie zunächst mal von Flensburg nach Dagebüll, um von dort mit der Fähre nach Amrum überzusetzen. Das war ziemlich umständlich und kostete viel Zeit.

Kriminalkommissarin Wiebke Petersen von der Polizeidirektion Flensburg, in deren Zuständigkeitsbereich auch Amrum lag, war noch ziemlich jung, nicht ganz 30 Jahre alt. Trotzdem hatte sie bereits viel Erfahrung in ihrem Beruf. Dazu war sie nicht unattraktiv, um nicht zu sagen, dass sie verdammt gut aussah. Das half ihr zwar manchmal in ihrem Job, konnte aber auch dazu führen, dass so mancher sie nicht richtig ernst nahm und ihr nicht den nötigen Respekt entgegenbrachte. Den verschaffte sie sich allerdings sehr schnell durch ihr Fachwissen und energisches Auftreten. Sie hatte direkt nach ihrem Abitur bei der Landespolizei Schleswig-Holstein ein dreijähriges Studium in Altenholz bei Kiel absolviert.

Das Studium, fand sie, war abwechslungsreich und beinhaltete neben viel Theorie auch jede Menge Praxis. Mit Mitte zwanzig wurde sie bereits befördert und war seitdem, wenn es um Kapitalverbrechen ging, also Mord und Totschlag, wie in diesem Fall auch, ermittelnde Kommissarin. Sie war nicht das erste Mal auf einer der nordfriesischen Inseln. So wusste sie zumindest auch, dass dort eine eigene Sprache gesprochen wurde. Auf Amrum Öömrang, auf der Nachbarinsel Föhr Fering und auf Sylt Sölring. Das war allerdings auch schon alles, was die Kommissarin darüber wusste. Die Dialekte beherrschte sie nicht im Entferntesten. Verstehen war nicht möglich und sprechen schon gar nicht.

Nachdem Larsen die Situation zunächst einmal in Augenschein genommen hatte, bat er seinen Kollegen, die Stellung zu halten und die Schaulustigen, die sich hier mittlerweile versammelt hatten, vom Tatort fernzuhalten. Larsen machte sich auf den Weg nach Wittdün, um die Flensburger Kollegin dort am Fähranleger abzuholen. Pünktlich um 9.15 Uhr lief die Fähre im Fährhafen ein. Polizeihauptkommissar Larsen kannte die Kollegin vom Festland nicht und wusste deshalb auch nicht, wie sie aussah. Larsen dagegen war in seiner Uniform natürlich nicht zu übersehen. Er war gespannt, wer da wohl auf ihn zukam. Jetzt in der Hauptsaison kamen viele Touristen auf die Insel. Es dauerte also eine Weile, bis alle von Bord waren. Larsen lehnte derweil an seinem Fahrzeug und wartete geduldig.

Morgennebel hüllte die Insel ein, der sich aber bald auflöste. Trotzdem fand die Fähre immer wieder ihren Weg und man konnte die Uhr nach ihr stellen, wenn man denn wollte. Irgendwann kam auch die Kommissarin von Bord und ging direkt auf das Einsatzfahrzeug zu. „Sie sind bestimmt Polizeihauptkommissar Larsen“, sprach ihn eine junge Dame an. „Ja, und Sie sind?“, fragte Larsen und schaute dabei etwas verdutzt aus der Wäsche. „Kommissarin Wiebke Petersen aus Flensburg. Sie hatten um Unterstützung gebeten“, antwortete sie. „Na, ja“, murmelte Larsen. „Herzlich willkommen auf Amrum“, schob er gleich hinterher. Glücklich war er mit der Situation nicht. Nicht nur, dass ziemlich viel Zeit drauf ging, bis jemand aus Flensburg hier anrückte. Im Zuge der Restrukturierung, so nannte sich das, der Polizeidienststellenstruktur im Bereich Nordfriesland gab es verschiedene Veränderungen mit weitreichenden Folgen. Für die Insel Amrum bedeutete diese Neuorganisation sogar eine große und für die Betroffenen unangenehme Veränderung. Denn nun handelte es sich nicht mehr um eine Polizeistation Amrum, sondern um die Polizeistation Wyk auf Föhr, Zweigstelle Nebel.

Die Eigenverantwortung für die Polizisten auf Amrum wurde ihnen damit genommen. Die Krönung des Ganzen war, dass sie die Amrumer wie aus dem Nichts traf. Vorher kein Wort. Sie wurden quasi überrumpelt und vor vollendete Tatsachen gestellt. Natürlich tat Larsen weiterhin seinen Dienst, wie man es von ihm erwartete. Aber tief im Innern war er doch sehr enttäuscht und diese Veränderung hatte nicht gerade zu einem, sagen wir, Motivationsschub beigetragen.

„Lassen Sie uns losfahren“, meinte Kommissarin Petersen und stieg in das Auto ein. Larsen verstaute derweil ihr Gepäck, eine kleine Reisetasche, im Kofferraum des Fahrzeugs. „Sie können mir auf der Fahrt berichten. Was wissen wir bis jetzt?“, fragte Petersen, nachdem sie losgefahren waren, und schaute Larsen dabei direkt an. Der antwortete kurz und knapp: „Wie das Opfer heißt, hieß, wissen wir noch nicht. Er hatte keine Papiere bei sich. Wäre in den Klamotten aber auch schwierig gewesen.“ „Wieso“, fragte Petersen. „Wenn Sie ihn sehen, werden Sie wissen, was ich meine“, gab Larsen zurück. „In seiner Brust steckte eine Art Dolch oder Messer. Das ist im Moment alles.“ Am Tatort angekommen, gingen sie ein

Stück und stiegen dann den Hügel hinauf zu der Leiche.

Kapitel 2

Der Hügel konnte über eine angelegte Treppe bestiegen werden. Oben angekommen, warf Petersen einen Blick auf den Toten und wusste nun, was Larsen meinte, als er sagte, warum der Tote keine Papiere bei sich hatte. „Was ist mit der Spurensicherung?“, fragte Petersen ihren Kollegen. Die war noch nicht vor Ort gewesen und hatte Fundort und Leiche noch nicht in Augenschein nehmen können, waren aber bereits auf dem Weg. „Was ist Ihre Einschätzung, wie es passiert sein könnte?", fragte Petersen. Sie spürte, dass Larsen über ihren Aufenthalt hier nicht gerade erfreut war. Mit dieser Frage wollte sie deshalb etwas Druck aus der Situation nehmen und Polizeihauptkommissar Larsen das Gefühl geben, dass er ernst genommen würde. Aber genau das Gegenteil passierte und Larsen gab angesäuert zurück: „Sie sind doch der Boss und wissen es bestimmt besser als ein normaler Polizeibeamter wie ich.“

Das hatte gesessen. Petersen errötete leicht und ihr war bewusst, dass sie etwas über das Ziel hinaus geschossen war. Aber sie konnte seine Reaktion irgendwie auch verstehen. Die jetzige Situation kam in gewisser Weise ja auch einer Degradierung gleich. Als sie am Fundort der Leiche ankamen, fragte Petersen: „Wo sind wir hier eigentlich, Larsen? Wie heißt das hier?“ „Wir sind hier am Esenhugh, dem größten Grabhügel der Insel. Er soll, soweit ich weiß, aus der Bronzezeit stammen, ist allerdings leer geräumt. Die Grabbeigaben sind im Museum auf Föhr zu bestaunen. Mit seinen fünf Metern Höhe diente er immer auch als Aussichtspunkt. Sogar Künstler wie Paula Modersohn-Becker und ihr Mann saßen hier schon mit Pinsel, Palette und Zeichenstift. Es gibt sogar ein Bild, das heißt „Ziegen auf Amrum". Darauf sieht man einen Hütejungen, der vermutlich hier auf dem Esenhugh sitzt und von oben seine Herde bewacht", wusste Larsen über den Ort des Verbrechens zu berichten. „Das Ganze hat schon etwas Mystisches an sich, finden Sie nicht auch?" „Da haben Sie wohl recht. Woher wissen Sie das eigentlich alles?", fragte Petersen erstaunt über die Antwort. „Woher? Nun, ich bin hier auf Amrum geboren und aufgewachsen. Nicht hier in Norddorf, sondern am anderen Ende. Da weiß man so was natürlich, Frau Kommissarin."

„Wer hat den Toten eigentlich gefunden?", wollte Petersen nach dieser kurzen Exkursion in die Geschichte Amrums wissen. „Spaziergänger, die hier vorbeigekommen waren, um sich den Grabhügel anzusehen", erwiderte Larsen. Ständig diese Fragen. Das ging ihm ziemlich auf die Nerven. Früher hätten er und seine Kollegen das alles alleine gemacht. Jetzt musste er sich gefallen lassen, die Ermittlungen aus der Hand zu geben, und war gefühlt quasi nur noch für die niederen Aufgaben zuständig. „Hätten wir das auch geklärt", knurrte er noch hinterher.

Sie beugten sich abermals über den Toten. Wie aus einer anderen Zeit gefallen sah er aus. Gekleidet war der Tote mit einer Tunika. Die reichte vom Hals bis zu den Knien und wurde mit einem Gürtel in der Taille zusammengehalten. Sie bestand aus rechteckigen Stoffstücken, die an den Seiten zusammengenäht wurden. Die Ärmel waren direkt angesetzt und dann angenäht. Die Tunika des Toten bestand wohl aus Wolle, die bei den Wikingern besonders beliebt war, da sie warm hielt und wasserabweisend war, ideal für das nordische Klima. Unter der Tunika trug der Tote eine lange Hose, die bis zu den Knöcheln reichte und ebenfalls warm halten sollte. „Das muss man mögen“, dachte sich Larsen, immerhin war es gerade sommerlich warm.

Zu allem Überfluss trug die Leiche auch noch einen Umhang. Eigentlich war der nicht nur praktisch zum Schutz vor Kälte und Nässe, sondern diente auch als ein wichtiges Statussymbol. Das hatte Larsen damals in der Schule gelernt. Dort beschäftigte man sich natürlich mit den Wikingern, die einmal die Insel besiedelten. Dazu trug der Tote noch Schuhe aus Leder, die am häufigsten getragene Fußbekleidung bei den Wikingern. Larsen und seine Kollegin sahen sich an und wie aus einem Mund sagten beide gleichzeitig: „Warum? Warum zieht sich jemand im 21. Jahrhundert so an?“

Der Dolch in seiner Brust war nicht irgendein Messer. Es war eine Rekonstruktion eines typischen, frühmittelalterlichen Kurzsaxmessers, wie sie bei verschiedenen germanischen Stämmen beliebt waren. Diese Messer wurden nicht nur als Waffe benutzt, sondern taten ihren Dienst auch als Schneid- und Schnitzmesser. Der Griff bestand aus Knochen. Larsen hatte mit seinem Handy natürlich Fotos von dem Toten und der Tatwaffe gemacht und glich die später in der Dienststelle mit ähnlichen Bildern von Waffen der Wikinger am Computer ab. „Bei diesem Wetter muss der Tote wohl ziemlich streng gerochen haben“, meinte Kommissarin Petersen und musste trotz der ernsten Situation doch etwas schmunzeln. Larsen dagegen fand das nicht wirklich witzig. Er war jemand, der immer, oder sagen wir, oft pragmatisch und sachlich an die Sache heranging. Das hatte er auf der Polizeischule schließlich so gelernt. In Fernsehserien waren die Polizisten in den allermeisten Fällen nur Statisten, die für die Kommissare das Absperrband hochhielten, damit die sich nicht bücken mussten. Darüber konnte er sich ziemlich aufregen. Wenn er das sah, stellten sich ihm jedes Mal die Nackenhaare auf.

Die Kommissare waren dazu meistens noch ortsfremd und hatten deshalb auch selten einen persönlichen Bezug zu der Handlung und den Betroffenen. Diese Distanz mochte in manchen Fällen hilfreich sein, für Larsen war das nichts. Die einzige Fernsehsendung, die ihm gefiel, war die mit Klaus Löwitsch als Polizeihauptmeister Reinhold Dietze. Der hemdsärmelige Typ in der Hauptrolle war so ganz nach seinem Geschmack. Aber das war lange her.

Larsen und seine Kollegin sahen sich an und wie aus einem Mund sagten beide gleichzeitig: „Warum?“ Warum zog sich jemand im 21. Jahrhundert so an? „Da wird sich die Spurensicherung freuen“, dachte Larsen. Der Hügel wurde von vielen Menschen besucht. Deshalb konnte man keine eindeutigen Täterspuren erkennen. Es waren einfach zu viele, dazu noch unterschiedlich in Größe und

Aussehen. Larsen und sein Team hofften also darauf, dass es Zeugen gab, die etwas beobachtet hatten. Jetzt, da die Saison gestartet war und viele Touristen auf der Insel waren, standen die Chancen gar nicht so schlecht, jemanden zu finden, zumal das Opfer ja recht auffällig gekleidet war.

Kapitel 3

Nach einer Weile fragte Kommissarin Petersen: „Sind Sie und der Kollege eigentlich alleine hier auf der Insel?" „Eigentlich nicht", antwortete Larsen und griff gleich zum Handy und rief seinen Kollegen an. Polizeioberkommissar Abbo Nissen ging mal wieder seiner Lieblingsbeschäftigung nach und saß vermutlich, wie fast jeden Tag, für ein zweites Frühstück auf einer Bank am Wasser und biss im Moment wahrscheinlich genüsslich in ein Fischbrötchen mit einer extra Portion Zwiebeln. Immerhin aß er es dankenswerterweise draußen. Trotzdem stank Abbo danach immer wie ein Otter. „Abbo Nissen am Apparat. Mit wem habe ich es zutun?", sagte er wohl. Genau konnte man das aber nicht verstehen, da er noch an seinem Fischbrötchen herumkaute. „Nissen, wo bist du? Komm sofort her. Zum Esenhugh. Dein Fischbrötchen kannst du später weiteressen", meinte Larsen etwas angefasst.

„Bin gleich da", murmelte Abbo, aß sein Fischbrötchen trotzdem erst einmal in Ruhe auf. Anschließend machte er sich auf den Weg und nur zehn Minuten später war er bereits vor Ort. Nach einer kurzen Begrüßung blickte Abbo auf die Leiche. „Wie ist das denn passiert?" „Wenn ich das wüsste. Die Spurensicherung wird hoffentlich jeden Moment hier eintreffen. Dann sind wir schlauer“, erwiderte Larsen. Abbo blickte auf seine Uhr. „Die nächste Fähre kommt so bald nicht“, meinte er. „Die Kolleginnen und Kollegen werden eingeflogen. Das geht schneller“, meinte Larsen und blickte dabei Kommissarin Petersen vielsagend an. Das Team der Spurensicherung kam mit dem Hubschrauber am Hubschrauberlandeplatz in Nebel an. Ganz in der Nähe der Fachklinik Satteldüne, einer Einrichtung für Atemwegserkrankungen.

„Warum sind Sie eigentlich nicht auch mit dem Heli gekommen?“, wollte Larsen wissen. „Das geht Sie zwar nichts an, aber wenn Sie es genau wissen wollen. Mir wird schlecht in diesen Dingern. Außerdem sind die Helikopter fürchterlich laut und ich bin etwas geräuschempfindlich“, sagte sie kurz und schob hinterher. „So, jetzt wissen Sie‘s.“ Die Stimmung zwischen den beiden schien etwas gereizt. Das merkte auch sein Kollege Abbo Nissen. Hier begegneten sich wohl zwei starke Persönlichkeiten, und das Aufeinandertreffen der beiden war schon deshalb nicht ganz einfach. Mit einer deutlich jüngeren Kollegin, die noch dazu seine Chefin war, zusammenzuarbeiten, war für Larsen schon eine Herausforderung.

Kapitel 4

Hauke Larsen war auf Amrum geboren und aufgewachsen. Er kannte hier jeden. Da war es sicher nicht immer leicht, die nötige Distanz zu wahren. Dennoch ließ er niemandem etwas durchgehen, wenn es gegen das Gesetz war. Hauke Larsen machte seinen mittleren Bildungsabschluss an der Öömrang Skuul in Nebel und meldete sich im Anschluss freiwillig zum Wehrdienst, den er in Albersdorf, einer Gemeinde im Osten des Kreises Dithmarschen in Schleswig-Holstein, beim Feldartilleriebataillon 61 absolvierte. Nachdem es 1996 aufgelöst wurde, quittierte er seinen Dienst im Rang eines Feldwebels und ging zur Polizei. Larsen war mit seinen fast 50 Jahren noch immer leidenschaftlicher Polizist und bereits seit über 25 Jahren dabei. Seine Ausbildung für den mittleren Dienst dauerte zweieinhalb Jahre. Dazu war er bei der Bereitschaftspolizei in Eutin. Während der Ausbildung wohnten alle Polizeimeisteranwärter in einer Gemeinschaftsunterkunft. Dort ist ihm wahrscheinlich irgendwann auch sein Kollege Abbo Nissen über den Weg gelaufen, der knapp zwei Jahre später nach Eutin kam. Erinnern konnte er sich an ihn jedenfalls nicht. Dazu waren damals einfach zu viele Kolleginnen und Kollegen dort.

Heute sah das leider nicht mehr so aus. Auch die Polizei hatte Nachwuchssorgen. Eigentlich kein Wunder. Schließlich waren sie in gewisser Weise die Prügelknaben, die ihren Kopf für alles hinhalten mussten, wenn es nicht so lief. Außerdem brachten die Menschen nicht mehr den nötigen Respekt gegenüber der Polizei mit. Oft wurden sie sogar selbst Opfer von Gewalt. Es war also trotz ihrer Ausbildung, dazu gehörte neben polizeifachlichem Unterricht wie Strafrecht, Verkehrsrecht oder Eingriffsrecht auch allgemeinbildende Fächer, also Deutsch, Öömrang war leider nicht dabei, und Englisch oder Politik, nicht einfacher geworden.

Sein Dienstjubiläum feierte er fast auf den Tag genau vor einem Jahr. Und seit 22 Jahren tat er nun schon seinen Dienst auf der Insel. Larsen war bekannt für seine ruhige, besonnene Art. Er war groß und kräftig mit einem wettergegerbten Gesicht, dem man ansah, dass er viel im Freien unterwegs war. Sein kurzes, graues Haar stand oft etwas zerzaust vom Wind, und seine blauen Augen strahlten sowohl Autorität als auch Herzlichkeit aus. Mittlerweile hatte er sogar etwas Ähnlichkeit mit dem hemdsärmeligen Polizeihauptmeister aus den Tatortkrimis von damals. Denn mit seiner Dienstkleidung nahm er es auch nicht so genau. Das war aber reiner Zufall.

Er hatte stets ein offenes Ohr für die Sorgen der Insulaner und war bereit, ihnen zu helfen. In seiner Freizeit liebte Larsen es, lange Spaziergänge am Strand zu machen. Als begeisterter Naturfreund nutzte er jede Gelegenheit, um die Schönheit der Insel zu erkunden. Außerdem war er Mitglied des örtlichen Fußballvereins und spielte gelegentlich mit Freunden ein Spiel, um fit zu bleiben, aber auch, um den Kontakt zur Gemeinschaft zu pflegen. Larsen war sicher kein Kulinariker. Bodenständig, lecker und einfach, das war sein Geschmack. Ab und zu mochte auch er mal ein Brötchen, so zwischendurch. Allerdings mit Fisch vom Kutter. Das war genau sein Ding: regional, saisonal, fair und nachhaltig.

Deshalb kam für ihn nur ein Krabbenfischer infrage, der seine Ware fangfrisch direkt vom Kutter verkaufte. Auf der Insel gab es einige, die leckeren Fisch im Angebot hatten, Larsen zog es aber zum Seezeichenhafen des Wasser- und Schifffahrtsamtes in Wittdün. Dort wurden die

Krabben in einem Mehrkorn- oder Roggenbrötchen angeboten. Die wurden zunächst halbiert und jede Hälfte mit Butter bestrichen. Die Salatblätter auf den Brötchen wurden vorher kalt abgespült, trocken geschleudert und grob zerteilt. Wer mochte, konnte statt der Butter auch Remoulade oder Mayonnaise auf die Brötchenhälften schmieren. Larsen hingegen aß sein Brötchen nur mit Butter, weil Remoulade oder Mayonnaise auf dem Krabbenbrötchen seiner Meinung nach den würzigen, leicht süßlichen Geschmack der Nordseekrabben überdecken würden.

Kapitel 5

Seine Erfahrung machte Larsen zu einem ausgezeichneten Ermittler, der auch in schwierigen Situationen einen kühlen Kopf bewahrte. Er hatte einen scharfen Verstand und ein gutes Gespür für Menschen, was ihm in seiner Arbeit half und ihn besonders auszeichnete. Als Polizeihauptkommissar auf der Insel hatte Larsen mit verschiedenen Herausforderungen zu kämpfen, von saisonalen Touristenproblemen bis hin zu gelegentlichen Kriminalfällen, die die ruhige Idylle störten. Er war jedoch entschlossen, stets die Sicherheit der Inselbewohner zu gewährleisten. Dieser neue Fall war allerdings auch für ihn eine Herausforderung. Eine Leiche sah man schließlich nicht alle Tage, schon gar nicht auf Amrum.

Larsens Familie lebte in Steenodde, einem kleinen Örtchen an der Südspitze der Insel, von dem man sagte, dass alle Amrumer gerne dort leben würden. Der Ortsname bedeutete `Steinspitze´ beziehungsweise `Landzunge´. Das eigentliche Dorf entstand erst 1721 an dieser windgeschützten Bucht am Wattenmeer, die sich seit jeher gut als Ankerplatz eignete. Hier auf Amrum spielte die Fischerei im Gegensatz zur Seefahrt auf Walfang- und Handelsschiffen nie eine bedeutende Rolle. In Steenodde jedoch war das anders. Hier lebten in früheren Zeiten einige Fischer, vor allem Austernfischer. Außerdem war das selbst in der Hochsaison so beschauliche Steenodde lange Zeit Amrums einziger Hafen.

Larsen war einer der wenigen noch Verbliebenen hier auf der Insel, die Öömrang, einen Dialekt der nordfriesischen Sprache, der nur auf Amrum gesprochen wurde, noch beherrschten. Das brachte ihm allerdings viele Vorteile. Denn durch die Sprache hatte er einen besseren Zugang zu den Menschen auf der Insel, zumindest zu denen, die ebenfalls noch Öömrang beherrschten. So konnte er die Distanz zu den Menschen trotz seiner Uniform aufheben. Wer Öömrang beherrschte, erfuhr viel über die Seele der kleinen Insel im nordfriesischen Wattenmeer. Damit signalisierte er: `ich bin einer von euch´ und die Leute mochten ihn deshalb, respektierten ihn aber auch. Denn trotz aller Nähe musste er manchmal auch durchgreifen können.

Und das taten er und sein Kollege Abbo Nissen auch, wenn es sein musste. Allerdings war der nicht gerade von Ehrgeiz getrieben und ließ es eher langsam angehen. Larsen musste ihn deshalb immer etwas „anschieben“, damit er in Gang kam. Dass seine Dienststelle nicht mehr eigenverantwortlich arbeitete und nur noch als Zweigstelle fungierte, störte Abbo Nissen ehrlich gesagt nicht sonderlich. So konnte er einfach abwarten, bis ihm jemand sagte, was er zu tun hatte. Das Abwarten allerdings beherrschte er sehr gut. Abbo war mittelgroß mit einer stabilen Statur. Sein leicht grau meliertes Haar trug er im Gegensatz zu seinem Kollegen stets ordentlich gekämmt, und seine blauen Augen strahlten eine Mischung aus Gelassenheit und Erfahrung aus. Er hatte ein freundliches, wenn auch etwas wettergegerbtes Gesicht, das von vielen Tagen an der frischen Luft zeugte. In seiner Freizeit trug er gerne lässige Hemden und Shorts, aber im Dienst sah man ihn in einer gut sitzenden Polizeiuniform, die ihm ein Gefühl von Autorität verlieh, ohne dabei übertrieben streng zu wirken.

Der Dienst auf der Insel war für Abbo wie geschaffen. Hier ging es in der Regel gemächlich zu, und seine Hauptaufgaben bestanden darin, die Sicherheit der Inselbewohner zu gewährleisten und bei Bedarf kleine Streitereien zu schlichten. Er patrouillierte oft auch mit dem Fahrrad entlang der Küstenwege, genoss die frische Seeluft und freute sich auf das nächste Fischbrötchen. Abbo hatte wie Larsen eine enge Verbindung zur Gemeinschaft und organisierte ab und zu kleine Feste, um die Nachbarn zusammenzubringen. Er war bekannt für seine Grillabende, bei denen es oft Geschichten aus seiner Polizeilaufbahn gab, natürlich immer mit einem Augenzwinkern und einer Prise Humor.

SPURENSICHERUNG
POLIZEI

Kapitel 6

Die Spurensicherung war inzwischen von Nebel aus auch am Fundort der Leiche eingetroffen und begann sofort mit ihrer Arbeit. Die Kriminaltechniker, mit weißen Schutzanzügen bekleidet, zogen sich gleich Einmalhandschuhe über und holten das mitgebrachte Equipment aus den Koffern. Bevor sie begannen, fand zuerst eine kurze Besprechung statt. Dabei wurde festgelegt, in welcher Reihenfolge der Einsatzort untersucht wird. Denn manchmal war es unumgänglich, Veränderungen vorzunehmen. Außerdem gab es eine sogenannte Spurenkonferenz, die die Methoden für die Untersuchung definierte. Erst dann begannen sie mit ihrer Arbeit und versuchten, wertvolle Spuren zu sichern, die für die Aufklärung der Straftat unverzichtbar war. Das war allerdings nicht leicht und die Spurensicherung hatte alle Hände voll zu tun.

Da der Hügel gerade in dieser Jahreszeit von vielen Menschen besucht wurde, konnte man keine eindeutigen Täterspuren erkennen. Es waren einfach zu viele, dazu noch unterschiedlich in Größe und Aussehen. Larsen hoffte also darauf, dass es Zeugen gab, die etwas beobachtet hatten. Jetzt, da die Saison gestartet war und viele Touristen auf der Insel waren, standen die Chancen gar nicht so schlecht, Personen zu finden, die etwas gesehen oder gehört hatten, zumal das Opfer recht auffällig gekleidet war. Das jedenfalls hofften die Beamten. Zur Untersuchung gehörte auch, den Tatort zu vermessen. Daneben sicherte die Spurensicherung Beweismittel wie Blutspuren und Fasern, erstellte Abdrücke und nahm Proben. Auch Fotos und Videos halfen ihnen, Beweise zu dokumentieren.

Doch mit der Sicherung der Spuren vor Ort war die Arbeit noch lange nicht getan, wusste Larsen, der sich vor ein paar Jahren auch einmal für Kriminaltechnik interessiert hatte, es dann aber doch vorzog, seinen Polizeidienst fortzusetzen. Denn die nachfolgende Arbeit im Labor und im Büro war nichts für ihn. Schließlich mussten die Daten ausgewertet, in einem Gutachten zusammengefasst und in die Datenbank eingetragen werden. Die Damen und Herren von der Kriminaltechnik begannen damit, zunächst einmal wie in den Filmen den Fundort mit besagtem Absperrband großzügig abzusperren. Larsen wusste auch, dass die Spusi nach der „Anleitung Tatortarbeit - Spuren", kurz ATOS, vorging. Dabei ging es unter anderem darum, dass keine neuen Spuren hinzukamen. Also wurde der Zutritt zum Fundort eingeschränkt.

Nur, wer unbedingt musste, durfte hinter die Absperrung. Außerdem wurde genau protokolliert, wer welchen Raum betreten und wer welche Veränderungen vorgenommen hatte. Die Kollegen von der Spurensicherung stellten einen Faltpavillon auf, um einerseits den Fundort vor neugierigen Blicken zu schützen, aber auch aus Gründen des Wetterschutzes und um die Spuren zu schützen. Sie setzten dabei naturwissenschaftliche Verfahren ein, um Details einer Straftat aufzuspüren und zu erkennen. Damit unterstützten sie nicht nur die Ermittlungen der Kriminalpolizei, sondern konnten auch dazu beitragen, dass ein Gericht anhand eindeutiger Spuren über eine Verurteilung oder einen Freispruch entscheiden konnte. Eine sehr verantwortungsvolle Arbeit. Das wusste Larsen.

Während die Kriminaltechniker ihre Arbeit verrichteten,

schaute Larsen sehr gespannt zu. Dabei glaubte er, einen der Beamten wiederzuerkennen. „Hallo, wie geht es dir, Jens“, fragte Larsen den Kollegen. Der schaute ihn fragend an. „Kennst mich wohl nicht mehr? Vor fünf Jahren wollte ich auch mal zu euch ins Team. Larsen. Hauke Larsen.“ Jens Jensen, einer der Kriminaltechniker, schaute ihn an. Plötzlich kam die Erinnerung zurück. „Ja, Mensch, Hauke. Jetzt erinnere ich mich. Ich habe in den Fortbildungen schon so viele Leute gesehen. Sorry, dass ich dich nicht gleich erkannt habe.“ „Keine Sorge“, meinte Larsen. „Ich frag dich jetzt nicht, ob du schon was sagen kannst. Ich warte auf euren Bericht.“ „Danke, Hauke“, meinte der Kriminaltechniker und ging zurück an seinen `Arbeitsplatz´. „Du weißt Bescheid.“

Um die Leiche zeitnah obduzieren zu können, fragte Larsen im Amrumer Bestattungsinstitut in Norddorf nach, ob die Damen und Herren der Kriminaltechnik die Räumlichkeiten des Instituts nutzen könnten, um die Leiche dort zu untersuchen. Alles andere wäre zu kompliziert und zeitaufwendig gewesen. Dort war man ziemlich überrascht über die nicht alltägliche Anfrage, aber auch neugierig, wie das ablaufen würde.

Einige Zeit später kamen die Leute von der Kriminaltechnik dann mit dem Toten vorbei und legten ihn auf einen bereits blank gescheuerten Tisch. Eine zwischenzeitlich herbeigerufene Gerichtsmedizinerin untersuchte daraufhin den Leichnam nach Spuren und Anzeichen von Fremdeinwirkung. Dazu benutzte sie eine Reihe von Scheren, Schöpfkellen, Pinzette, Messer und mehrere Metall-Stifte, von denen man nicht wissen möchte, wofür sie gut sind und eine Kneifzange, die sie im Baumarkt gekauft hatte, weil dieses Werkzeug nur ein Zehntel des entsprechenden medizinischen Gerätes kostete. Sie diente ihr als Rippenschere. Im Anschluss an die Untersuchung musste der Tote noch im Institut verbleiben, zumindest bis zur Freigabe. Dazu mussten aber erst alle Spuren ausgewertet werden. Das würde allerdings eine Weile dauern.

Kapitel 7

„Wir können hier im Moment wohl nicht mehr tun", ergriff Kommissarin Petersen das Wort, nachdem sie mit einem der Kriminaltechniker gesprochen hatte. „Lassen Sie uns zu ihrer Dienststelle fahren", sagte sie und stieg wie selbstverständlich auf der Beifahrerseite ein, während sich die beiden anderen Kollegen auf die Rückbank setzten. Eigentlich war Larsen froh, dass Abbo sich auf die Rückbank setzen musste. So hatte er wenigstens nicht ständig den Geruch von Fisch und Zwiebeln in der Nase. „Hast du noch mit den Zeugen sprechen können und ihre Aussagen aufgenommen, Abbo?", fragte Larsen seinen Kollegen. „Hab alles notiert, Chef", meinte der.

In Nebel im Sanghughwai angekommen, stiegen sie aus dem Fahrzeug. Larsen ließ das Gepäck von der Kriminalkommissarin im Kofferraum. Kofferträger war er schließlich nicht, sondern Dienststellenleiter. Basta. Petersen rief ihm noch zu: „Das Gepäck können Sie ruhig im Auto lassen. Vielleicht nehmen Sie aber die Tasche mit dem Laptop heraus. Danke." Larsen merkte, wie die Nackenhaare begannen, sich aufzustellen. Trotzdem ging er zum Kofferraum und holte die Tasche heraus. Die Polizeistation befand sich in einem Backsteingebäude, ziemlich unspektakulär. Nur ein kleines Schild links neben der Eingangstür ließ erkennen, dass es sich um eine Polizeistation handelte. „Willkommen in der Polizeistation Wyk auf Föhr", knirschte Larsen und schob noch ein leises „Zweigstelle Nebel, treten Sie näher", hinterher. Kommissarin Petersen setzte sich gleich an den nächsten Schreibtisch und kramte ihren Laptop aus der Tasche. Larsen schluckte, als er das sah, und wollte gerade lospoltern, als Petersen aufstand und sich entschuldigte. „Ich war gerade in Gedanken und hab mich einfach irgendwo hingesetzt. Tut mir leid. Darf ich hier sitzen bleiben?" „Selbstverständlich", antwortete Larsen und biss sich dabei in Gedanken auf die Zunge.

„Setzt sich einfach auf meinen Platz, ohne zu fragen", dachte er. Na, ja. Wenigstens hatte sie sich dafür entschuldigt. „Wir haben hier übrigens auch WLAN, falls Sie ins Internet wollen", meinte Larsen. „Das Passwort steht auf dem Zettel unter dem Mousepad." „Da ist es bestimmt sicher aufgehoben", erwiderte Petersen in einem Ton, den Larsen verstanden hatte. „Ich werde den Zettel wohl an einem anderen Ort aufbewahren." Petersen gab das Passwort ein und war direkt mit dem Internet verbunden. Sie begann mit der Suche nach ähnlichen Fällen in den ihr zugänglichen Quellen. „Wir brauchen unbedingt einen Namen. Und zwar schnell, sonst kommen wir hier nicht weiter", murmelte sie, mehr für sich. „Wir müssen außerdem wissen, wo der Tote hier auf der Insel gewohnt hat. Dort wird sich vielleicht ein Hinweis auf seine Identität finden lassen“, meinte Petersen.

Larsen setzte sich gleich an seinen Computer, fluchte erst einmal, wie immer, weil es gefühlt ewig dauerte, bis der PC überhaupt einsatzbereit war. Nachdem der Computer dann endlich soweit war, dass man mit ihm arbeiten konnte, loggte Larsen sich zunächst mal in das Polizeiportal ein. „Ich danke dir, dass du es doch noch geschafft hast und mich meine Arbeit machen lässt“, sprach Larsen zu seinem PC und streichelte den Bildschirm. Wenn ihn in diesem Moment jemand gesehen hätte, hätte wahrscheinlich an seinem Verstand gezweifelt. Ihm fiel ein, dass es in den Dünen ein Lager gab, das von „Wikingern“ bewohnt war. Sie kamen und gingen. Soweit er wusste, war niemand von der Insel dabei.

Ausschließlich vom Festland kamen sie, um auf der Insel ihre Rituale zu begehen. „Jedem Tierchen sein Pläsierchen“, dachte Larsen. Solange die keinen Unfug oder gar Schlimmeres anstellten, gab es keinen Anlass, in irgendeiner Form einzugreifen. Hätte er vielleicht doch früher einmal nachschauen sollen, was da so passierte? Nein. Nur weil es nicht in den Rahmen passte, wäre es nicht richtig gewesen, die Leute zu kontrollieren. Schließlich lebten sie nicht in einem Polizeistaat. Jetzt musste er wohl doch einmal vorbeischauen. Mit Sicherheit würde er dort einen Hinweis auf die Identität des Opfers bekommen. Larsen erzählte Petersen von dem Lager und dass er dort hinfahren würde, um die Leute zu befragen.

Kapitel 8

Larsen fuhr also mit seinem Auto so dicht wie möglich an das Lager der Wikinger heran, um die Leute zu befragen. Sie nannten sich die„Gruppe-Heimdall“, was so viel bedeutete wie „Wächter der Götter und Besitzer des Gjallarhorns“, einem laut tönenden Horn aus der germanischen Mythologie. Einige von ihnen ließen es sich sogar auf den Arm tätowieren. Ihr Lager bauten sie auf einem Campingplatz in den Dünen auf, umgeben von der atemberaubenden Weite der Amrumer Dünen. Um die Zelte herum waren sie mit verschiedenen Aktivitäten beschäftigt, die dem täglichen Leben der Wikinger dienten. Einige von ihnen stellten Werkzeuge, Waffen, Schmuck und Alltagsgegenstände her. Andere bereiteten Essen zu, denn man wusste, dass die Zubereitung von Mahlzeiten ein zentraler Bestandteil des Lebens im Lager der Wikinger war. Sie kochten über offenem Feuer und bereiteten Fleisch, Fisch, Gemüse und Brot zu.

Es roch schon verdammt lecker, musste Larsen zugeben, obwohl es doch eher die schlichten Zutaten beim Kochen waren. Es wurde zur Zeit der Wikinger viel mit Kräutern und Kohl, aber auch mit Hirse und Korn gekocht. Kartoffeln gab es zur Zeit der Wikinger noch nicht in Europa. Die kamen bekanntlich erst später aus Südamerika. Das wussten die Pseudo-Wikinger natürlich auch. Deshalb verzichteten sie ebenfalls darauf.

Er ging auf einen Mann zu, der gerade damit beschäftigt war, den Griff einer Axt zu reparieren. Auch er trug Wikingerkleidung. Lange Haare und ein Vollbart rundeten die Figur ab. So stellte man sich einen echten Wikinger vor. „Entschuldigung“, sprach Larsen den Mann an. „Kennen Sie diesen Mann?“, dabei zeigte er ihm das Foto des Toten. „Klar. Das ist Andreas“, erwiderte der Mann. „Ist was mit ihm passiert?“ „Andreas. Und wie weiter?“, wollte Larsen wissen. „Andreas. Ich kenne nur seinen Vornamen. Was ist mit ihm?“ „Er ist tot“, antwortete Larsen und sah, wie der Mann blass wurde. „Wer kann mir vielleicht mehr über diesen Andreas erzählen?“., wollte Larsen wissen. „Wenn jemand was weiß, dann der Jarl“, meinte der Mann und deutete in Richtung eines Zeltes. „Wie heißt der Mann, Jarl?“, fragte Larsen. „Jarl ist kein Name, sondern ein Titel. Er ist der Anführer, der Chef des Lagers, wenn Sie so wollen.“ „Verstehe“, sagte Larsen und ging weiter. „Ach“, hielt er noch einmal kurz an. „Und wie heißt dieser Jarl?“. „Hauke Olafson“, war die Antwort. Hauke Olafson.

Irgendwie kam Larsen der Name bekannt vor. Er überlegte kurz. Dann fiel ihm ein, dass er mit einem Hauke Olafson zusammen in die Schule gegangen war, sogar in die gleiche Klasse. Hauke eins und Hauke zwei wurden sie genannt. Hauke eins war er selbst und Hauke zwei war Olafson, weil der weiter hinten saß. Nachdem beide die Schule beendet hatten, verloren sie sich allerdings aus den Augen. Larsen hatte gehört, dass er mit seiner Familie zurück nach Dänemark gezogen war.

War er jetzt wieder zurück? Larsen ging in die Richtung, in die der Befragte gedeutet hatte. „Ich bin mal gespannt, ob es tatsächlich der Hauke war, den er aus der Schule kannte.“ Ob er ihn überhaupt wiedererkennen würde? Es war ja nun auch schon ein paar Jährchen her. Dann sah er jemanden, der es hätte sein können. „Hauke?“, rief Larsen. „Hauke Olafson?“ Doch der so Angesprochene reagierte nicht. Stattdessen schien er jetzt schneller zu gehen und war dann einfach verschwunden. „War das eben Hauke Olafson?“, fragte Larsen eine Frau, die gerade an ihm vorbeikam. „Tut mir leid. Ich habe niemanden gesehen“, antwortete die. „Ach, wenn wir schon einmal zusammen schnacken. Kennen Sie diesen Mann?“, fragte Larsen und hielt ihr das Foto mit dem Toten vor die Nase.

Die Frau schaute sich das Foto genau an und meinte: „Ist der tot?“ „Beantworten Sie doch bitte einfach meine Frage.“ „Kann ich noch mal sehen?“ Larsen hielt das Foto noch einmal hin. „Ja, klar. Das ist doch der Andreas“, erwiderte sie. „Ok, Andreas. Hat Andreas auch einen Nachnamen?“ „Bestimmt. Aber den kenne ich nicht. Er hat sich immer nur mit Andreas vorgestellt.“ „Wo hatte dieser Andreas seine Unterkunft? Ich meine, wo hat er hier geschlafen?“, wollte Larsen wissen. „Soweit ich weiß, hatte er ein Zimmer in einem Hotel. Schlafen wollte er hier partout nicht.“ „Oha. Wollte Wikinger spielen und dann in einem Hotel übernachten. Sie wissen nicht zufällig, in welchem?“, wollte Larsen wissen und dachte: „Ein Wikinger im Hotel und nicht im Lager. Merkwürdig.“ „Das kann ich Ihnen leider nicht beantworten. Ich weiß es nicht. Aber so groß ist Amrum ja nun auch nicht. Das schaffen Sie bestimmt.“ Dann meinte sie noch: „Jetzt, wo wir gerade darüber sprechen.“ „Ja?“, fragte Larsen. „Haben Sie noch was für mich?“

„Wenn ich jetzt so darüber nachdenke. Etwas merkwürdig war der Andreas schon. Auch beim gemeinsamen Essen war er irgendwie anders. Immer wieder hat er sich dabei umgesehen, wenn er sich eine Gabel in den Mund schob. Wenn ihm das Essen nicht schmeckte, verließ er beinahe fluchtartig den Tisch und ging erst einmal nach draußen. „Der war schon ein bisschen komisch“, meinte ein anderer Mann in Wikingerkleidung, der gerade vorbeikam. Er hatte zufällig gehört, was die beiden zu besprechen hatten. Larsen hörte sich das alles in Ruhe an, konnte sich aber noch keinen Reim darauf machen. Der Mann wusste noch zu berichten, dass der Tote offensichtlich Probleme mit Hierarchien hatte. „Wie äußerte sich das?“, wollte Larsen wissen. „Nun. Wenn Andreas das Gefühl hatte, dass er zu etwas gezwungen werden sollte, wurde er direkt aggressiv und panisch.“ „Und weiter?“, wurde Larsen neugierig.

„Wir haben hier solche mobilen Miettoiletten, damit wir nicht in die Dünen … Na, Sie wissen schon“, fuhr der Mann fort. „Anstelle von Toiletten, müssen Sie wissen, benutzten die Wikinger eigentlich eine Senkgrube, ein Loch im Freien, das für Toilettenabfälle gegraben wurde. Das dürfen wir hier nicht.“ „Kann ich nachvollziehen“, meinte Larsen. „Jedenfalls kann ich mich an eine Situation erinnern, da wollte der Jarl, dass er die Toilette putzte. Da ist Andreas schier ausgerastet und war erst einmal für eine Weile nicht mehr gesehen.“ „Interessant. Vielen Dank für die Infos“, erwiderte Larsen. „Warum suchen Sie ihn eigentlich?“, wollten die beiden noch wissen. „Andreas ist tot. Wahrscheinlich ermordet“, meinte Larsen und blickte in ihre Gesichter. „Oh, das tut mir leid“, meinte der Mann und schaute etwas betreten drein.

„Wissen Sie schon, wer das getan hat?“, wollte die Frau noch wissen. „Wir sind noch am Anfang unserer Ermittlungen“, erwiderte Larsen, der aus dem Augenwinkel plötzlich glaubte, eine Person gesehen zu haben, die ihn zu beobachten schien. Sie stand halb verdeckt hinter einem Zelt. Ein Mann, kahlköpfig, schon etwas älter, lugte da um die Ecke. Möglichst unauffällig versuchte Larsen, eine bessere Sicht auf den Mann zu bekommen, und trat einen Schritt zurück. Die Person hatte das offenbar nicht bemerkt. So konnte Larsen das Gesicht des Mannes erkennen. „Erik?“, platzte es aus ihm heraus. Plötzlich war das Gesicht verschwunden. „Wieso Erik? Das war Hauke. Hauke Olafson, unser Jarl“, sagte die Frau und wunderte sich über den Namen. „Nur weil wir hier die Lebensweise der Wikinger nachempfinden, haben wir doch alle unsere Namen behalten.“ „Ich dachte, ich hätte eben einen alten Freund wiedergesehen“, meinte Larsen und ging zu dem Zelt, wo er die Person gesehen hatte. Aber niemand war mehr zu sehen. „Merkwürdig“, dachte Larsen und ging zurück zu seinem Auto.

Kapitel 9

Hauke Olafson war der Sohn einer dänischen Familie, die vor vielen Jahren von Dänemark auf die Insel kamen. Hauke Olafson hatte nie verstanden, warum seine Familie Dänemark verlassen hatte. Sie lebten nun zwar in einem anderen Land, schwärmten aber davon, wie schön es eigentlich dort war. Das hatte Hauke zwei nie richtig verstanden. Im Geschichtsunterricht erfuhr er dann den Grund. Die Amrumer waren nämlich vom Kriegsdienst für ewige Zeiten befreit. Das hatte 1735 Christian VI., König von Dänemark und Norwegen und Herzog von Schleswig und Holstein, so verfügt. Er wollte damit die ungehinderte Seefahrt fördern, was die Amrumer natürlich freute. Die Familie Olafson war zwar immer noch dänisch, konnte sich so aber dem Kriegsdienst entziehen. Knapp 130 Jahre währte die Freude. Dann war es damit vorbei, denn nach dem Staatswechsel 1864 von Dänemark zu Preußen beziehungsweise dem Deutschen Reich wurden nicht nur die Steuern erhöht, sondern auch die Befreiung vom Kriegsdienst für ewige Zeiten aufgehoben. Das wiederum führte dazu, dass viele junge Leute von Amrum nach Amerika auswanderten, weil sie mit Kriegen nichts am Hut hatten. Auch Teile der Familie Olafson gehörten dazu. Diejenigen, die auf der Insel blieben, waren jetzt deutsch.

Hauke Olafson war oft in Dänemark. Es lag ja auch quasi um die Ecke, lediglich knappe 184 km Luftlinie von Amrum entfernt. Er liebte das Land. Kein Wunder, denn die Dänen gehörten zu den glücklichsten Menschen der Welt, sagte man. Sie konnten auch den kleinen Momenten etwas abgewinnen. Hygge nannten sie das. Dazu das hervorragende Bildungssystem, die erstklassige Gesundheitsversorgung und die innovative Arbeitskultur Dänemarks. Das zog nicht nur Hauke Olafson in seinen Bann.

Seine Großeltern erzählten ihm von einem Ereignis aus dem Jahr 1920, als es darum ging, ob der nördliche Teil von Schleswig-Holstein, nämlich der Landesteil Schleswig, und damit auch Amrum wieder dänisch werden oder deutsch bleiben sollte. Der Großvater konnte sich sogar noch daran erinnern, dass der Pastor damals eine hohe Geldstrafe zahlen musste, weil er angeblich von der Kanzel herab versucht hatte, den Wahlausgang bei seinen Schäfchen zu beeinflussen.

Hauke kannte das Ergebnis dieser auch für Amrum wichtigen Abstimmung natürlich. Im Geschichtsunterricht in der Öömrang skuul wurde das selbstverständlich behandelt. Nordschleswig, beginnend etwa auf der Höhe von Sylt auf dem Festland und oberhalb von Flensburg, Richtung Norden, wurde wieder in das Königreich Dänemark integriert. Darauf achtete der Lehrer besonders, als Hauke und seine Mitschülerinnen und Mitschüler eine Landkarte von damals aufmalen sollten. Dabei wollte Hauke sich einen Spaß erlauben und machte Amrum zu einer dänischen Insel. Das gab mächtig Ärger in der Schule. „So, so“, hatte der Lehrer damals gesagt. „Wollen sich die Dänen Amrum also wieder einverleiben?“ Er wusste natürlich, dass auf Amrum und Föhr eine ausgeprägte dänische Gesinnung herrschte und viele sich wünschten, dass die Inseln nach dem 1. Weltkrieg zu Dänemark gekommen wären.

Die Bewohner erhofften sich, so ihre friesische Tradition zu erhalten. Haukes Vorfahren kamen aus Dänemark. Weil er noch dazu rötliche Haare hatte, nannten seine Mitschüler ihn deshalb Erik, nach Erik dem Roten, einem Wikinger. Zu Hause erzählte Hauke davon, dass der Lehrer ihn wegen der Zeichnung und der falsch eingezeichneten Grenze zurechtgewiesen hatte. Dort fand man das aber überhaupt nicht schlimm, zumal es ja ein Spaß gewesen sein sollte. Damals ahnte noch niemand, dass aus dem einstigen Spaß einmal ernst werden sollte.

Kapitel 10

Zurück in der Polizeistation, berichtete Larsen, was die Leute ihm über das Opfer berichtet hatten. Er blickte zu seinem Kollegen hinüber. „Mach dich mal auf die Socken, Abbo, und versuche herauszufinden, wo dieser Andreas untergekommen war. Wenn du etwas herausgefunden hast, melde dich bitte so schnell wie möglich, Abbo.“ „Mach ich“, sagte sein Kollege Nissen, zog sich die Jacke über und verschwand. Kommissarin Petersen suchte inzwischen nach ähnlichen Fällen, die auf Amrum passiert waren. Es gab Diebstähle, ab und zu auch mal einen Verkehrsunfall, einmal einen Raub, aber Morde waren kaum zu finden. Doch, da war was. Sie las laut vor. „Mit dem Geständnis des Angeklagten hatte in Flensburg der Mordprozess um den Tod eines Flüchtlings auf der Nordseeinsel Amrum begonnen.

Der zur Tatzeit 19 Jahre alte angeklagte Deutsche sollen den aus dem Irak stammenden Mann im vergangenen Jahr mit mehreren Messerstichen getötet und anschließend in den Dünen verscharrt haben. Der Angeklagte hatte die Tat inzwischen gestanden.“ „Das hat wohl wenig mit unserem Fall zu tun“, meinte Larsen. „Dieser Andreas war ja kein Flüchtling.“ „Sieht wohl so aus“, entgegnete Petersen und suchte nach weiteren Fällen. Larsen erinnerte sich wieder an eine Erzählung seiner Großmutter. „Kommissarin Petersen“, begann Larsen. „Es gab vor etwa 100 Jahren mal einen ähnlichen Fall.“ „So, so, vor

100 Jahren“, sagte Petersen mit einem gewissen Unterton. Larsen ließ sich davon allerdings nicht beeindrucken. „Es war damals ein sehr strenger Winter gewesen“, fuhr er fort. „Kinder, die gerade auf dem Weg von Süddorf nach Nebel nahe Huuchstian waren, hatten frühmorgens eine Leiche entdeckt. Es stellte sich heraus, dass der Tote am Abend zuvor bei einer Tanzveranstaltung in Nebel gewesen war. Der Tote, so erzählte man sich, soll kein guter Ehemann gewesen sein. Offenbar war er deswegen nicht sehr beliebt, was möglicherweise auch die Tat erklärte. Denn als sich der Tote nach der Veranstaltung damals auf den Heimweg machte, sollen zwei junge Männer ihm gefolgt sein und ihm einen Schlag versetzt haben, sodass er zu Boden fiel.

Die beiden Verfolger waren Verwandte des Opfers und wollten vermutlich ihre Tante, die Ehefrau des Verstorbenen, rächen. Ob der Schlag allerdings so heftig war, dass der Mann daran gestorben war oder ob er lediglich ohnmächtig wurde und in der eiskalten Nacht erfroren war, konnte nie geklärt werden, denn es konnte keine Obduktion stattfinden, weil das Watt zugefroren war und keine Fähre fuhr. Glücklicherweise kommt die Spurensicherung heutzutage mit dem Heli.“ Diesen letzten Satz konnte Larsen sich jetzt nicht verkneifen. Petersen hatte wohl verstanden, reagierte darauf allerdings nicht. Stattdessen meinte sie: „Interessant. Sie sehen hier also eine gewisse Ähnlichkeit zu unserem Fall?“

Larsen wollte gerade darauf antworten, als sein Handy klingelte. Nissen war am anderen Ende und hatte tatsächlich Neuigkeiten für die beiden. „Kollege Nissen war das.

Er hat herausgefunden, wo der Tote gewohnt hat. Lassen Sie uns gleich dort hinfahren.“ Er zog seine Jacke an, wobei Larsen, ganz Gentleman, der Kommissarin in den Mantel half. „Das kann ich auch allein“, dachte sie nur. Vor dem Inselhotel Kapitän Onno Frenske in Süddorf hielten sie an. „Hier soll der Tote abgestiegen sein“, sagte Larsen beim Aussteigen. „Wieso hier? Ich dachte, dass der Tote bei seinen Wikingern übernachtete,“ staunte Petersen. „Ich eigentlich auch.

Dann schauen wir uns das hier mal an“, meinte Petersen und folgte Larsen ins Hotel. „Sie wissen schon Bescheid?“, fragte Larsen den Portier. „Ja. Ihr Kollege ist schon oben. Zimmer 132.“ „Alles klar, vielen Dank“, antwortete Larsen und ging die Treppe hinauf. „Hinten rechts“, rief der Portier noch hinterher. Das hatte Larsen aber schon nicht mehr gehört. Zu schnell war er verschwunden. Im ersten Stock angekommen, wollte er gerade nach links abbiegen, als Kommissarin Petersen ihm zurief: „Hinten rechts.“ „Waren Sie schon mal hier?“ Verdutzt schaute er sie an. „Nein. Der Portier hat es Ihnen noch hinterhergerufen. Aber Sie waren zu schnell.“

Kapitel 11

Nissen war bereits damit beschäftigt, die Sachen zu durchsuchen. Dabei trug er natürlich Einmalhandschuhe, um keine Fingerabdrücke zu hinterlassen. „Hallo Abbo“, begrüßte ihn sein Kollege. „Das ging jetzt aber mal flink. Und alles ohne Fischbrötchen.“ Kommissarin Petersen verstand nicht so ganz, was das hier mit einem Fischbrötchen zu tun hatte. Abbo hatte die kleine Frotzelei allerdings schon verstanden und grinste nur leicht. „Wie hast du so schnell herausbekommen, wo der Tote untergekommen war?“, fragte Larsen. „Ich hab ein bisschen rumtelefoniert. So viele Möglichkeiten gibt es hier ja auch nicht. Den Portier kenne ich vom Fußball. Der hat mir erzählt, dass bei ihm so ein Paradiesvogel abgestiegen sei, der sich gerne als Wikinger verkleidete. Auf dem Foto hat er den Toten dann auch wiedererkannt.“ „So, wie es aussieht, Volltreffer“, meinte Larsen. „Respekt. Hast du schon was gefunden?“ Nissen deutete auf einen Ausweis. Larsen warf einen Blick darauf und machte einen etwas verdutzten Eindruck.

„Was ist?“, fragte Petersen ihren Kollegen. Larsen gab ihr einen Dienstausweis. „Torsten Dombrowski“, las sie laut vor. „Der Ausweis ist auf einen gewissen Torsten Dombrowski ausgestellt. Ein Kollege, so wie es aussieht. Sogar vom LKA. Aber unsere Leiche hieß doch Andreas, haben Sie gesagt.“ „So hat er sich im Lager vorgestellt“, schob Nissen ein. „Seinen richtigen Namen wollte er wohl nicht nennen.“ „Gut“, meinte Petersen. „Dann haben wir auf jeden Fall schon mal einen Ansatz. Gute Arbeit, Kollege Nissen.“ Larsen fühlte, wie sein Kollege innerlich vor Stolz gerade um Zentimeter größer geworden war. Larsen entdeckte in der Schublade eines kleinen Schreibtisches noch zwei Briefe in verschlossenen Umschlägen sowie einige handgeschriebene Zettel, die er herausnahm und in einen kleinen Beutel steckte. Die Ermittlungen liefen auf Hochtouren. Wo war Torsten Dombrowski vor seinem Tod und vor allem, was hatte er hier auf der Insel überhaupt gemacht? War er dienstlich hier?

Kapitel 12

Mittlerweile war es dunkel geworden und eigentlich hatte Larsen bereits Feierabend. Die Kommissarin und ihre Kollegen von der Zweigstelle kamen auch gerade nicht weiter in ihren Ermittlungen, da fragte Larsen in die Runde: „Wie wär's jetzt mit einer toten Tante?“ Petersen schaute ihn fragend an. „Wie, noch eine Leiche?“ Larsen lachte und klärte die Kommissarin auf. „Tote Tante ist das Kultgetränk hier auf der Insel. Die „Tote Tante“ ist einfach Kakao mit Rum und Sahnehaube. Superlecker, aber mit Vorsicht zu genießen. Allerdings hat das Getränk wohl seinen Ursprung nicht auf Amrum, sondern auf der Nachbarinsel Föhr.“ Larsen fuhr fort: „Die Geschichte geht so: Eine Tante von Föhr wanderte nach Amerika aus.

Als sie starb, wollte sie gern in der Heimat bestattet werden. Doch die Überführung war zu teuer. Also packte man sie kurzerhand in eine Kiste, mit der eine Kakao-Lieferung nach Föhr geschickt wurde. Auf die Frage, was denn in der Kiste sei, haben die Verwandten wohl gesagt: Darin ist die tote Tante. Was ja auch stimmte. Darauf musste man wohl erst einmal einen Rum trinken. Und so war der Name für das Getränk erfunden. Die tote Tante bekam übrigens ein würdiges Begräbnis. „Schöne Geschichte“, kommentierte Petersen die Anekdote. „Danke übrigens für die Einladung. Vielleicht ein anderes Mal“, meinte sie noch.

„Wo kann ich denn hier wohl übernachten?“, wollte Petersen unvermittelt wissen. „Ich frage mal bei Frau

Harms an. Jetzt ist zwar Saison, aber da gibt es immer eine Schlafgelegenheit“, meinte Larsen und fuhr mit der Kommissarin zum Ortskern von Nebel. In dem malerischen kleinen Ort mit seinen Reet gedeckten Häusern hätte sie gerne Urlaub gemacht, aber das ging nun natürlich nicht. Sie war beruflich unterwegs und da war an Urlaub nicht zu denken. Sie hielten vor einem großen Haus und Larsen klingelte an der Tür. „Gud dai“, begrüßte er Frau Harms, nachdem sie die Tür einen Spalt geöffnet hatte. „ach, du büst et, Larsen. Wat is der?“, fragte sie und Larsen antwortete: „Koon 'am at jauen en rüm hüür för Kommissarin Petersen?" Petersen stand daneben und verstand kein einziges Wort. „En rüm? Det gung“, meinte Frau Harms kurz und bat die beiden herein. Als sie schließlich im Zimmer waren, fragte Petersen Larsen, was er denn eben zu der Dame gesagt hatte.

„Ich habe die alte Harms lediglich gefragt, ob sie ein Zimmer frei hat, was sie bejaht hat. Sonst nichts“, antwortete Larsen und verabschiedete sich mit den Worten: „Wir sehen uns morgen früh“. Petersen folgte der alten Dame ins Haus. Das Zimmer entsprach nicht unbedingt dem eines fünf Sterne Hotels und es sah stellenweise aus wie in einem Museum, aber es war zweckmäßig eingerichtet und sie wollte schließlich nicht lange bleiben. Insofern war es völlig ausreichend. Das wichtigste war ihr allerdings, dass das Bad mit Toilette direkt im Zimmer nebenan war. Das hatte sie nämlich gerne für sich allein. Mit anderen hätte sie das nicht unbedingt teilen wollen, auch nicht für ein oder zwei Nächte. Nach dem Zähneputzen schlüpfte sie unter die Bettdecke und schlief gleich ein.

Am nächsten Morgen machte Petersen sich wie jeden Morgen noch vor dem Frühstück auf, eine Runde zu laufen. In den Straßen des Dorfes waren zu dieser Zeit noch wenig Leute unterwegs. Die traditionellen Friesenhäuser mit ihren Reetdächern verliehen dem Ort einen besonderen Charme. Anschließend unternahm sie noch einen kurzen Abstecher zur Kirche von Nebel. Die alte Kirche hatte eine interessante Geschichte und war ein schöner Ort der Ruhe und Besinnung. Noch ein kurzer Blick auf die „sprechenden Steine", die wie Perlen auf einer Schnur aufgereiht entlang der Friedhofsmauer befestigt waren und vom Ruhm und Reichtum der dort Begrabenen erzählten. Dann joggte sie weiter die Hauptstraße Uasterstigh entlang und bog dann ab in den Waaswai. Dort stieß sie auf einen großen beschrifteten Stein. Sie hielt kurz an und warf einen Blick darauf. Verstehen konnte sie allerdings nicht, was darauf stand: „Dü min tüs, min öömrang lun", versuchte sie zu entziffern. „Was für eine merkwürdige Sprache", dachte sie. Sie hatte nicht die leiseste Ahnung, was es heißen sollte.

Kapitel 13

Larsen und seine Leute warteten schon auf die Kommissarin. In der Polizeistation angekommen, erzählte sie Larsen, dass sie noch kurz joggen war, und dass sie an einem komischen Stein vorbeigekommen war, aber kein Wort, von dem verstanden hatte, was darauf geschrieben stand. Larsen klärte sie auf. „Das, was Sie in Nebel auf dem Stein gelesen haben, war die 4. Strophe des Amrumer Heimatliedes „Min öömrang lun" von dem Föhrer Lorenz

Conrad auf Öömrang geschrieben. Es war so eine Art Hymne Amrums.“

Alle vier Strophen des Liedes wurden in Granitsteine gemeißelt und über die Insel verteilt aufgestellt. Die erste der vier Strophen stand auf einem Stein in Wittdün, der zweite befand sich in Norddorf, der dritte in Steenodde und die letzte Strophe konnte man auf einem Stein in Nebel nachlesen. „Und was heißt das jetzt?“, wollte Petersen wissen. „`Dü min tüs, min öömrang lun´ heißt übersetzt: `Du mein zu Haus, mein Amrum Land´. Am Schluss heißt es: `Leef haa’k di, min öömrang lun!´ `Lieb hab’ ich dich, mein Amrumer Land!´ “ Petersen bemerkte, wie Larsen bei diesem Satz schlucken musste. Sie fragte nicht weiter. Außerdem hatten sie ja auch noch was zu tun.

„Lassen Sie uns mal zusammenfassen, was wir jetzt haben“, meinte Kommissarin Petersen und blickte in die Runde. „Wir haben einen Toten“, ergriff Abbo Nissen das Wort. „Danke, Abbo.“ Larsen schaute dabei Kommissarin Petersen an und verdrehte leicht die Augen. „Das hilft uns ja schon mal ein ganzes Stück weiter. Was haben wir noch?“ Petersen rückte ihren Laptop zurecht.

„Wir wissen mittlerweile, dass der tote Kollege am Abend vor seinem Tod in der „blauen Maus“ gewesen ist“, meinte Larsen. „Wo, bitte schön, ist Dombrowski gewesen?“, fragte Petersen erstaunt. „Die blaue Maus ist hier auf Amrum ein Lokal mit Kultstatus, müssen Sie wissen. Eigentlich hieß es „Zum Leuchtturm“, weil das Lokal das letzte Haus vor dem Leuchtturm war“, erklärte

Larsen. Wie es zu diesem etwas seltsamen Namen kam, hatte Larsen allerdings vergessen. „Vielleicht hat sich ja irgendwann einmal eine Maus in das Lokal verirrt und an einer Flasche Schnaps genascht“, mutmaßte Petersen und lachte.

„Woher wissen wir, dass er in dieser grünen Maus gewesen ist?“ wollte Petersen wissen. „Blauen“, erwiderte Larsen. „Wie, blauen?“, fragte sie. „Blaue Maus. Nicht grüne Maus“, antwortete Larsen. „Entschuldigung“, entgegnete Petersen. „Also?“ „Dass es einen Toten gegeben hat, hat sich schnell rumgesprochen, wie Sie sich vielleicht vorstellen können. Die Wirtin hat uns erzählt, dass Dombrowski am Vorabend seines Todes in ihrem Lokal gewesen sei.“ „Woher wusste sie denn, dass es sich um den Kollegen Dombrowski handelt?“, fragte Petersen. „Wir haben ihr ein Foto gezeigt. Darauf hat sie Dombrowski trotz seiner ausgefallenen Kleidung wiedererkannt“, sagte Larsen.

„Es gibt wohl einige Verdächtige. Wir haben eine Liste der Gäste, die am Abend vor dem Tod von Dombrowski ebenfalls in der „blauen Maus“ anwesend waren“, erzählte Abbo Nissen der Kollegin und reichte ihr einen handgeschriebenen Zettel der Wirtin herüber. „Leider ist die nicht ganz vollständig, da die Wirtin natürlich nicht jeden Gast kannte und schon gar nicht die Personalien jedes Einzelnen aufschreibt“, ergänzte Larsen. Dann fuhr er fort: „Die Wirtin gab an, dass an dem Abend neben dem Toten noch weitere „Wikinger“, unter anderem deren Anführer, anwesend waren. Die hatten sich aber in eine Ecke zurückgezogen. An diesem Abend waren sie alle in

Zivil, hatten also normale Kleidung an. Auch ein Mitglied der Bürgerinitiative für Vielfalt und Menschenwürde war anwesend." „Ah, ja", kommentierte Petersen die Rechercheergebnisse. Die Wirtin hatte sich nur darüber gewundert, dass das spätere Opfer nicht mit den anderen am Tisch saß. „Sie glaubt, dass die anderen ihn überhaupt nicht bemerkt hatten", fügte Abbo hinzu.

„Haben wir eigentlich schon Ergebnisse der Spurensicherung vorliegen?", fragte Petersen. „Bisher nicht", erwiderte Larsen und wunderte sich, dass die sich noch nicht gerührt hatten. „Wichtig wäre vor allem auch der genaue Todeszeitpunkt", fügte Petersen hinzu. „Ich frage morgen mal nach", sagte er.

Kapitel 14

Wiebke Petersen wurde in einer kleinen Stadt nahe Flensburg geboren und wuchs in einem familiären Umfeld auf, das Wert auf Gerechtigkeit und Gemeinschaftsengagement legte. Schon als Kind zeigte sie ein starkes Interesse an Verbrechen und deren Aufklärung. Nach dem Abitur entschied sie sich, Kriminalistik zu studieren, und absolvierte ihr Studium mit Auszeichnung. Sie war schnell in der Lage, sich in verschiedenen Abteilungen zu beweisen und wurde nach nur wenigen Jahren zur Kriminalkommissarin befördert. Sie hatte an verschiedenen bedeutenden Fällen gearbeitet, darunter Drogenbekämpfung und Cyberkriminalität. Ihr analytisches Denken und ihre Fähigkeit, unter Druck zu arbeiten, hatten ihr den Ruf einer talentierten Ermittlerin eingebracht. Sie war bekannt für ihre Entschlossenheit und ihren Sinn für Gerechtigkeit. Sie war empathisch und hatte die Fähigkeit, mit Opfern und Zeugen zu kommunizieren, was ihr bei ihren Ermittlungen zugutekam. Gleichzeitig war sie aber auch durchsetzungsfähig und ließ sich nicht leicht einschüchtern. Sie hatte ein starkes Netzwerk innerhalb der Polizei und arbeitete eng mit anderen Behörden zusammen.

In ihrer Freizeit engagierte sich Wiebke in verschiedenen sozialen Projekten, die sich mit Jugendkriminalität und Prävention beschäftigten. Außerdem interessierte sie sich für Kriminologie und las gerne Thriller, die sie sowohl beruflich als auch privat inspirierten. Wiebke Petersen hatte große Ambitionen und plante, sich in den nächsten Jahren weiterzuentwickeln, vielleicht sogar eine Führungsposition innerhalb der Polizeibehörde zu übernehmen. Sie wollte junge Frauen ermutigen, eine Karriere bei der Polizei anzustreben, und setzte sich dafür ein, das Bild der Polizei in der Öffentlichkeit zu verbessern.

Kapitel 15

Am nächsten Tag standen zwei Herren vor Larsens Schreibtisch und hielten ihm ihre Ausweise unter die Nase. „LKA Kiel, Staatsschutz. Mein Name ist Neumann, Kriminalhauptkommissar Neumann, und das ist mein Kollege Berendsen.“ Larsen blickte von seinem Schreibtisch auf. Die zwei vom Staatsschutz sahen eigentlich völlig unauffällig aus, bis auf die Pistolen, die sie am Gürtel trugen. Jeans, kurzärmeliges Hemd und Turnschuhe. Der Jahreszeit angemessen. „Moin, die Herren. Was

Staatsschutz
POLIZEI
POLIZ

kann ich für Sie tun, Kollegen?“, fragte Larsen. „Lassen Sie mich raten. Sie kommen wegen des Toten.“ „Richtig geraten, Herr Kollege“, antwortete der etwas Größere von beiden. „Wir müssen Ihnen mitteilen, dass wir ab sofort den Fall übernehmen.“

„Bekomme ich auf die Frage warum eine Antwort?“, wollte Larsen wissen. „Später - vielleicht“, antwortete Kriminalhauptkommissar Neumann. „Nur so viel. Wir ermitteln gegen eine Person wegen des Verdachts auf mitgliedschaftliche Beteiligung an einer terroristischen Vereinigung und Vorbereitung einer hochverräterischen Straftat. Ziel der Person und einer kleinen Gruppe um ihn herum ist es, Teile des Landes wieder an das dänische Königreich anzuschließen. Ein Kollege hat in dem Fall ermittelt. Larsen blickte zu seinen Kollegen hinüber. „Hätten wir das also schon mal geklärt“, flüsterte er den anderen zu.

„Was haben Sie bisher ermitteln können, Kollege?“, wollte Berendsen von Larsen wissen. Er merkte schon, dass der etwas angesäuert war, schaute ihn dennoch fragend an. Larsen schluckte kurz, schaute Berendsen aber selbstbewusst in die Augen und meinte: „Wollen wir uns nicht da rüber setzen?“ Er deutete dabei auf einen Tisch, der in einer Ecke des Raumes stand. Sie gingen gemeinsam hinüber und setzten sich. Larsen räumte schnell ein paar Tassen beiseite, die noch vom Frühstück stehen geblieben waren, und wischte den Tisch mit einer Serviette ab, die noch unbenutzt war. „Entschuldigung. Wir haben selten so hohen Besuch“, meinte Larsen, während er den Tisch abräumte. „Möchten die Herren vielleicht auch einen

Kaffee? Wir haben hier einen richtig guten nordfriesischen. Den sollten Sie probieren." „Im Moment nicht", antwortete Neumann, während sein Kollege wohl gerne einen probiert hätte. Larsen deutete mit einer Handbewegung auf die Stühle und setzte sich. Er hatte seinen Laptop mitgenommen, stellte ihn vor sich und klappte ihn auf.

Die zwei vom Staatsschutz schauten Larsen erwartungsvoll an. „Und?", meinte Neumann nach einer Weile. „Moment noch. Es dauert etwas, bis ich mich eingeloggt habe. Gleich geht es los." Sein Kollege Berendsen trommelte mit seinen Fingern auf dem Tisch herum. Larsen konnte sich diesen Spaß nicht verkneifen und machte absichtlich etwas langsamer als nötig. Obwohl er wusste, dass er den Kollegen die Informationen geben musste, sträubte er sich insgeheim dagegen. „Also", sagte Larsen nach einer Weile. Die beiden Staatsschützer schauten sich an und verdrehten die Augen. „Also. Wir haben herausgefunden, dass der Tote mit einem Messer ähnlichen Gegenstand erstochen wurde." „Okay, das hilft uns jetzt schon mal ein ganzes Stück weiter", kommentierte Neumann die Information von Larsen. „Und weiter?" „Die Spurenlage war unübersichtlich. Es gab zu viele", fuhr Larsen fort. „Eine eindeutige Täterspur konnten wir nicht erkennen."

„Hören Sie, Kollege. Wir haben leider nicht so viel Zeit. Vielleicht kommen Sie einfach mal auf den Punkt", sagte Berendsen, schon leicht gereizt. „Was wissen Sie über den Toten?" „Wir wissen, dass er offensichtlich ein Kollege von Ihnen war. Torsten Dombrowski. Bei den Wikingern nannte er sich allerdings Andreas. War wohl undercover dort?“ Larsen schaute die beiden fragend an. Doch die verzogen keine Miene.

„Ist das alles?“, fragte Neumann. „Ziemlich wenig, was Sie da in zwei Tagen zusammengetragen haben, finden Sie nicht? Könnten wir mal Ihren Vorgesetzten sprechen?“ „Ja, gerne“, antwortete Larsen gelassen. „Wer ist das?“ „Ich bin hier der Dienststellenleiter“, antwortete Larsen und grinste. „Danke. Sie hören von uns“, meinte Kriminalhauptkommissar Neumann und die beiden gingen hinaus. Draußen sagte Neumann zu seinem Kollegen: „Typisch Dorfpolizist. Sitzt wahrscheinlich den ganzen Tag in der Sonne und schreibt ab und zu mal einen Falschparker auf.“ „Wenn die wüssten“, dachte Larsen, der das durch das offene Fenster mitbekommen hatte. Sie stiegen in ihr Auto und fuhren davon. Kommissarin Petersen sah das Auto nur noch von hinten, als sie dabei war, die Polizeistation zu betreten.

Kapitel 16

Abbo Nissen saß beim Gespräch mit den Staatsschützern die ganze Zeit an seinem Schreibtisch und lauschte. Als die beiden die Polizeistation wieder verlassen hatten, fragte Abbo seinen Kollegen: „Was war das denn eben für ein Theater? Warum hast du ihnen nicht alles gesagt, was wir bisher rausgefunden haben?“ „Jetzt haben wir mal einen richtigen Fall und müssen nicht immer nur Falschparker aufschreiben. Und dann kommen die zwei hier reingestiefelt, halten uns ihre Ausweise hin und das war es dann für uns? Nein, danke. Wir recherchieren uns hier einen Wolf und die kassieren ab.“ Larsen hatte sich richtig in Rage geredet. „Jetzt komm mal wieder runter. Hoffentlich gibt das nicht noch einen riesen Ärger?“, meinte Abbo. „Aber recht hast du.“ Wieder etwas ruhiger, meinte Larsen: „Komm, wir setzen uns in Ruhe hin, trinken eine Tasse Kaffee - die Herren wollten ja keinen - und fassen noch einmal zusammen, was wir bis jetzt haben.“

„Was für eine Welt“, murmelte Larsen nach einer Weile und schüttelte dabei den Kopf. „Warum tun Menschen so etwas, Abbo?“, fragte er seinen Kollegen, erwartete aber keine Antwort darauf. Ihm fiel ein Zitat von Albert Einstein ein, das er einmal irgendwo gelesen oder gehört hatte, ihm aber im Gedächtnis geblieben war. Berühmte Menschen hatten ja immer irgendetwas Bedeutendes gesagt, das für die Nachwelt erhalten bleiben musste. „Schade, dass ich nicht berühmt bin“, dachte er sich, sonst würde wahrscheinlich vieles von dem, was ich gesagt habe, auch für die Nachwelt aufgeschrieben worden sein. Allerdings spiegelte das Zitat von Einstein in diesem Fall genau seine Gedanken wider und traf auf den Punkt. „Die Welt wird nicht bedroht von den Menschen, die böse sind, sondern von denen, die das Böse zulassen.“ Vielleicht hatte dieser Ausspruch unbewusst mit dazu beigetragen, dass er Polizist geworden war.“

Wie er jetzt ausgerechnet darauf kam, wusste Abbo auch nicht. Aber ihm fiel auch ein Zitat ein, allerdings von Karl Valentin. „Kennst du Karl Valentin?“, fragte Abbo seinen Kollegen. „Ja. Schon mal gehört, den Namen.

War, glaube ich, Komiker oder so. Ist aber schon lange her." „Stimmt", meinte Abbo. „Der hat einmal gesagt: Es ist schon alles gesagt worden, nur noch nicht von allen. Valentin konnte es jedenfalls nicht mehr. Verhungert ist der arme Kerl, kurz nach dem Zweiten Weltkrieg. Das war gar nicht komisch." Kommissarin Petersen, die die Unterhaltung der beiden nicht stören wollte, mischte sich nun aber doch ein. „Kollegen. Genug zitiert. Sie haben gehört. Ich wurde darüber informiert, dass der Staatsschutz den Fall übernommen hat. Unsere Ermittlungen in diesem Fall sind hiermit beendet", sagte Petersen und klang dabei etwas strenger als sonst.

„Ich denke aber, der Fall ist klar", meinte sie. „Dieser Jarl, oder wie das heißt, hat sich seines Spitzels entledigt und ihn wie einen Wikinger beerdigt. Na ja, nicht ganz. Im Unterschied zu denen wurde der Dolch aber nicht im, sondern neben dem Menschen begraben." „Begraben wurde er ja nicht, sondern mehr oder weniger zur Schau gestellt", meinte Larsen. „Man sollte den Toten also leicht finden, meinen Sie?", fragte Petersen. „Es sieht doch alles danach aus oder?", antwortete Larsen, der sich noch einmal das Foto anschaute. „Wie auch immer. Finden Sie diesen Jarl und Sie haben ihren Mörder. Ich werde das so an die Kollegen vom Staatsschutz weitergeben."

„Für mich gibt es wohl nichts mehr zu tun. Ich werde dann mal wieder zurück nach Flensburg fahren", meinte Kommissarin Petersen. „Tun Sie das", sagte Larsen nur kurz. „Die nächste Fähre zurück nach Dagebüll fährt um 12.05 Uhr. Dann sind Sie um kurz nach zwei wieder auf dem Festland“, stellte Abbo Nissen fest. „Oder soll ich den Heli rufen, damit Sie abgeholt werden?“, fragte Larsen und tat ganz unschuldig. Petersen überhörte diese Frage einfach und packte ihre Sachen zusammen. „Ich fahre Sie selbstverständlich zum Hafen“, meinte Larsen und zog sich schon einmal die Jacke an. „Ich warte am Auto auf Sie.“ Dann ging er hinaus. „Der hat es aber eilig, mich loszuwerden“, entfuhr es Kommissarin Petersen. „Das scheint nur so“, meinte Nissen. „Das geht nicht gegen Sie persönlich. Er hat nur was dagegen, dass man ihm jemanden vor die Nase setzt.“ „Das habe ich schon des Öfteren gemerkt“, erwiderte Petersen, die ihre Sachen bereits zusammengepackt hatte. „Auf Wiedersehen, Kollege“, sagte sie und ging ebenfalls zum Auto.

Kapitel 17

Draußen vor der Tür meinte Larsen dann zu ihr: „Bis zur Abfahrt der Fähre haben wir noch etwas Zeit. Dürfte ich Sie zu einem Mittagessen einladen?“, fragte Larsen, beinahe etwas schüchtern, und hoffte doch, dass sie seine Einladung annehmen würde. „Gerne“, erwiderte Petersen und war gespannt, wohin Larsen sie führen würde. „Das ist gar nicht weit von hier. Eine gemütliche Stube mit Küche, mitten in Nebel. Sehr urig mit allerlei altem Mobiliar“, meinte Larsen. „Klingt gut“, erwiderte Petersen. „Auf gehts.“ In der Stube angekommen setzen sie sich an einen Tisch. Die Bedienung war sehr freundlich und brachte gleich die Speisekarte mit. „Moin, Hauke. Du hast jemanden mitgebracht?“, fragte die Bedienung. „Moin Bente“, erwiderte Larsen. „Das ist Frau Kriminalkommissarin Petersen. Sie ist extra aus Flensburg hierher gekommen, um den Fall mit dem Toten vom Esenhugh zu klären. Du hast sicher schon davon gehört." „Verstehe. Wie ist es denn ausgegangen?", wollte die Bedienung wissen. „Das darf ich noch nicht sagen, Bente", meinte Larsen. „Dann schauen Sie die Karte erst einmal in Ruhe an. Wenn Sie so weit sind, melden Sie sich." „Machen wir", antwortete Petersen. „Vielen Dank." „Wir haben leider nicht allzu viel Zeit", meldete sich Larsen. „Ich denke, wir nehmen zweimal Labskaus, wenn es geht." „Klar. Das geht immer", meinte die Bedienung, nahm die Speisekarte wieder an sich und ging in die Küche. „So, wie die beiden sich angesehen hatten, da lief doch was zwischen den beiden", dachte Petersen, fragte aber nicht danach.

„Was ist das, Labskaus?", wollte Petersen wissen. Sie hatte schon davon gehört, aber gegessen hatte sie es noch nicht. Larsen, der das Gericht natürlich kannte und schon oft gegessen hatte, versuchte ihr zu erklären, was er bestellt hatte. „Labskaus ist ein Seemannsgericht. Ursprünglich war es ein typisches Resteessen. Matjes, gepökeltes Fleisch, Rote Bete und Kartoffeln gehören dazu. Die werden vermengt und das Ganze wird dann mit einem Spiegelei gekrönt", erklärte Larsen. „Okay", meinte Petersen, die das Wort ziemlich in die Länge zog. „Entstanden ist das Gericht in der Zeit der Segelschifffahrt und bestand wohl ursprünglich vor allem aus Pökelfleisch. Das Problem war, dass die Seeleute aber wegen ihrer vom Skorbut geschädigten Zähne oft keine feste Nahrung zu sich nehmen konnten. Also musste die Portion klein gehackt oder püriert werden, damit die Matrosen es essen konnten. Rote Bete und Gurken enthalten viel Vitamin C und beugt wiederum Skorbut vor. Das wusste man damals noch nicht, aber es half." „So, so", meinte Petersen und war schon gespannt auf das Essen. „Labskaus ist aber schon ein komischer Name für ein Essen oder?". „Stimmt. Man weiß auch nicht genau, warum es so heißt.

Es gibt mehrere Deutungen. Wahrscheinlich kommt es aus dem Englischen. Lobscouse hieß das wohl einmal und bedeutete so viel wie „Speise für Flegel". „Das passt", dachte Petersen, verkniff sich aber jeglichen Kommentar. „Andere behaupten, dass der Begriff aus dem Norwegischen stammen soll und so viel wie „leicht zu Kauendes" bedeutet", fuhr Larsen fort. „Das macht Sinn. Wenn den armen Seeleuten die Zähne ausfielen, dann war eine Mahlzeit, die leicht zu kauen war, natürlich genau das Richtige.

Dann brachte die Bedienung das Essen. „Oh, Gott", dachte Petersen, als sie auf ihren Teller schaute. „Das sieht aus, wie schon einmal gegessen." Das sagte sie zwar nicht, aber Larsen sah an ihrem Gesichtsausdruck, was vermutlich gerade in ihrem Kopf vorging. „Guten Appetit wünsche ich Ihnen", meinte er und begann, gleich zu essen. Petersen zögerte noch etwas, nahm dann aber doch die Gabel in die Hand und steckte sich einen Bissen in den Mund. Dann noch einen und noch einen. Sie sagte nichts, aber Larsen hatte das Gefühl, dass es ihr gut schmeckte.

Nachdem beide ihre Teller bis auf den letzten Rest leer gegessen hatten, schaute Petersen auf die Uhr. Wir sollten langsam aufbrechen. Meine Fähre geht in einer Dreiviertelstunde und ich muss meine Sachen noch aus dem Zimmer holen“, bemerkte Petersen. „Bente“, rief Larsen die Bedienung. „Schreibst du das bitte an? Wir haben keine Zeit mehr. Die Fähre geht gleich. Ich komme später zum Bezahlen.“ „Mach das, Hauke. Bis nachher“, antwortete Bente. Dann standen beide auf und gingen zum Auto.

In ihrem Zimmer angekommen, schnappte sie sich ihre Sachen, die sie vorher schon gepackt hatte, und verabschiedete sich noch schnell von Frau Harms. Dann fuhren sie zum Hafen, wo die Fähre schon wartete. „Machen Sie es gut, Frau Kommissarin. Auf Wiedersehen“, wünschte Larsen Petersen. „Ja, Dankeschön“, entgegnete sie. „Und vergessen Sie nicht, gleich noch die Rechnung für das vorzügliche Mittagessen zu bezahlen“, schob sie noch hinterher und schmunzelte dabei. „Ganz bestimmt nicht“, antwortete Larsen und sah der Kommissarin noch nach, wie sie an Bord ging. Dann legte die Fähre auch schon ab und fuhr, pünktlich wie immer, zurück ans Festland.

Kapitel 18

Der Staatsschutz hatte die Wikinger schon länger im Visier und deshalb einen Kollegen in die Gruppe eingeschleust. Es bestand der Verdacht einer Straftat, die zum Bereich der politisch-motivierten Kriminalität gehörte oder zumindest, dass der Verdacht vorlag, dass eine Straftat einen politisch-motivierten Hintergrund haben könnte.

Daher wurde der Staatsschutz eingeschaltet. Und der Kollege Dombrowski war dafür perfekt ausgebildet.

Er war kurz davor, die Gruppe hochgehen zu lassen. Es fehlten allerdings noch einige Informationen. Dombrowski hatte herausgefunden, dass es Hintermänner gab, die in Kopenhagen lebten und die Gruppe von dort aus steuerte. Er wusste aber noch nicht, wer die Hintermänner waren. Das sollte er wohl in den nächsten Tagen erfahren. Nun war er tot.

Kriminalkommissarin Petersen hatte inzwischen von unterwegs ihre Vermutungen und Ermittlungsergebnisse an die Kollegen vom Staatsschutz weitergegeben. Das deckte sich auch mit ihren Vermutungen. Sie fuhren also noch einmal nach Nebel und statteten Larsen einen erneuten Besuch ab. „Gut, dass die Kollegin aus Flensburg die nötigen Informationen gegeben hat, die Sie uns offensichtlich vorenthalten wollten", polterte Neumann los. „Das ist nicht ganz richtig", erwiderte Larsen ganz ruhig. „Das wollte ich meiner Vorgesetzten, Kriminalkommissarin Petersen überlassen. Offensichtlich ist das ja auch geschehen."

„Wo finden wir diesen Jarl?", fragte Berendsen. „Wenn ich das wüsste", antwortete Larsen. „Ehrlich. Ich meine aber, ihn im Wikingerlager gesehen zu haben. Als ich ihn mit Namen anrief, war er plötzlich wie vom Erdboden verschwunden." „Warum haben Sie ihn nicht verfolgt?", wollte Neumann wissen. „Nun", antwortete Larsen. „Zu dem Zeitpunkt war er noch nicht verdächtigt." Neumann und sein Kollege sahen sich vielsagend an und Larsen dachte zurück an die Unterhaltung der beiden unter seinem Fenster. Von wegen Dorfpolizist.

Dombrowski hatte berichtet, dass sich die Gruppe regelmäßig auf der Insel am Grab des Wikingers trifft, um hier ihren Wikingerkult zu betreiben. Ihr vermeintliches Ziel war die Wiederbelebung und Ehrung der Traditionen, Glaubensvorstellungen und Lebensweisen der Wikingerzeit. Einheimische hatten ihm berichtet, dass die Gruppe regelmäßig Rituale durchführte, die den alten nordischen Göttern und Göttinnen gewidmet waren, wie Odin, Thor, Freyja und anderen. Diese Zeremonien umfassten auch Opfergaben, Gesänge und Gebete, um die Götter um Schutz und Segen zu bitten. Manche hielten sie für Spinner, andere waren zumindest neugierig, was da so alles passierte. Wieder andere fühlten sich einfach nur gestört. Besonders interessant waren die historischen Handwerke wie Schmieden, Weben, Schnitzerei und die Herstellung von Kleidung im Stil der Wikinger. Für die Insulaner, aber auch für Touristen hielten sie auch Vorträge und Lesekreise, die sich intensiv mit der Geschichte der Wikinger, ihrer Seefahrt, Kultur und ihren Mythen auseinandersetzten.

Besonders beliebt waren die gemeinsamen Feste. Das Feiern von traditionellen Festen wie Wintersonnenwende, Mittsommer oder Erntefesten waren ein zentraler Bestandteil des Gruppenlebens. Diese Feste beinhalteten oft gemeinsames Essen, Trinken, Geschichtenerzählen und Spiele. Die Gemeinschaftsbildung stand dabei über allem. Die Gruppe organisierte regelmäßige Treffen, Workshops und Ausflüge und von dem Wunsch geprägt, alte

Traditionen lebendig zu halten und zu feiern.

Berendsen war sich allerdings sicher, dass für den Anführer, den Jarl, das Lager und der Wikingerkult lediglich als Tarnung dienten. Der verfolgte eher politische Ziele. Nur ein kleiner Kreis der Gruppe war in die Pläne eingeweiht und hatte sich ebenfalls radikalisiert. Sie strebten danach, dass die nordfriesischen Inseln wieder dänisch werden sollten. Sie hatten kleine paramilitärische Gruppen auf den Inseln gebildet, die untereinander ständigen Kontakt hielten, immer als harmlose Wikinger getarnt. In Wirklichkeit war es eine politisch motivierte Widerstandsbewegung, eine Art Guerillabewegung. Sie planten unter anderem die Besetzung der jeweiligen Polizeistationen, um so an Waffen heranzukommen. An jenem Abend in der Kneipe besprachen die Wikinger wohl final ihren Plan. Dombrowski hatte das mitbekommen und war drauf und dran, die Gruppe auffliegen zu lassen.

Kapitel 19

Die Amrumer Bürgerinitiative für Vielfalt und Menschenwürde beobachtete die Treffen ebenfalls zunehmend mit Skepsis und wollte sie irgendwann sogar verhindern. Larsen hatte in seinen Unterlagen nachgelesen, dass es auch schon zu handgreiflichen Auseinandersetzungen zwischen den beiden Gruppen gekommen war. Dabei wurde ein Mitglied der Initiative so schwer verletzt, dass er sogar ins Krankenhaus zur Inselklinik Föhr-Amrum in Wyk auf Föhr, eines der kleinsten Akutkrankenhäuser in Deutschland, gebracht werden musste. Das war allerdings nicht so einfach. Denn zum Zeitpunkt des Unfalls war gerade kein Hubschrauber verfügbar, der den Verletzten hätte in die Klinik bringen können. Also musste der Verletzte auf dem Wasserweg dorthin. Die Deutsche Gesellschaft zur Rettung Schiffbrüchiger hatte einen Seenotrettungskreuzer auf Amrum stationiert, der auf Anforderung über die Leitstelle in Bremen das Schiff zum Transport ins Inselkrankenhaus in Wyk auf Föhr beordert hatte. Das dauerte natürlich um einiges länger, denn man musste dann zu den Transportzeiten noch den Landweg von den Schiffsanlegern ins Krankenhaus hinzurechnen.

Zum Glück wurde der Transport vom Rettungsdienst und einem Notarzt begleitet. Nach ein paar Tagen konnte der Mann das Krankenhaus dann schon wieder verlassen. Auf eine Anzeige hatte er seinerzeit aber verzichtet, da sonst herausgekommen wäre, dass seine Leute das Lager angegriffen hatten. Für Larsen war das ein weiterer Ansatz und er beauftragte seinen Kollegen Abbo, die Bürgerinitiative aufzusuchen und zu befragen.

Kapitel 20

„Was hat denn die Befragung der Mitglieder dieser Bürgerinitiative ergeben, Abbo?“, wollte Larsen wissen, als der wieder in der Polizeistation angekommen war. „Eigentlich nichts“, erwiderte der. „Was heißt eigentlich?“, fragte Larsen. „Eigentlich heißt, dass jeder von denen eine andere Geschichte erzählt hat. Aber alle haben ihrem Kumpel mehr oder weniger ein Alibi gegeben. Er sei wohl von der „blauen Maus“ direkt nach Hause gegangen." „Kann das sonst noch jemand bestätigen?", fragte Larsen nach. „Die Wirtin hat zufällig mitbekommen, dass der Typ ziemlich genau um 21.45 Uhr die Kneipe verlassen hat. Er wohnt ein paar Straßen entfernt vom Lokal und soll gegen 22 Uhr zu Hause angekommen sein. Ein Nachbar, der mit seinem Hund noch unterwegs war, kann das auch bestätigen. Ob er dann allerdings noch einmal das Haus verlassen hat, müssen wir noch klären."

„Warum treffen sich die Wikinger überhaupt in einer Kneipe, in der sie damit rechnen müssen, von vielen Leuten gesehen und auch gehört zu werden? Hätten Sie sich nicht auch lieber einen Ort ausgesucht, an dem keine Menschen sind, die vielleicht sogar mitbekommen könnten, was wir zu besprechen haben?", fragte Abbo und schaute ihn fragend an. „Vielleicht", überlegte Larsen und meinte dann: „Auf der anderen Seite käme doch niemand auf die Idee, dass die ach so „harmlosen" Wikinger in aller Öffentlichkeit solche Themen besprechen." „Oder es war ihnen egal", sagte Abbo und schaute nachdenklich aus dem Fenster. Unwillkürlich drehte Larsen sich ebenfalls gedankenverloren in die gleiche Richtung. Nach einer Weile drehten sie sich wieder um und Larsen meinte: „Ich befrage die Wirtin der blauen Maus noch einmal. Vielleicht ist ihr ja doch noch etwas eingefallen."

Kapitel 21

Larsen erinnerte sich, wie Hauke Olafson im Geschichtsunterricht stolz davon erzählte, dass sein Ururgroßvater beim deutsch-dänischen Krieg 1864 dabei gewesen war. Selbstverständlich aufseiten der Dänen. Damals, es war am 1. Februar, hatten Truppen Preußens und Österreichs die Eider, Schleswig-Holsteins längster Fluss, eingebettet in sattgrüne Wiesen und gesäumt von Schilf und Seerosenbeeten, überschritten, der seinerzeit die Südgrenze des Königreiches Dänemark markierte, gegen das die verbündeten Armeen des preußischen Königs Wilhelm I. und des österreichischen Kaisers Franz Joseph I. in den Krieg zogen.

„Zum Ende der Schulzeit sollten wir einen Aufsatz im Fach Deutsch schreiben. Thema: Amrum und seine Geschichte. Die meisten von uns, eigentlich fast alle, berichteten über die Zeit des Walfangs und der Fischerei", erinnerte sich Larsen. Obwohl es auf Amrum in der Vergangenheit keine nennenswerte Walfängerei gab, waren doch Amrumer Seeleute, darunter viele Kapitäne, besonders zwischen dem 17. und 19. Jahrhundert im Walfang und der Handelsschifffahrt tätig. Auch einige Amrumer Fischer waren gelegentlich an Walfangexpeditionen beteiligt oder hatten selbst kleinere Wale gejagt, die in der Nordsee vorkamen. Daraus sponnen die Fischer dann ihr Seemannsgarn. Da wurde aus einem kleinen Schweinswal schnell mal ein riesiger Pottwal. Das war natürlich beeindruckender und spannender allemal. Wir Kinder konnten von diesen Geschichten jedenfalls nicht genug bekommen. Da fast alle in der Klasse irgendjemanden in der Familie hatte, der mit Seefahrt zu tun hatte, wussten wir entsprechend viel darüber zu erzählen und zu schreiben.

Anders Hauke Olafson. Er konzentrierte sich in seinem Aufsatz auf die Auswirkungen des deutsch-dänischen Krieges, natürlich aus der Perspektive der Dänen und kassierte dafür glatt eine schlechte Note. Thema verfehlt, stand unter seiner Arbeit. Ich weiß noch, wie sauer Hauke zwei darüber war. Er hatte sich wirklich Mühe gegeben und über viele Seiten beinahe eine geschichtliche Abhandlung geschrieben, die von der Zeit der Wikinger bis zur Gegenwart reichte. Wir staunten jedenfalls nicht schlecht darüber, wie viel Hauke darüber wusste. So wusste er zu berichten, dass Amrum etwa seit der Wikingerzeit, genauer seit dem 8. Jahrhundert als sogenanntes "Kununglef", was so viel wie Erbe bedeutete, unter der Oberhoheit dänischer Könige stand. Diese Zugehörigkeit wurde allerdings erst im "Jordebog", im "Erdbuch" von Waldemar II. im Jahr 1231 dokumentiert. Darin wurde Amrum ambrum, hus, ha, co. genannt, es gab dort also Häuser, Hasen und Kaninchen. Hauke hatte selbst diese Details und Jahreszahlen drauf.

Irgendwann, nach vielen Seiten, kam er dann auch auf den Krieg 1864 zwischen Dänemark auf der einen Seite und Preußen und Österreich auf der anderen zu sprechen. Die entscheidende letzte Schlacht fand zwischen dem 18. und 20. April 1864 bei Dybboel, einer kleinen Stadt im südöstlichen Jütland, Dänemark, statt. Dort hatten preußische und österreichische Truppen die dänischen Stellungen angegriffen und die Festung schließlich erobert. Viele dänische Soldaten wurden dabei getötet oder verwundet, darunter auch der Ururgroßvater von Hauke. Der Verlust von Schleswig und Holstein war ein schwerer Schlag für Dänemark und hatte zu einer nationalen Krise geführt.

Noch ein paar Seiten später hatte er noch über ein Ereignis geschrieben, von dem auch wir etwas gehört hatten. Im Frühjahr 1920 nämlich fand eine Abstimmung über die staatliche Zugehörigkeit im deutsch-dänischen Grenzraum statt. Diese Abstimmung betraf den nördlichen Teil von Schleswig-Holstein, genauer den Landesteil Schleswig, zu dem auch Amrum gehörte. Das Ergebnis war ziemlich eindeutig. 80 Prozent der Einwohner stimmten damals für Deutschland. Damit war die neue Staatsgrenze zwischen Deutschland und Dänemark festgelegt, was Hauke und seine Familie bedauerten.

Kapitel 22

Larsen fuhr nach Wittdün, um die Wirtin noch einmal zu befragen. Die war gerade damit beschäftigt, Kisten mit Whisky einzulagern. „Kannst du dich vielleicht noch an den Abend vorgestern erinnern. War dir irgendetwas Ungewöhnliches aufgefallen?“, wollte Larsen wissen. „Wenn ich jetzt so darüber nachdenke“, begann die Wirtin. „Vier Typen waren mir aufgefallen, die sich irgendwie sonderbar verhalten haben.“ Von diesen vier Gästen, zwei Männer und zwei Frauen, hatte die Wirtin allerdings nur einen erkannt. Hauke Olafson. Die anderen drei kannte sie nicht. Sie sprachen dänisch untereinander, soweit die Wirtin das beurteilen konnte. Sie konnte zwar nicht viel verstehen, aber einige Brocken schon. Besonders im Gedächtnis war der Wirtin geblieben, dass die vier nur Aquavit bestellten, und das in einer Whiskybar erster Güte. Allerdings was in den skandinavischen Ländern Dänemark, Schweden, Finnland und Norwegen wohl gleichermaßen bedeutend wie für die Schotten der Whisky war. Jedes Mal, wenn die Wirtin vorbeikam, verstummten die vier oder sprachen deutsch und unterhielten sie sich über die Geschichte der Wikinger.

Bevor sie allerdings an den Tisch kam, glaubte sie gehört zu haben, wie einer von ihnen sagte, dass sie am nächsten Tag ihren Plan in die Tat umsetzen wollten. Dabei fielen Worte wie Politistation. Auch vaben, voben oder so, was wohl Waffen heißen sollte, meinte sie, gehört zu haben. Genau hatte die Wirtin das aber nicht verstanden. Weil das Lokal an diesem Abend gut besucht war und die Wirtin alle Hände voll zu tun hatte, vergaß sie das Gehörte allerdings schnell wieder, sonst hätte sie wohl gleich die Polizei darüber informiert. Jetzt machte sie sich Vorwürfe deswegen.

Das LKA in Kiel hatte sich bereits vorsorglich an die Politiets Efterretningstjeneste gewandt, weil die Fäden für dieses Komplott anscheinend in Kopenhagen zusammenliefen, wie ihr Kollege Dombrowski herausgefunden hatte. Der dänische Inlandsnachrichten- und Sicherheitsdienst hatte die Aufgabe, Gefahren gegen Dänemark und die dänische Gesellschaft zu identifizieren und ihnen vorzubeugen. Dort hielt man die Pläne der Gruppe allerdings für völlig absurd.

Auch Larsen konnte sich beim besten Willen nicht vorstellen, dass sein ehemaliger Schulkamerad ein solches Vorhaben ernsthaft in Betracht gezogen hatte, beziehungsweise in die Tat umsetzen wollte. Leider sah aber alles danach aus. Er musste unter diesen Umständen sogar davon ausgehen, dass Hauke Olafson der Mörder von Dombrowski gewesen war, weil der seine Pläne durchkreuzen wollte. „Was für ein Idiot“, dachte Larsen. Wenn es denn alles so stimmte.

Kapitel 23

Bei der Durchsuchung des Hotelzimmers fanden die Polizisten in einer Schublade Briefe, die sie vorsorglich mitgenommen hatten. Jetzt nahm Larsen zunächst einen Arztbrief heraus. Gerichtet war der Befund an einen Kollegen in Kiel. Darin war von schweren Angststörungen die Rede. Larsen war zwar kein Mediziner, dennoch konnte er herauslesen, dass es sich hierbei wohl um einen sehr schweren Verlauf dieser Erkrankung handelte, ausgelöst durch ein traumatisches Ereignis. Am Ende des Schreibens deutete der Arzt an, dass der Patient durchaus Suizid gefährdet sei. Man müsse ihn deshalb unter Beobachtung stellen, um ihn quasi vor sich selbst zu schützen. Eventuell sei eine Einweisung in eine psychiatrische Einrichtung zu empfehlen. Ob diese dauerhaft oder zeitweise stattfinden solle, müssten weitere Untersuchungen zeigen. Diesen Bericht hatte Dombrowski einige Tage vor seinem Tod erhalten. Das konnte Larsen am Stempel der Post erkennen.

Larsen rief einen befreundeten Arzt an. Von ihm wollte er wissen, was Angststörungen sind und wie man sie erkennen beziehungsweise heilen konnte, sofern das überhaupt möglich war. „Wenn jemand unter Symptomen leidet, die auf eine Angststörung hinweisen“, erklärte ihm der Arzt, sei es wichtig, professionelle Hilfe in Anspruch zu nehmen.“ „Wie äußert sich das denn?“, wollte Larsen wissen. „Nun: Ein schnelles oder unregelmäßiges Herzklopfen kann auftreten. Auch übermäßiges Schwitzen, selbst in entspannten Situationen, kann auftreten. Sogar unwillkürliches Zittern oder Muskelverspannungen und Magen-Darm-Beschwerden, sowie Übelkeit, Bauchschmerzen oder Durchfall können ebenfalls auftreten, um nur ein paar Symptome zu nennen. Intensive Angst vor sozialen Situationen, übermäßige Angst vor bestimmten Situationen. Eine erhöhte Anfälligkeit für Reizbarkeit und Unruhe. Viele Betroffene vermeiden Situationen oder Orte, die Angst auslösen, und Schlafstörungen nicht zu vergessen, also Schwierigkeiten beim Einschlafen oder Durchschlafen aufgrund von übermäßigen Sorgen.

Aber therapeutische Ansätze und gegebenenfalls medikamentöse Behandlungen können helfen, die Symptome zu lindern und die Lebensqualität zu verbessern“, schloss der Arzt seine Ausführungen. „Irgendein Psychozeug einwerfen und die Welt ist wieder in Ordnung?“, dachte Larsen. Ganz so einfach war es dann wohl doch nicht, wenn man sich Dombrowski anschaute. Vieles von dem, was der Mediziner geschildert hatte, konnte er in den Aussagen der Wikingertruppe über ihn wiederfinden. Das Vermeiden von Situationen oder Orten beispielsweise würde erklären, warum Dombrowski lieber im Hotel übernachtete als mit anderen in einem Zelt. Aber auch für die intensive Angst vor sozialen Situationen, übermäßiger Angst vor bestimmten Situationen oder eine erhöhte Anfälligkeit für Reizbarkeit und Unruhe gab es Beispiele aus den Erzählungen der anderen „Wikinger“.

Kapitel 24

Das LKA in Kiel hatte zwischenzeitlich eine Fahndung nach Hauke Olafson herausgegeben, sogar mit einem aktuellen Foto des Gesuchten. Das hatten sie vom „Inselboten“, der Amrumer Tageszeitung, bekommen. Die hatte erst kürzlich über das Lager der Wikinger berichtet und ein Foto vom Jarl, Hauke Olafson, veröffentlicht. Larsen und seine Kollegen hatten zwar Order, sich aus dem Fall herauszuhalten. Nun folgten sie selbstverständlich dem Fahndungsaufruf und waren damit wieder im Spiel. Ihr erster Weg führte sie ins Lager der Wikinger. Sie begannen sofort, die Zelte zu durchkämmen. Die Menschen dort waren darüber alles andere als erfreut. Sie sahen sich in ihrer Privatsphäre gestört. „Dürfen Sie das überhaupt?“, fragte einer. „Ja“, war die kurze Antwort. Komischerweise fragte keiner nach dem Grund für die Durchsuchung. „Wo ist Hauke Olafson?“, fragte Larsen jeden und jede. Niemand wusste es scheinbar. Jedenfalls war Hauke Olafson nicht mehr im Lager. Er hatte sich also abgesetzt. Doch wohin?

Einige Zeit später informierten ihn die Kollegen vom LKA, dass die Bundespolizei ihn aufgegriffen hätte. Hauke Olafson war nach dem ersten Besuch von Larsen im Lager gleich mit der nächsten Fähre auf das Festland gefahren und dann weiter in Richtung Kopenhagen. Er hatte angenommen, dass Larsen gekommen war, um ihn zu verhaften. Uniformierte Polizeibeamte aus Deutschland, die seit geraumer Zeit rechtmäßig nach Dänemark einreisen durften, um von den Bahnhöfen in Padborg und Tønder aus, die Zugverbindungen nach Deutschland zu nut-

POLIZEI

zten, hatten ihn mehr oder weniger zufällig gesehen und gleich verhaftet. Diese grenzüberschreitenden Maßnahmen, die in einer Kurzmitteilung des dänischen Polizeipräsidiums SjylPoliti angekündigt wurde, sollten die gegenseitige Unterstützung zwischen den beiden Ländern verstärken. Wegen der sich verändernden Sicherheitslage in Europa wollte man so effektive Maßnahmen zur Kriminalitätsbekämpfung gewährleisten.

Den Kollegen dort hatte er zwar gestanden, gewusst zu haben, dass Torsten Dombrowski bei der Polizei Kiel gewesen war. Aber mit seinem Tod hätte er angeblich nichts zu tun. Wie er denn darauf gekommen sei, dass Dombrowski Polizist war, wollten die Beamten wissen. Dann erzählte er ihnen, dass Hauke das Verhalten des Mannes doch recht merkwürdig fand. Anfangs hätte der noch wie die anderen im Lager übernachtet. Aber schon nach der ersten Nacht habe er sich ein kleines Hotel gesucht und dort die weiteren Nächte verbracht. Tagsüber war er dann wieder im Lager, aber auch dort war sein Verhalten von den anderen als eigenartig beschrieben worden.

Ohne dass Dombrowski etwas bemerkt hatte, war Hauke ihm gefolgt, um zu schauen, wo Dombrowski untergebracht war. Dem Portier erzählte er am nächsten Tag, dass Dombrowski ihn geschickt habe, um etwas aus seinem Zimmer zu holen. Nach anfänglichem Zögern gab der Portier ihm schließlich den Schlüssel und Olafson durchsuchte das Zimmer. Dabei stieß er auf den Dienstausweis des Toten. Kurz darauf erfuhr er angeblich von dessen Tod. Da Hauke Olafson dänischer Staatsbürger war, hatten die dortigen Behörden ein Problem damit, dass deutsche Beamte einen Landsmann auf dänischem Staatsgebiet festnehmen und außer Landes bringen wollten. Erst nach vielen Erklärungen bekamen die Beamten aus Deutschland die Erlaubnis, den Verdächtigen mit nach Kiel zu bringen. Dort erwarteten ihn bereits die Staatsschützer Neumann und Berendsen.

Den beiden Beamten erzählte er die gleiche Geschichte wie bereits den Polizisten in Dänemark. Er habe herausgefunden, dass Dombrowski Polizist gewesen ist. Mit seinem Tod habe er aber nichts zu tun. Das habe er erst später erfahren. Wo er denn zur Tatzeit gewesen sei, wollte Neumann wissen. „Wenn Sie mir sagen, wann das gewesen ist, kann ich die Frage vielleicht beantworten“, erwiderte Olafson. „Am letzten Freitag so gegen zehn Uhr abends“, ergänzte Berendsen.

Kapitel 25

Larsen konnte dem Ganzen nicht wirklich etwas abgewinnen. Reichsbürger, Dänenfreunde, Bürgerinitiative. Das war ihm alles zu offensichtlich. Obwohl er nicht genau wusste, was ihn eigentlich an diesen Theorien störte. Zum Glück hatte Larsen seine eigenen Quellen und fand schließlich heraus, dass das Opfer schon als Kind auf der Insel gewesen sein musste. Das ging aus dem zweiten Brief hervor, den er im Zimmer des Toten gefunden hatte. Darin stand, dass seine Eltern ihn nach Wittdün in ein sogenanntes Kindererholungsheim geschickt hatten. In gutem Glauben, etwas für die Gesundheit des Jungen zu tun, der seine Kindheit und Jugend in Essen im Ruhrgebiet zu einer Zeit verbrachte, als der Kohlebergbau auf Hochtouren lief. Dort wurden Tag für Tag mehr als 23.000 Tonnen Rohkohle ans Tageslicht geholt.

Während der gesamten Betriebszeit wurden zwischen 1851 und 1986 insgesamt 240 Millionen Tonnen Kohle abgebaut. Das blieb auch für die Gesundheit der dort lebenden Menschen nicht ohne Folgen für die Gesundheit. Besonders die Atemwege waren betroffen, Staublungen an der Tagesordnung. Auch die Kinder waren betroffen. Um ihnen wenigstens zeitweise frische Luft zu verschaffen, wurden sie in die Kindererholungsheime geschickt.

Larsen wollte deshalb wissen, wie so ein Tag auf Amrum für Verschickungskinder ausgesehen hatte. Dazu suchte er nach Informationen. Auf Amrum selbst war niemand mehr, den er hätte fragen können. Also recherchierte er im Internet. Das, was er dort zu lesen bekam, war zunächst einmal recht unverfänglich und dass die Erfahrungen der Kinder in diesen Einrichtungen sehr unterschiedlich waren. Während einige positive Erlebnisse hatten, berichten andere von Herausforderungen und negativen Erfahrungen. Er stieß auch auf eine Internetseite, die detailliert einen Tagesablauf beschreiben sollte.

So begann der Tag für die Kinder früh am Morgen, oft mit dem Klang einer Glocke oder dem Ruf einer Betreuerin. Nach dem Aufstehen zogen sich die Kinder an und versammelten sich zum Frühstück. Die Mahlzeiten waren einfach, aber nahrhaft, um die Kinder zu stärken. Danach folgten oft leichte Gymnastikübungen im Freien. Diese Übungen sollten die körperliche Fitness fördern und die

Atemwege stärken. Nach den Übungen hatten die Kinder meist Unterricht. Dieser konnte in den Klassenräumen oder im Freien stattfinden. Die Themen reichten von Lesen und Schreiben bis hin zu Naturkunde, wobei der Fokus oft auf der Natur und der Umgebung der Insel lag. Nach dem Unterricht war Zeit für Spiel und Erholung. Die Kinder konnten am Strand spielen, Sandburgen bauen oder in den Dünen herumtollen. Die frische Seeluft und die Bewegung waren wichtig für ihre Gesundheit.

Zur Mittagszeit gab es wieder ein gemeinsames Essen. Die Kinder lernten dabei oft auch, sich an Tischmanieren zu halten und das Essen wertzuschätzen. Nach dem Mittagessen war eine Ruhezeit eingeplant. Die Kinder sollten sich zurückziehen, um zu entspannen und neue Energie zu tanken. Am Nachmittag fanden oft therapeutische Aktivitäten statt, wie das Inhalieren von Seeluft, spezielle Atemübungen oder auch kleine Wanderungen in der Natur. Die Betreuer achteten darauf, dass die Kinder sich viel an der frischen Luft bewegten. Am Abend versammelten sich die Kinder schließlich zum Essen. Oft wurde hier über den Tag gesprochen, und die Betreuer sorgten für eine gemütliche Atmosphäre.

Der Tag endete mit einem ruhigen Zubettgehen. Die Kinder wurden in ihre Schlafsäle begleitet, und oft gab es noch eine Gute-Nacht-Geschichte oder ein kurzes Gebet. Das Leben der Verschickungskinder auf Amrum war stark strukturiert und hatte das Ziel, die Gesundheit der Kinder zu fördern. Es war eine Kombination aus Bildung, Spiel, Therapie und Erholung in der gesunden Seeluft. Trotz der Einschränkungen, die mit der Verschickung verbunden waren, haben viele Kinder positive Erinnerungen an diese Zeit und die Freundschaften, die sie geschlossen haben.

Das las sich doch alles sehr harmonisch und hatte sogar etwas Idyllisches. Was trieb Dombrowski also in den Tod? Larsen recherchierte weiter. Dann fand er Beispiele dafür, dass es Fälle gab, die alles andere als Erholung für die Verschickungskinder war. Sie wurden zum Essen gezwungen, hieß es an einer Stelle, vor anderen bloßgestellt, wenn sie sich beispielsweise eingenässt hatten, und wurden teilweise stundenlang allein in Räume ohne Fenster gesperrt. Larsen dachte an die Beschreibung eines Tagesablaufs, die er zuvor gelesen hatte. „Die Betreuer achteten darauf, dass die Kinder sich viel an der frischen Luft bewegten", hieß es unter anderem dort. Gerade für die kleinen Menschen musste das wie Hölle aussehen und nicht wie Erholung. Für schätzungsweise acht Millionen Kinder gehörte das zwischen den 1950ern bis in die 1980er-Jahre leider zum Alltag in sogenannten Kindererholungsheimen. Viele von ihnen wurden dort gequält und misshandelt und litten noch als Erwachsene darunter. Sie hatten Angst-, Schlaf- und Essstörungen. Larsen begann zu verstehen.

Jetzt ergab es auf einmal Sinn, dass Dombrowski nicht mit den anderen gemeinsam übernachten wollte. Larsen erinnerte sich an das Gespräch mit der Frau aus dem Wikingerlager. Sie wunderte sich darüber, dass „Andreas" nicht im Lager, sondern in einem Einzelzimmer eines Hotels übernachten wollte. Auch der Ausraster, weil er die Toilette putzen sollte, hatte möglicherweise seine Ursache hier auf der Insel als Verschickungskind.

Larsen las weiter. Er fand unter anderem die Beschreibung eines Mannes, der beinahe über die gesamte Zeit seines Aufenthaltes in einem beschmutzten Bett liegen musste, weil er wegen schlechter Verdauung Abführmittel bekommen hatte und davon dann Durchfall. Zu diesen Demütigungen und Strafen kamen Zwangsmahlzeiten, weil der Erfolg der Kur auch an der Gewichtszunahme der Kinder gemessen wurde. So ließ sich sein Verhalten beim gemeinsamen Essen vielleicht auch erklären. Larsen schüttelte den Kopf. Er konnte sich das alles beim besten Willen nicht vorstellen. Wer tut so etwas?, fragte er sich. Er musste aufhören zu lesen. Das war alles schwer zu ertragen. Er dachte wieder an Dombrowski, der hier auf der Insel nicht nur einen Staatsfeind zur Strecke bringen sollte, sondern auch mit seinen Kindheitserlebnissen konfrontiert wurde, die er glaubte, überwunden zu haben.

Kapitel 26

Larsen rief seinen Kumpel von der Spurensicherung an und fragte ihn nach den Ergebnissen der Untersuchung. „Du weißt, dass ich dir offiziell nichts sagen darf", meinte Jensen. „Also habe ich dir offiziell auch nichts gesagt. Verstanden?" „Jetzt schieß schon los", sagte Larsen, der schon ganz ungeduldig auf die Informationen wartete. „Auf dem Dolch finden wir deutliche Fingerspuren des Toten. Aber, auch nur ganz schwach, die eines zweiten Mannes." „Was schließt du nun daraus?", wollte Larsen wissen. „Meiner Meinung nach hat sich der Tote selbst umgebracht.“ „Ach, ja“, sagt Larsen fast geistesabwesend. „Klingt absurd. Ich weiß, aber es sieht alles danach aus. Das ist aber noch nicht endgültig“, meinte Jensen. „So abwegig ist das gar nicht, wenn du die Hintergründe kennen würdest. Aber das dauert jetzt zu lange, das alles zu erklären. Wenn du mal Zeit und Lust hast, dann komme doch einfach mal vorbei und ich erzähle dir die ganze Geschichte“, meinte Larsen. „Ach so. Und vielen Dank für deine „nicht“- Informationen.“

Fünf Minuten später hatte Jensen den Bericht bereits per email geschickt. Larsen druckte ihn aus und gab ihn seinem Kollegen zu lesen, der eben zur Tür hereinkam, noch bevor er seinen Mantel ausziehen konnte. „Wurde aber auch Zeit. Da bin ich mal gespannt, was die Spusi uns zu erzählen hat“, meinte Abbo Nissen und begann zu lesen. „Also. So wie es aussieht, gab es keinerlei Fremdeinwirkung.“ „Mit anderen Worten: Der Kollege hat sich selbst ins Jenseits befördert. Der Grund dafür ist allerdings erschütternd“, fasste Larsen kurz und knapp den Bericht zusammen. Bei der Durchsuchung fand Larsen einen weiteren Umschlag in der Schublade des Tisches, dem er zunächst allerdings keine besondere Bedeutung beimaß. Jetzt erinnerte er sich daran und fragte seinen Kollegen, wo denn die Asservate des Toten verstaut wurden. Abbo holte einen Karton mit den Sachen, die sie im Hotelzimmer des Toten gefunden hatten. „Danke Abbo“, meinte Larsen und begann, darin zu kramen. Dann zog er einen Brief heraus. Er öffnete ihn vorsichtig, entfaltete ihn und begann zu lesen.

„Das liest sich wie ein Abschiedsbrief, Abbo“, rief Larsen. „Das, was Jensen von der Spusi schon vermutet hatte, ist hier im Brief schwarz auf weiß zu lesen.“

Kapitel 27

Torsten Dombrowski wuchs im Ruhrgebiet, genauer in Essen auf, wo seine Eltern im Bergbau arbeiteten. Sein Vater unter Tage, ein Knochenjob, der seine Gesundheit ruinierte, wie sich Dombrowski erinnerte. Seine Mutter hatte bei der Zeche eine Bürotätigkeit übernommen. Seine Großeltern waren polnische Juden, die sich verstecken mussten. Der Großvater war gebürtiger Pole und kam nach dem Ersten Weltkrieg nach Deutschland. Seine Großmutter stammte aus Essen, ihre Eltern waren ebenfalls aus Polen ins sogenannte Reich gekommen. Sein Großvater hatte mit Kunstgegenständen gehandelt, bis die Nazis es ihm verboten hatten. Torsten Dombrowski selbst war nicht religiös, obwohl seine Großeltern das gerne gesehen hätten. Die gehörten zu den sogenannten Ostjuden, die nach dem Ersten Weltkrieg nach Deutschland gekommen waren, um der furchtbaren Armut zu entfliehen, die im Osten Europas herrschte.

Sie waren Flüchtlinge und als solche nicht besonders angesehen. Im Gegenteil wurden sie sogar angefeindet. Es hieß, dass sein Großvater undurchsichtige Handelsgeschäfte betreiben würde. Selbst nach dem Ende der Naziterrorherrschaft hatte es seine Familie nicht leicht. Dombrowskis Vater, selbst noch während des Zweiten Weltkrieges zur Welt gekommen, fand zunächst Arbeit in der

Grube Friedrich Joachim Schonnebeck, die allerdings 1966 geschlossen wurde, später dann in der Zeche Emil-Emscher in Altenessen, dessen Ende er aber nicht mehr miterlebte. Er starb 1973 an Lungenkrebs. Damit es ihm nicht auch so ergehen sollte, beschloss seine Familie, ihn auf eine Insel an der Nordsee zu schicken, wo er sich erholen und man dort versuchen sollte, ihn von seinem Husten zu befreien.

Dombrowski war damals bei schlechter Gesundheit. Die Luft im Ruhrpott hatte seinen Atemwegen zugesetzt. Er hustete permanent und seine Haut war fahl. Er sollte für eine Weile gute Seeluft atmen. Einen für ihn besonders belastenden Vorfall hatte er nie vergessen. Die Leiterin sei auf ihn zugekommen, hatte ihn in ihr Zimmer geholt und die Tür abgeschlossen. Er war gefangen. Er musste sich ausziehen. Die Heimleiterin untersuchte ihn daraufhin von Kopf bis Fuß. Während sie seine Haut anschaute, murmelte sie so etwas wie, dass er bei dem dunklen Teint nicht zur arischen Rasse gehören könne. Man habe wohl vergessen, ihn zu vergasen.

Seinen Eltern konnte er von dem Vorfall, zumindest während seines Aufenthaltes dort, nichts erzählen. Denn er hatte Kontaktverbot zu den Eltern. Begründet wurde das damit, dass so sein Heimweh reduziert würde. Aus der Sicht der damals Verantwortlichen diente das der Gesundheitsfürsorge. Es gab dort aber nicht nur psychische, sondern durchaus auch physische Gewalt. Er und andere wurden schon einmal mit dem Weidestock verprügelt. Dabei mussten sie sich mit dem Kopf an die Wand stellen und wurden dann von hinten verprügelt.

Als er von dort wiederkam, war er ein anderer Mensch. Der sonst so aufgeschlossene und fröhliche Torsten war in sich gekehrt, von seiner Fröhlichkeit war nichts geblieben. Erst allmählich wurde es besser und seine Stimmung hellte sich wieder auf. Den Grund dafür erfuhren seine Eltern nicht, obwohl sie sich schon darüber wunderten. Wenigstens der Husten war so gut wie weg. Und das war ja das Ziel seines Aufenthaltes in dem Heim. Trotz der Unterbrechung als Verschickungskind war Torsten Dombrowski ein guter Schüler und machte als einer der jüngsten an seiner Schule das Abitur. Nach seinem Wehrdienst hatte er zunächst vor, ein Studium aufzunehmen, entschied sich dann aber doch, Polizist zu werden. Auch dort machte er schnell Karriere und kam über Umwege schließlich als Kriminalhauptkommissar zum Landeskriminalamt nach Kiel in die Abteilung Staatsschutz. Dort wurde er zunehmend auch mit antisemitischen Vorfällen konfrontiert, die ständig zunahmen.

Vor einem Jahr wurde Dombrowski dann mit einem Fall betraut, der ihm deshalb zugewiesen wurde, weil er mittlerweile perfekt dänisch gesprochen hatte, nicht zuletzt deshalb, weil er gerne in Dänemark Urlaub machte und die Lebensweise dort als sehr angenehm empfunden hatte. Der Fall, um den es ging, machte es notwendig, sich auch mit den dänischen Behörden auseinanderzusetzen. Da waren seine Sprachkenntnisse von großem Vorteil. Irgendwann hatten er und seine Kollegen beschlossen, dass jemand in eine Gruppe eingeschleust werden sollte, die regelmäßig nach Amrum kam, um dort wie die Wikinger zu leben. Man hatte Beweise dafür gesammelt, dass deren Anführer, eine staatsgefährdende Aktion vorbereitete.

Schließlich fiel die Wahl auf ihn, denn auch hier waren seine Sprachkenntnisse eine große Hilfe. Der Gedanke daran behagte ihm nicht. Noch wusste er nicht genau, warum er ein mulmiges Gefühl hatte. Erst später, auf der Insel, kamen die Erinnerungen an seinen Aufenthalt als Kind auf der Insel wieder hoch und lösten in ihm alte Ängste aus, die er glaubte, verarbeitet zu haben.

Kapitel 28

Dombrowski hatte herausgefunden, dass allein von Nordrhein-Westfalen aus, seiner Heimat, nach dem Zweiten Weltkrieg bis in die 90er-Jahre hinein über 2 Millionen Kinder und Jugendliche in Kuren verschickt wurden. Zunächst waren es traumatisierte Kinder des Krieges. Später wurden die Kinder aus gesundheitlichen Gründen verschickt. Einer von ihnen war Torsten Dombrowski. Statt Erholung und Genesung erwarteten ihn und andere allerdings nicht selten Demütigungen, Misshandlungen und Traumatisierungen. Seine Familie hatte eine Wohnung in Bahnhofsnähe. Noch Jahre, nachdem er verschickt worden war, bekam er Schweißausbrüche, wenn er einen Zug vorbeifahren hörte. Dann kam die Erinnerung. Damals, so erinnerte er sich, wurde er zusammen mit anderen Mädchen und Jungen im Alter von zwei bis zwölf Jahren von Essen aus in einem Sammeltransport mit der Bahn in die Kurorte an der Nordsee gebracht, sowohl auf dem Festland als auch auf die Inseln. Die Eltern durften ihre Kinder in der Regel weder besuchen noch mit ihnen telefonieren, selbst bei Kleinkindern.

Larsen war irritiert, beinahe schockiert darüber, dass solche Dinge auf seiner Insel passiert sein sollten. Selbst die vermeintliche Abgeschiedenheit vom Rest der Welt, auch hier auf der Insel, hatte das wohl nicht verhindern können. „Menschen sind doch irgendwie alle gleich", dachte Larsen. Sicher vor den Unbilden des Lebens war man nirgendwo, auch nicht auf einer idyllischen Insel. Was im Großen passierte, konnte sich genauso im Kleinen abbilden, war Larsens Erkenntnis. Aber er war sich sicher, dass so etwas heutzutage undenkbar wäre.

Dombrowski hatte seine Geschichte aufgeschrieben und den Brief damit beendet, dass er damit nicht länger leben könne. Seine Gedanken und Gefühle waren von Trauer, Verwirrung, Angst, Wut und einem tiefen Bedürfnis nach Sicherheit und Geborgenheit geprägt. Gerne hätte er eine Familie gegründet, aber das fehlende Sicherheitsgefühl führte dazu, dass er Probleme hatte, gesunde Bindungen zu anderen Menschen aufzubauen und große Schwierigkeiten, emotionale Nähe zuzulassen.

Larsen legte den Brief zur Seite und fing plötzlich an zu weinen. Da stand dieser an sich hartgesottene Mann mit über 50 in seiner Uniform und heulte wie ein kleines Kind. Es überkam ihn einfach. Er konnte nichts dagegen tun. Was für eine Welt? Irgendwie schien alles aus dem Ruder gelaufen zu sein. Auch wenn er hier auf der Insel, abgeschieden vom Festland, vermeintlich sicher war, so war er eben doch von dieser Welt. Derart Menschen Verachtendes hätte er nicht für möglich gehalten. Das, was Torsten Dombrowski in seinem Brief geschrieben hatte, war doch heute nicht mehr möglich oder?

Kapitel 29

Auch die Beamten vom Landeskriminalamt, nachdem sie erfahren hatten, was Dombrowski in der Vergangenheit erlebt hatte, informierten sich nun unter anderem darüber, was Verschickungskinder überhaupt waren und was mit ihnen passiert war. Sie selbst waren erstens noch zu jung, Neumann Jahrgang 1985, sein Kollege Berendsen noch zwei Jahre jünger, und stammten zweitens aus Norddeutschland. zur Küste hatten sie es deshalb nie weit. So erfuhren sie, dass die Kinder oft aus städtischen Gebieten in ländliche Regionen geschickt wurden, um dort "Erholung" zu finden, insbesondere aufgrund von gesundheitlichen Problemen, die durch die Lebensbedingungen in den Städten bedingt waren.

Die Verschickung fand häufig im Rahmen von speziellen Programmen statt, die von der Bundesregierung, Wohlfahrtsverbänden oder anderen Organisationen organisiert wurden. Die Kinder verbrachten mehrere Wochen oder Monate in Ferienheimen oder Erholungsorten, wo sie von ihren Eltern getrennt waren. Das Schicksal dieser Kinder war jedoch oft ambivalent. Während einige von ihnen tatsächlich eine gesundheitliche Verbesserung erlebten und die Zeit als positiv empfanden, berichteten viele andere von traumatischen Erfahrungen. Dazu gehörten Heime, in denen die Kinder nicht gut behandelt wurden oder in denen sie unter strengen Regeln litten. Es gab Berichte über Misshandlungen, Vernachlässigung und das Fehlen von emotionaler Zuwendung.

Dombrowski hatte nie darüber gesprochen. Neumann und

Berendsen, die sehr eng mit ihm zusammenarbeiteten, hatten dennoch keine Ahnung von seinem Schicksal. Allerdings war es Dombrowski selbst, der den Vorschlag gemacht hatte, auf die Insel gehen zu wollen. Wenn sie gewusst hätten, welche Folgen das für ihren Kollegen hatte, wäre vielleicht Neumann selbst nach Amrum gefahren. Unter Umständen hatte Dombrowski das aber auch als eine Art „Test“ für sich betrachtet, ob er das Erlebte tatsächlich verarbeitet hatte. Offensichtlich nicht.

Kapitel 30

Eine nochmalige Befragung bei der Bürgerinitiative für Vielfalt und Umwelt ergab keine neuen Erkenntnisse. Derjenige, der am selben Abend vor dem Tod Dombrowskis in der ‚blauen Maus' gewesen war, wurde durch seine Mitstreitenden entlastet. Der Verdächtigte, Okko Gericke, wurde eingehend von Larsen befragt. Dabei wurde deutlich, welche Ziele die Initiative verfolgte. „Wir setzen uns nicht nur für den Schutz und die Förderung von biologischer Vielfalt sowie für umweltfreundliche Praktiken in der Gemeinde oder Region ein. Wir informieren die Öffentlichkeit über die Bedeutung der biologischen Vielfalt und die Herausforderungen, die die Umwelt bedrohen.“ Larsen merkte, wie Okko sich gerade in Rage redete. „Wir haben kein Interesse daran, jemanden umzubringen“, fuhr er fort und man merkte, wie er am ganzen Körper zitterte. „Sie wissen doch, Hauke, dass wir Projekte zur Renaturierung von Lebensräumen, Pflanzaktionen, Artenschutzmaßnahmen oder die Pflege von Grünflächen durchführen.“

Okko Gericke und Larsen kannten sich natürlich. Privat duzten sich die beiden auch. Jetzt handelte es sich allerdings um eine offizielle Befragung. Da war es für Okko selbstverständlich, den Polizisten zu siezen. „Du, eh, Entschuldigung, Sie wissen doch, dass wir uns für nachhaltige Praktiken auf der Insel einsetzen, für ökologische Landwirtschaft, nachhaltigem Konsum und erneuerbare Energien." „Herr Gericke", setzte Larsen noch einmal an. „Sie und ich wissen, dass es zwischen Ihnen und den Wikingern Spannungen gegeben hat. Sie selbst sind dabei seinerzeit derart verletzt worden, dass Sie im Krankenhaus behandelt werden mussten. Was haben Sie gegen diese Leute?" „Die Truppe um ihren Anführer Hauke Olafson machte sich jedes Jahr aufs Neue hier auf der Insel breit und störte mit ihren Aktivitäten Fauna und Flora. Wenn sie wieder verschwunden waren, hinterließen sie jedes Mal einen Haufen Müll. So nachhaltig, wie sie immer taten, waren die nämlich nicht." „Und deshalb wolltet ihr die Wikinger von hier vertreiben?", wollte Larsen wissen. „Auch". „Was heißt, auch?", fragte Larsen nach.

„Vielfalt heißt für uns nicht nur Vielfalt in der Natur, sondern auch gesellschaftliche Vielfalt. Wir setzen uns deshalb auch für die Förderung von Diversität und Inklusion in der Gesellschaft ein", erklärte Okko seinem Gegenüber. „Wir wollen den interkulturellen Austausch und die Wertschätzung unterschiedlicher Kulturen fördern." „Klingt alles sehr hochtrabend", kommentierte Larsen die Ausführungen von Okko. „Mag sein. Aber bei den Wikingern hatten wir inzwischen den Eindruck gewonnen, dass sie das genaue Gegenteil wollten. Da war nichts mit

Vielfalt und so. Sie haben das mit ihrem Auftreten, wie wir finden, hinlänglich bewiesen. Dieser Kult mit ihren Klamotten und so weiter ging uns gehörig auf die Nerven."

Kapitel 31

Larsen erinnerte sich daran, dass er neben den Briefen auch einige handgeschriebene Notizen in der Schublade gefunden hatte, auf denen Dombrowski wohl begonnen hatte, seine Geschichte und die seiner Familie aufzuschreiben. Offensichtlich hatte der erneute Aufenthalt auf der Insel ihn dazu veranlasst. Diese Notizen lagen jetzt zusammen mit den Briefen im Kasten mit anderen Asservaten. Larsen schaute eher zufällig darauf. Danach warf er noch einmal einen Blick auf den vermeintlichen Abschiedsbrief. Plötzlich fiel ihm auf, dass das Schriftbild der beiden nicht ganz übereinstimmte. Es sah beinahe so aus, als ob Briefe und Notizen von zwei verschiedenen Personen geschrieben worden waren. Konnte das sein und wie kamen die Briefe dann in Dombrowskis Hotelzimmer? Um sicherzugehen, bat er den Kollegen von der Spurensicherung, sich beides, Zettel und Briefe, unbedingt noch einmal genau anzuschauen und auch auf eventuelle Spuren zu untersuchen. Vielleicht hatten sie Glück und konnten Fingerabdrücke sicherstellen.

Bereits einen Tag später hatte Larsen die Ergebnisse der Untersuchung auf seinem Rechner. Die Fingerabdrücke auf den Zetteln mit den Notizen waren definitiv die des Toten. Das konnte zweifelsfrei festgestellt werden. Auf den Briefen allerdings waren keine des Opfers erkennbar. Dafür gab es aber einen Abdruck eines Zeigefingers am oberen rechten Rand des Briefes, auf der Rückseite der eines Daumens einer anderen Person, die zwar versucht hatte, keine Spuren zu hinterlassen, und das Papier nur an der Spitze berührte.

Der Spurensicherung war es dennoch gelungen, die Abdrücke zu sichern. Und nicht nur das. Ein Abgleich mit der Datenbank ergab sogar einen Treffer. Die Kriminaltechniker hatten seinerzeit auf der Tatwaffe nicht nur die Fingerabdrücke des Opfers gefunden, die fast wie aufgemalt aussahen, sondern, wenn auch nur ganz leicht, Fingerspuren einer zweiten Person. Die passten mit denen auf dem Papier zusammen. Als Larsen das erfuhr, war er mehr als verwirrt. „Was denn nun“, dachte er. Hatte sich Dombrowski nun selbst umgebracht oder nicht?

Kapitel 32

Die Beamten vom LKA hatten Olafson in den Verhörraum bringen lassen. „Was hat Sie bewogen, auf die Idee zu kommen, Amrum und die anderen friesischen Inseln wieder in das dänische Königreich zu integrieren?“, wollte Neumann wissen. „Geht es Ihnen denn hier so schlecht?“ „Wissen Sie, Herr Kommissar“, begann Olafson. „Hauptkommissar“, erwiderte Neumann. „Wenn es denn sein muss? Also, Herr Hauptkommissar. Die Frage, ob man besser in Dänemark oder Deutschland lebt, hängt doch von verschiedenen Faktoren ab, nämlich von persönlichen Vorlieben, Lebensumständen und individuellen

Bedürfnissen." „Klar, und?" „Wie Sie vielleicht wissen, zählt Dänemark zu den wohlhabendsten Ländern der Welt mit einem hohen Lebensstandard.

Die dänische Gesellschaft wird für ihre soziale Sicherheit, Gesundheitsversorgung und Bildungssystem gelobt. Hierzulande geht es, zumindest gefühlt, eher in eine andere Richtung." „Ist das so?", fragte Neumann nach. „Ja!", erwiderte Olafson voller Überzeugung. Dann zählte er noch weitere Beispiele auf, die zeigen sollten, dass er recht hatte. „Wenn es in Dänemark so toll ist, warum sind Sie dann nicht einfach dortgeblieben?", fragte Neumann schließlich. Auf diese Frage hatte Olafson keine Antwort. Viel hatten sie nicht gegen Olafson in der Hand. Die Beweislage war ziemlich dünn. Also ließen sie ihn zunächst wieder auf freien Fuß.

Kapitel 33

Larsen freute sich beinahe wie ein Kind, als er die Kollegen darüber informierte, was er beziehungsweise die Spurensicherung herausgefunden hatte. Schweigen am anderen Ende der Leitung. Dann hörte Larsen, wie Neumann zu seinem Kollegen sagte: „Ach du Sch…", er stockte. „Wir müssen Olafson sofort zurückholen." Er bedankte sich bei Larsen und beendete das Gespräch. Der rieb sich die Hände und dachte: „von wegen Dorfpolizist".

Zum Glück war Olafson noch nicht weit gekommen, sodass es ziemlich schnell ging, bis sie ihn wieder festsetzen konnten. Wieder saß er mit den beiden Beamten vom

LKA im Verhörraum. Diesmal allerdings unter anderen Vorzeichen. Neumann hielt ihm direkt die Spurenlage vor. Und Olafson packte endlich aus. Er erzählte, dass das merkwürdige Verhalten von Dombrowski im Lager ihn auf die Idee gebracht hatte, den von ihm fingierten Brief bei Dombrowski im Hotelzimmer zu platzieren. Er sollte Glauben machen, dass Dombrowski Suizid begangen hatte. Olafson hatte, nachdem er die Symptome eingegeben hatte, im Netz recherchiert und herausgefunden, dass es sich bei Dombrowski wohl um Angststörungen gehandelt haben musste, vermutlich ausgelöst durch die Erlebnisse auf der Insel. Olafson konstruierte daraus kurzerhand eine Geschichte, die es so aussehen lassen sollte, als ob Dombrowski damit nicht mehr klar kam und seinem Leben ein Ende setzen wollte. Wenn Larsen nicht zufällig genauer auf die Zettel mit der Familiengeschichte des Toten geschaut hätte, wäre es Hauke Olafson wahrscheinlich auch gelungen.

Olafson hatte Dombrowski in einen Hinterhalt gelockt, der ihm auf den Fersen war. Unter einem Vorwand lockte er ihn zum Esenhugh, um dort angeblich eine Führung für Touristen vorzubereiten, um über die Bestattungsrituale der Wikinger aufzuklären. Am Esenhugh allerdings stellte Olafson Dombrowski zur Rede und machte ihm klar, dass seine Tarnung aufgeflogen war. Daraufhin kam es zwischen den beiden Männern zu einem Kampf, in dessen Verlauf Dombrowski fiel und liegen blieb. Olafson dachte, dass Dombrowski tot sei, und überlegte, was er tun könne. Er habe ihn nicht umbringen wollen, versicherte er den Beamten. Nun habe er dagelegen und seine Pläne wären damit gefährdet gewesen. Das habe Olafson nicht zulassen können. Da sei ihm die Idee mit dem Selbstmord gekommen. Der Grund dafür schien plausibel. Angststörungen hatten den Mann in den Tod getrieben. Das wusste er ja aus den Notizen, die er in der Schublade gesehen hatte.

Olafson zog also seinen Dolch aus dem Gürtel, den er als Jarl immer bei sich trug, und rammte ihn Dombrowski in die Brust, alles in der Annahme, dass Dombrowski bereits tot gewesen sei. Dann wischte er seine Fingerabdrücke vom Dolch ab und drückte die von Dombrowski auf den Griff. Anschließend legte er ihn dann ordentlich auf den Boden, die Hände verschränkt, so, als ob Dombrowski sich selbst so hingelegt hätte, um zu sterben. Dass Dombrowski noch nicht tot war, als Olafson ihm den Dolch in die Brust rammte, hatte er später durch die Polizei erfahren. Olafson hatte angenommen, dass man ihm den Tod Dombrowskis in die Schuhe schieben würde, nachdem der unglücklich gestürzt war. Dass er ihn danach tatsächlich umgebracht hatte, habe er nicht gewollt. Die Ermittler standen vor einem Problem. Die Frage, die sich für sie stellte: Kann man einen Toten ermorden? Die Vertuschung einer Straftat war es allemal und unterlassene Hilfeleistung. Aber mehr? Das sollten die Gerichte entscheiden.

Olafson sei anschließend ins Lager zurückgekehrt. Auf dem Weg dorthin habe er fieberhaft überlegt, wie er den Selbstmord noch glaubhafter machen konnte. Da sei ihm die Idee mit dem Brief gekommen. Der sollte wie ein Abschiedsbrief aussehen. Also habe er Dinge wie „ich kann so nicht mehr leben" und so weiter geschrieben.

Natürlich habe dieser Brief so schnell wie möglich im Hotelzimmer des Toten deponiert werden müssen. Also habe Olafson sich kurzerhand auf den Weg zum Hotel gemacht. Der Portier wunderte sich darüber, dass Olafson ein zweites Mal hier auftauchte. Der konnte ihm aber glaubhaft erklären, dass es seine Richtigkeit damit hätte. Auf die Frage, wo Dombrowski sei, gab Olafson keine Antwort und war gleich wieder verschwunden. Später hatte der Portier bei der Polizei angerufen und erzählt, dass Olafson zweimal das Zimmer des Toten aufgesucht habe. Bei der ersten Befragung durch Larsen habe er nicht mehr daran gedacht. Erst hinterher sei ihm das wieder eingefallen.

Das machte Larsen hellhörig. Er rief den Portier an und bat ihn, noch einmal genau darüber nachzudenken, wann Olafson ein zweites Mal im Hotel aufgetaucht war. Der Portier überlegte. „Das ist jetzt sehr wichtig für uns", sagte Larsen. „Wenn Sie mich jetzt so fragen, Larsen. Ja. Es war genau einen Tag vor dem Tod des Mannes." „Sind Sie ganz sicher?", fragte Larsen noch einmal nach. „Absolut sicher", antwortete der Portier.

Larsen überlegte. Wenn es kein vorsätzlicher Mord war, sondern im Affekt geschehen sein sollte, wie Olafson behauptete, warum hatte er dann bereits einen Tag vor dem Treffen diesen Brief in Dombrowskis Zimmer deponiert? Er musste also schon vorher die Absicht gehabt haben, Dombrowski zu töten.

Larsen gab auch diese Information an die Kollegen vom LKA weiter. Die saßen noch immer beim Verhör mit

Olafson. Mit der Aussage des Portiers konnte Larsen nachweisen, dass es sich um eine vorsätzliche Tat gehandelt hatte. Olafson kam nicht mehr aus der Nummer heraus. Jetzt saß er in der Falle. Leugnen hatte keinen Zweck mehr. „Ich verhafte Sie wegen Mordes an Torsten Dombrowski“, sagte Neumann am Ende des Verhörs und ließ Olafson abführen. Larsen, der „Dorfpolizist“, wie die Kieler Kollegen ihn genannt hatten, konnte den Fall aufklären und Olafson des heimtückischen Mordes überführen.

Kapitel 34

Im Grunde genommen hatten sowohl Dombrowski als auch Olafson irgendwie schon die gleichen Ziele, fand Larsen. Nämlich ein Leben in Frieden und Freiheit. „Das ist doch schon verrückt“, dachte Larsen. Ein Blick auf die Weltpolitik genügte allerdings, um zu erkennen, dass ein Mensch allein wenig ausrichten kann, auch wenn es einem immer so erzählt wird. Unwillkürlich dachte er an Martin Luther, der gesagt haben soll, dass er, wenn er wüsste, dass morgen die Welt unterginge, er heute noch ein Apfelbäumchen pflanzen würde. Ja und? Er nahm einen großen Schluck Kaffee aus seiner Tasse. „Hat immer recht“ stand darauf.

Hätte Larsen das auch ohne Unterstützung aus Flensburg und Kommissarin Petersen und die Kollegen vom LKA hinbekommen? Da war er sich sicher. Aber, und das musste man der jungen Kollegin zugutehalten, hatte sie den richtigen Riecher. Denn Kommissarin Petersen hatte den Jarl der Wikingertruppe, Hauke Olafson, von Anfang an in Verdacht und sollte damit ja auch recht behalten. Olafson hatte im Verhör auch noch die Namen der Komplizen preisgegeben, sodass die Kollegen sie auf Sylt und Föhr ebenfalls festnehmen konnten. Die Hintermänner in Kopenhagen wurden von den dortigen Behörden aufgespürt, nachdem auch die bekannt waren. Alle wurden zu Haftstrafen wegen staatsgefährdender Verbrechen zu mehrjährigen Haftstrafen verurteilt. Hauke Olafson wurde darüber hinaus wegen vorsätzlichen Mordes zu einer lebenslangen Haft verurteilt. Schade, dass der Kollege Dombrowski das nicht mehr erleben konnte.

Nun, da der Fall abgeschlossen war, wollte er erst einmal abschalten und den Kopf freibekommen. Er fuhr wie so oft, von Nebel aus, den Strunwai entlang bis zum Ende Richtung Kniepsand. An den Strandpiraten vorbei, ging es hinunter zum weiten Strand, der endlos schien. In der Hauptsaison machte er das nicht so häufig. Zu viele Menschen hier. Jetzt aber brauchte er das, um das Ganze noch einmal Revue passieren zu lassen. Eine Leiche, die doch umgebracht wurde, getarnt als Selbstmord. Und das aus einem Grund, der traurig und irgendwie auch beschämend war. Er hätte es nie für möglich gehalten, dass es so etwas auf Amrum gegeben hatte. Kinder, die zur Erholung auf seine wunderschöne Insel kamen und dort die Hölle kennenlernten. Ein Gedanke, der sein Bild von Amrum doch etwas in Schieflage gebracht hatte. Gott sei dank, war dieses düstere Kapitel abgeschlossen. Denn im Vordergrund standen eigentlich von jeher Geborgenheit und Sicherheit sowie das Familienleben und der Gemeinschaftssinn. Kriminalität war hier zum Glück nicht an der

Tagesordnung. Ein Freiheitsdrang und die Sehnsucht nach Selbstbestimmung waren eigentlich das, was die Insulaner bewegte. Der friesische Wahlspruch „Leewer duad üs slaaw“, `lieber tot als Sklave´ drückte das sehr schön aus. Dennoch hatte ihn das alles doch ziemlich aufgewühlt. Mit Blick auf das Wasser überkam ihn dann aber doch irgendwann eine tiefe innere Ruhe und er hatte das Gefühl, dass das Leben unendlich ist, zumindest hier, auf seiner geliebten Insel - Sin Öömrang lun.

Ünlok wal ei alian wees

(Ein Unglück kommt selten allein)

Larsen und die Tote im Kniepsand

Rüm hart - klaar kimming

Gewidmet all denen, die ein weites, menschenfreundliches Herz und einen weiten, vorurteilsfreien Blick haben.

Kapitel 1

Stürmisch war es, wie man es im späten Herbst auf Amrum erwarten konnte. Die Wellen schlugen gegen die Küste, und der Wind heulte durch die Straßen des kleinen Dorfes Nebel. Das Leben hier auf der Insel wurde begleitet von Ebbe und Flut und es gab Zeiten, in denen sie das Leben sogar bestimmten. Ein ständiges Kommen und Gehen des Wassers war dennoch etwas Verlässliches und gab den Menschen auch einen gewissen Halt. Jetzt zum Winter hin tickten die Uhren hier allerdings anders. Die hektische Zeit der Hochsaison war erst einmal vorbei und alle sehnten sich nach etwas Ruhe, bis es im nächsten Jahr wieder mit Volldampf von vorne losgehen sollte.

Polizeihauptkommissar Hauke Larsen nutzte jetzt jede Gelegenheit, draußen zu sein, und war nach seiner Frühschicht wieder einmal mit seinem Hund Oskar, den er sich vor zwei Jahren angeschafft hatte, an seinem Lieblingsstrand bei Norddorf spazieren. Zu dieser Jahreszeit war kaum noch jemand hier. Streckenweise war er sogar mit Oskar alleine am Strand. Das Wetter störte ihn nicht. Dann ließ er seinen Rauhaardackel auch schon einmal von der Leine. Der machte sich auf seinen kurzen Beinchen auch gleich in Richtung Wasser auf den Weg. Im Sand zu graben, machte ihm am meisten Spaß. Larsen schaute seinem Hund gerne dabei zu. Der entfernte sich jedoch immer weiter von ihm. Hinter einer Sanddüne war der Hund plötzlich verschwunden.

Larsen rief nach ihm, aber Oskar, so hieß der kleine Kerl, weil er ein sogenannter O-Wurf war, den er bei einer Züchterin in Hessen abgeholt hatte, reagierte nicht auf das Rufen. Eben ein Dackel, der ein Eigenleben führte.

Dafür wurde er aber auch gezüchtet. Der Dackel ist ein Jagdhund, der zwar klein ist, dafür aber ein ausdauernder Alleinjäger, der selbstständig Entscheidungen treffen muss. Er hat einen starken Willen, Beharrlichkeit und beweist bei der Jagd auf Dachs oder Fuchs großen Mut.

Irgendwann wurde es Larsen dann aber doch zu bunt. Denn in die Dünen durfte der Hund auf keinen Fall, geschweige denn dort graben. Die Dünen waren die Lebensversicherung für die Insel und deshalb für alle tabu. Er lief in die Richtung, in der Oskar verschwunden war und fand ihn schließlich dabei, wie der im Kniepsand buddelte und der halbe Körper bereits im Sand verschwunden war. Larsen ging zu ihm, packte ihn und zog ihn aus dem Loch heraus. Er wunderte sich, dass der Hund hier gegraben hatte, und schaute nach, wonach Oskar denn dort gesucht hatte.

Larsen leinte seinen Hund zunächst wieder an und beugte sich dann hinunter, um in das Loch hinein zu schauen. Er war sich nicht sicher, ob das, was er sah, ein Knochen war. Larsen griff also hinein und zog an dem Gegenstand. Als er ihn endlich herausgezogen hatte, kam tatsächlich ein Knochen zum Vorschein. Larsen hatte von Anatomie nicht sehr viel Ahnung, aber für ihn sah das aus wie ein menschlicher Oberschenkel.

Wie kam ein menschlicher Oberschenkelknochen hierher in den Kniepsand? „Ein Knochen kommt selten allein“, dachte Larsen und buddelte jetzt selbst in dem Loch, das Oskar für ihn vorbereitet hatte. Er musste gar nicht viel Sand herausholen, als er einen weiteren Knochen freigelegt hatte. Jetzt wurde es langsam spannend. Er holte sein Handy aus der Tasche, rief kurzerhand in der Polizeistation an und bat die Kollegen, an den Strand in Höhe von Norddorf zu kommen. „Bringt ein paar Schaufeln mit und

Absperrband", sagte er noch und wartete auf seine Kollegen.

Währenddessen legte er weitere Knochen frei. Die formten sich allmählich zu einem menschlichen Skelett, so viel war schnell klar, und alles an diesem Fund schrie förmlich „alt", von der bräunlichen Verfärbung bis zur Beschaffenheit der brüchigen Überreste. Mit geübtem Blick nahm Larsen die Lage in Augenschein. Alles deutete darauf hin, dass dieses Skelett seit Jahrzehnten – vielleicht Jahrhunderten – unter dem Sand verborgen gelegen hatte.

Und doch … da war etwas, das ihn innehalten ließ. Ein Instinkt, geformt durch unzählige Fälle und jahrzehntelange Erfahrung. Es war nicht greifbar, nicht konkret, und doch wusste Larsen, dass er diesen Fund nicht einfach dem Vergessen überlassen konnte. Vielleicht war es einfach sein kriminalistischer Spürsinn, der Alarm schlug.

„Oskar, wir haben Arbeit", murmelte er, holte seinen Notizblock und begann, akribisch festzuhalten, was er sah: den Zustand der Knochen, die genaue Position, die Beschaffenheit des Sandes darum herum. Für ihn war es keine Frage – der Fund musste behandelt werden wie ein aktueller Fall, und nichts durfte dem Zufall überlassen werden.

Während die Schatten der sinkenden Sonne sich über den Strand legten, schienen die Knochen ihn anzusehen. Etwas war ungewöhnlich, das konnte er nicht leugnen. Doch die Natur dieses Fundes würde sich erst später offenbaren. Larsen war sich einer Sache sicher: Egal wie alt es aussah, der Fall war noch nicht abgeschlossen. Da war mehr. Ein Gefühl, ein instinktiver Drang, der Larsen dazu brachte, aufmerksam den Sand zu betrachten, der an Oskars Pfoten klebte. Ohne lange nachzudenken, griff er nach einer kleinen Beweismitteltüte in seiner Jackentasche und sicherte eine Probe des feinen, feuchten Sandes. Er wusste selbst nicht genau, warum. Es war diese leise Stimme seines kriminalistischen Instinkts, die ihn antrieb. Und wie sich später herausstellen sollte, war das eine gute Entscheidung.

Kapitel 2

Seine Leute in der Polizeistation wunderten sich zunächst, packten dann aber die gewünschten Teile in den Kofferraum des Streifenwagens und fuhren nach Norddorf. Abbo Nissen war mal wieder nicht dabei. Der saß vermutlich auf einer Bank am Wasser und aß sein obligatorisches Fischbrötchen, mindestens das zweite an diesem Tag, wie immer mit einer extra Portion Zwiebeln.

Nachdem die Kollegen in Norddorf eingetroffen waren, gingen sie hinunter zum Strand. Schaufeln und Absperrband hatten sie mitgebracht. Larsen winkte sie herbei. „Also, Kollegen“, fing Larsen an. „Ich bin mir nicht ganz sicher, aber möglicherweise haben wir es hier mit einem-Verbrechen zu tun“. Obwohl keine Menschenseele zu sehen war, steckten sie den Fundort zunächst einmal großzügig mit Flatterband ab. „Polizeiabsperrung stand darauf. Zutritt verboten“. Sollte es sich tatsächlich um einen Leichenfund handeln, müsste mal wieder jemand aus Flensburg vorbeikommen und die Spurensicherung gleich mit. Da gehörte es sich so, dass der Fundort, möglicherweise sogar ein Tatort, gesichert wurde. Schließlich waren auch sie Profis.

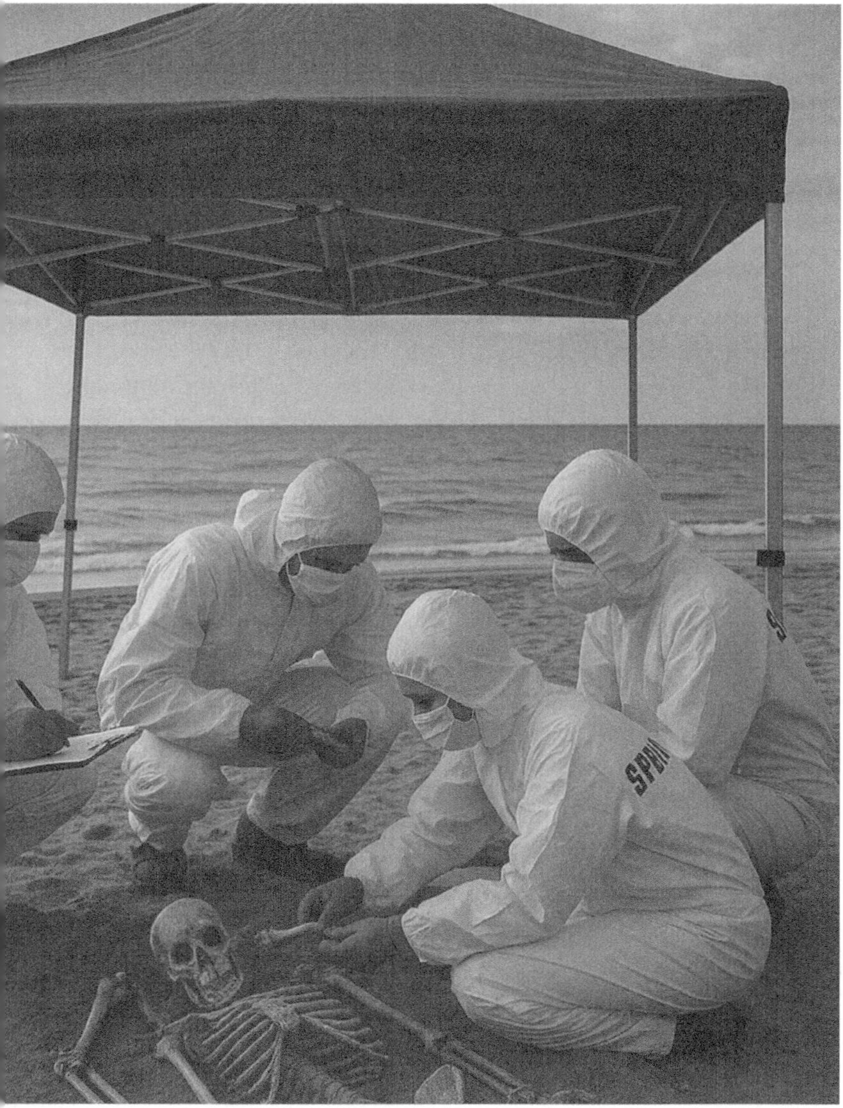

Anschließend machten sie sich an die Arbeit und begannen, weiter zu graben. Ganz vorsichtig, Schicht für Schicht trugen sie den Sand ab. Jetzt kamen immer mehr Knochen zum Vorschein. Etwa nach einer halben Stunde hatten sie ein vollständiges Skelett freigelegt. „Ist das echt?“, fragte einer der Kollegen. „Glaub schon“, meinte Larsen, war sich aber auch nicht sicher.

Hier am Strand konnte man schon manchmal merkwürdige Dinge finden, die angespült wurden. Seehunde und Heuler selbstverständlich, aber auch Muscheln und Austern, Quallen, Seesterne, sogar Wrackteile und verlorene Schiffsladungen. Auf der unbewohnten Wattenmeerinsel Minsener Oog südöstlich der Insel Wangerooge wurde unlängst sogar ein Buckelwal gefunden. Aber ein vollständiges, dazu noch echtes menschliches Skelett hatten sie hier auch noch nicht gefunden.

Jetzt war es wohl an der Zeit, die Kollegen in Flensburg zu informieren. Sollte es sich hierbei nämlich um ein Kapitalverbrechen handeln, musste die übergeordnete Dienststelle darüber informiert werden. Also nahm Larsen sein Handy aus der Tasche und rief in Flensburg an, um die Kollegen dort über den Fund und Fundort eines vermutlich menschlichen Skeletts zu informieren. „Was meinen Sie mit vermutlich menschlich? Ob Mensch oder Tier werden Sie doch unterscheiden können oder?“, meinte jemand am anderen Ende der Leitung. „Sie werden es nicht glauben, Herr Kollege. Das kann ich. Gemeint habe ich damit, dass es sich wohl um ein echtes Skelett handelt, also von einem echten Menschen“, erwiderte Larsen etwas gereizt. „Verstanden. Wir machen uns auf den Weg“, meinte der freundliche Mensch und legte auf.

Mit dem Feierabend war es nun wohl vorbei. Aber seinen

Hund konnte er hier gerade nicht gebrauchen. Bis jetzt war der zwar erstaunlich ruhig geblieben, für einen Dackel eher untypisch. Trotzdem störte er jetzt mehr, als er nützlich sein konnte. Er rief Bente an, die Bedienung aus dem Restaurant Dörnsk. Hauke Larsen und Bente Broders waren inzwischen auch offiziell ein Paar und wohnten in einer gemeinsamen Wohnung in Norddorf. Da das Lokal nicht geöffnet war, hatte Bente Zeit und kam, so schnell sie konnte, vorbei und holte Oskar ab. „Was ist passiert?“, wollte sie wissen. „Wir haben da was im Sand gefunden und müssen das jetzt untersuchen“, erwiderte Larsen und bedankte sich bei Bente. Oskar ging ohne Zögern mit ihr zum Auto und sie fuhren zurück zu ihrer Wohnung.

Larsen legte den Knochen, den sein Hund ausgegraben hatte, wieder an seinen Platz und machte mit seinem Handy jede Menge Fotos von dem Skelett. Sie ließen es aber so liegen, wie sie es gefunden und ausgegraben hatten, bis die Spurensicherung hier eintraf. Das Flensburger Team der Spurensicherung kam dann tatsächlich einige Zeit später mit dem Hubschrauber am Hubschrauberlandeplatz in Nebel an. Ganz in der Nähe der Fachklinik Satteldüne, einer Einrichtung für Atemwegserkrankungen. Larsen staunte, als sich ihm zunächst eine Kollegin vorstellte.

„Guten Tag. Mein Name ist Meyerhofer. Hannah Meyerhofer von der Kripo Flensburg.“ „Und wo ist Kommissarin Petersen?“, wollte Larsen direkt wissen. „Entschuldigung. Moin, sollte ich wohl erst einmal sagen.“ „Kein Problem“, erwiderte Kriminalkommissarin Meyerhofer. „Oh, sie ist die Karriereleiter hinaufgefallen und arbeitet nun in Kiel beim Landeskriminalamt.“ „Donnerwetter“, staunte Larsen, konnte sich das bei dem Ehrgeiz der jungen Kollegin aber gut vorstellen. „Sie haben wenigstens keine Angst vorm Fliegen, so wie Ihre Vorgängerin“, fügte er noch hinzu. „Das geht dann auch etwas schneller als mit der Fähre.“ Kommissarin Meyerhofer wusste im Moment nicht so genau, was Larsen ihr damit sagen wollte.

Kapitel 3

Die Spurensicherung begann sofort mit ihrer Arbeit. Die Kriminaltechniker zogen weiße Schutzanzüge an, streiften sich Handschuhe über und holten das mitgebrachte Equipment aus den mitgebrachten Koffern. Sie fotografierten das Skelett zunächst von allen Seiten und suchten nach Spuren. Da das Skelett wohl schon längere Zeit im Sand gelegen hatte, fand die Spurensicherung allerdings zunächst nichts Verwertbares. Überraschend war allerdings, dass weder Reste von Kleidung noch Schmuck oder ähnliches gefunden wurden.

Die Kollegen von der Spurensicherung stellten dennoch einen Faltpavillon auf, um einerseits den Fundort vor neugierigen Blicken zu schützen, aber auch aus Gründen des Wetterschutzes und um doch eventuelle Spuren zu schützen. Auch der Kriminaltechniker Jensen war ausnahmsweise wieder dabei. „Hallo, wie geht es dir, Jens“, fragte Larsen den Kollegen. „Lange nicht gesehen.“ „Hallo Hauke. Ja stimmt. Das letzte Mal war es ein toter Wikinger und jetzt ein Skelett. Hier auf Amrum scheinen mysteriöse Dinge vor sich zu gehen“, antwortete Jensen, allerdings mit einem Augenzwinkern. „Scheint so“, meinte Larsen. „Ich bin gespannt auf euren Bericht.“ „Ich auch, Hauke“, meinte der Kriminaltechniker und ging zurück an seinen `Arbeitsplatz´.

Mit Pinseln befreiten die Kriminaltechniker die Knochen

von den Sandkörnern und einer hob den Kopf des Skeletts ganz vorsichtig an und betrachtete ihn von allen Seiten. Kurze Zeit später kam Jensen noch einmal auf Larsen zu. „Die Frau weist Spuren von stumpfer Gewalt am Hinterkopf auf. So viel können wir schon einmal sagen“, meinte Jensen. „Wieso Frau?“, wollte Larsen wissen. „Eigentlich ganz einfach, wenn man sich mit Anatomie auskennt. Man erkennt das am Körperbau. So wie es aussieht, ist das Skelett das von einer Frau“, meinte Jensen. „Form und Breite des Beckens entsprechen denen einer Frau.“ „Ach ja“, meinte Larsen. „Ja“, erwiderte Jensen. „Frauen haben zum Beispiel längere und scharfkantigere Schambeine und ein gerades Kreuzbein, die einen deutlich breiteren Beckenkanal bilden“, fuhr Jensen fort.

„Also, wenn du mich fragst, ist das eindeutig eine Frau gewesen.“ Habt ihr schon eine Idee, wie lange das Skelett hier schon liegt und wie alt die Frau gewesen ist?“, wollte Larsen wissen. Jensen schaute ihn an. „So viel ist mal sicher, die Frau hatte zuletzt Labskaus gegessen, Hauke. Anschließend genehmigte sie sich noch eins, zwei Gläser Öömrang Gin.“ „Das kannst du jetzt schon sagen? Donnerwetter“, meinte der. „Natürlich nicht. Das war ein Scherz. Genauso wenig können wir im Moment etwas über das Alter sagen, noch, wie lange die Tote hier schon gelegen hat“, erwiderte Jensen. „Da musst du dich leider noch etwas gedulden.“

Kriminalkommissarin Meyerhofer, die jetzt die Ermittlungen leitete, stand die ganze Zeit daneben und musste etwas schmunzeln, als Jensen versuchte, Larsen auf die Schippe zu nehmen, mischte sich aber nicht ein. Ihre ehemalige Kollegin hatte sie schon vorgewarnt, dass Larsen es nicht gern hatte, wenn man ihm jemanden vor die Nase setzte. Er löste die Fälle lieber selbst. Kommissarin Meyerhofer hatte kein Problem damit und ließ ihn einfach machen. „Eine Frage habe ich noch. Was ist Labskaus und was soll die Frau getrunken haben? Öhmrank?“, fragte Kommissarin Meyerhofer. „Öömrang. Das ist ein Dialekt der nordfriesischen Sprache, der nur hier auf Amrum gesprochen wird. Leider gibt es nicht mehr viele, die Öömrang sprechen, geschweige denn verstehen können“, erklärte Larsen. „Ok. Gin habe ich verstanden. Was war das andere noch mal?“ „Labskaus“, antwortete Larsen. „Das würde jetzt dauern, Ihnen das zu erklären. Wir können ja nach Feierabend ins Restaurant Dörnsk gehen. Dann könnten Sie Labskaus essen und anschließend einen Öömrang Gin probieren.“ „Mal sehen. So und jetzt aber weiter mit unserem Fall“, meinte Meyerhofer.

Kapitel 4

„Lassen Sie die Kriminaltechniker hier ihre Arbeit machen. Können wir derweil in die Polizeistation fahren?“, fragte Kommissarin Meyerhofer nach einer Weile. „Selbstverständlich“, antwortete Larsen und die beiden gingen zu seinem Auto. Auf der Fahrt nach Nebel fing Larsen an, über seine Heimat zu sprechen.

„Sie müssen wissen“, begann er. „In Steenodde, ganz im Süden der Insel, steht mein Geburtshaus. Steenodde ist ein Friesendörfchen wie aus dem Bilderbuch. Klein, eigen, idyllisch. Auf dem Deich grasen Schafe, an der Mole treiben Segelboote und Jachten, Sandbuchten laden zum Buddeln, Picknicken und Kitesurfen ein.“ „Das klingt ja wie aus einem Reiseprospekt“, meinte Kommissarin Hannah Meyerhofer, war aber insgeheim beeindruckt, beinahe neidisch auf Larsen, der so viel für seine Heimat empfand.

„In Flensburg gibt es bestimmt auch die eine oder andere Attraktion. In meinem Geburtsort Steenodde gibt es dagegen viele Hinweise auf eine prähistorische Besiedlung. Dazu zählen zum Beispiel das Hünengrab Dolmen und der fast fünf Meter hohe Esenhugh, ein Grabhügel aus der Bronzezeit. In direkter Nähe befindet sich darüber hinaus ein Gräberfeld aus der Zeit der Wikinger, von dem zahlreiche niedrige Kuppen zu sehen sind“, fuhr Larsen fort und Kommissarin Meyerhofer hörte gespannt zu. Sie verstand langsam, was die Insel für Larsen und eigentlich alle anderen Menschen, die hier lebten, bedeutete. Wikinger, Mythos und Verklärung waren allgegenwärtig.

Auch aus der Zeit der Wikinger stammte der fast zwei Kilometer lange Krümwal, ein knapp zwei Meter hoher Erdwall, der von Süddorf bis Steenodde reichte. Wahrscheinlich könnte Meyerhofer ihm stunden-, wenn nicht tagelang zuhören. Nicht nur, weil er so viel über die Geschichte Amrums wusste. Sie spürte auch, dass er tief verwurzelt mit der Insel und seiner Geschichte war. Das vermisste sie ein bisschen und war darüber etwas traurig. Ihre Lebensgeschichte war eine andere, die leider nicht so ganz einfach war.

„Kollege Larsen“, unterbrach sie ihn. „Sie können mir die Geschichte der Insel und ihrer Familie gerne ein anderes Mal erzählen, aber lassen Sie uns auf unseren Fall zurückkommen.“ „Sie haben recht. Entschuldigen Sie“, erwiderte Larsen. Wenn er einmal anfing, über die Insel und seine Familie zu reden, dann fand er einfach kein Ende.

In Nebel im Sanghughwai angekommen, stiegen sie aus dem Fahrzeug aus. Die Polizeistation befand sich in einem Backsteingebäude, ziemlich unspektakulär. Nur ein kleines Schild links neben der Eingangstür ließ erkennen, dass es sich um eine Polizeistation handelte. „Willkommen in der Polizeistation Wyk auf Föhr“, knirschte Larsen und schob noch ein leises „Zweigstelle Nebel, treten Sie näher“, hinterher. Larsen setzte sich gleich an seinen Schreibtisch, seine Stirn in Falten gelegt, während er die Tatortfotos betrachtete. Kommissarin Meyerhofer stand neben ihm, ihre Haltung offen, aber bestimmt.

„Ein Mord auf Amrum. Ich hätte nie gedacht, dass ich so etwas hier noch einmal erleben würde. Bisher ging es meistens um Fahrraddiebstähle und streitende Strandkorbvermieter“, sagte Larsen und atmete dabei tief ein. Kommissarin Meyerhofer nickte langsam. „Das ist eine außergewöhnliche Situation, Kollege. Aber ich weiß, dass Sie Ihr Bestes tun. Sie haben die Insel und ihre Menschen im Griff wie kaum jemand anderes.“ Larsen schüttelte den Kopf. „Und trotzdem wird mir ein Mord nicht allein zugetraut. Nach all den Jahren ... Ich weiß, dass ich meine Arbeit ernst nehme, Frau Kommissarin. Es ist nur ... schwer für mich, müssen Sie wissen, jemand anderen dabei zu haben.“

Kommissarin Meyerhofer legte ihm eine Hand auf die Schulter. „Das verstehe ich. Aber sehen Sie es so: Ich bin nicht hier, um Ihre Kompetenz infrage zu stellen. Ganz im Gegenteil. Ich möchte sicherstellen, dass Sie alle Unterstützung bekommen, die Sie brauchen. Wenn wir zusammenarbeiten, können wir den Fall lösen – und sicherstellen, dass die Insel wieder zur Ruhe kommt.“ „Vielleicht haben Sie recht. Die Insel ist es wert“, sagte Larsen nachdenklich, mit einem leichten Lächeln. Kommissarin Meyerhofer schmunzelte „Und Sie wissen ja – ich habe den Ruf, selbst keine Ahnung von Möwen zu haben. Also brauche ich Ihre Insel-Erfahrung genauso wie Sie meine Festland-Methoden.“

Larsen blickte sie kurz an, dann nickte er. Er öffnete eine Schublade und holte seinen Notizblock hervor. „Also gut, Kommissarin Meyerhofer. Dann fangen wir an. Der Täter, sofern es einen gibt, wird nicht ewig warten“, meinte Larsen und blätterte in seinen Aufzeichnungen. Kommissarin Meyerhofer setzt sich auf die gegenüberliegende Seite des Schreibtisches, bereit für die Zusammenarbeit. Die beiden begannen, den Fall ruhig und methodisch zu besprechen – eine Partnerschaft, die nicht ohne Spannungen, aber voller Respekt war.

Kapitel 5

Hannah Meyerhofer kam eigentlich aus Bayern. Sie wurde ursprünglich in München geboren, wuchs allerdings in einem schwierigen Umfeld auf. Ihre Kindheit war geprägt von familiären Konflikten und finanziellen Schwierigkeiten, die es ihr nicht leicht machten, eine stabile Basis zu finden. Oft fühlte sie sich von ihrer Familie und den Menschen um sie herum missverstanden und allein gelassen. Diese Erfahrungen prägten ihren Charakter und weckten in ihr den Wunsch, für andere da zu sein und Veränderungen zu bewirken.

Trotz der Herausforderungen in ihrer Kindheit war Hannah entschlossen, ihren eigenen Weg zu gehen. Nach der Schule entschied sie sich, eine Karriere bei der Polizei anzustreben. Der Beruf erschien ihr als eine Möglichkeit, für Gerechtigkeit zu kämpfen und anderen in Not zu helfen. Sie absolvierte erfolgreich die Polizeiausbildung und trat in den Dienst der Polizei München ein. In dieser Zeit lernte sie, mit Stress umzugehen und ihre Emotionen zu kontrollieren. Ihre Erfahrungen aus der Kindheit gaben ihr eine besondere Sensibilität im Umgang mit Menschen in schwierigen Lebenslagen.

Nach einigen Jahren in München wurde Hannah aufgrund des Bedarfs an Personal in Norddeutschland versetzt. Der Umzug nach Flensburg stellte eine neue Herausforderung dar, bot ihr jedoch auch die Gelegenheit, in einem anderen Umfeld zu arbeiten und sich weiterzuentwickeln. In Norddeutschland konnte sie nicht nur ihre beruflichen Fähigkeiten ausbauen, sondern auch ihre persönliche Resilienz stärken. Sie engagierte sich in der lokalen Gemeinschaft, um das Vertrauen der Bürger zu gewinnen und ein Verständnis für die Herausforderungen zu schaffen, mit denen viele konfrontiert waren.

Hannahs Leben war nicht immer einfach, aber ihre Erfahrungen formten sie zu einer starken und empathischen Polizistin, die sich leidenschaftlich für ihre Mitmenschen einsetzte. Ihre Vergangenheit motivierte sie, sich für eine bessere Zukunft einzusetzen – nicht nur für sich selbst, sondern auch für die Menschen, die sie schützte und unterstützte.

Kapitel 6

Kommissarin Meyerhofer und Larsen begannen sofort mit der üblichen Recherche. Zunächst suchten sie im Computer nach Vermisstenmeldungen. Viele Anhaltspunkte hatten sie zwar nicht. Was sie immerhin schon einmal wussten, war, dass es sich um eine Frau handeln musste. Es gab in letzter Zeit allerdings keinen einzigen Fall einer vermissten Person hier auf der Insel. Larsen hätte sich auch bestimmt daran erinnert, wenn hier auf Amrum eine Frau verschwunden wäre. „Was kann das bedeuten?“, fragte Larsen die Kommissarin. „Es könnte zum Beispiel bedeuten, dass die Vermisste vor längerer

Zeit verschwunden ist. Wir haben ja zunächst nur die aktuellen Meldungen überprüft", meinte Kommissarin Meyerhofer. „Wir dürfen ja nicht vergessen, dass es sich um ein Skelett handelt. Das könnte schon Jahre oder sogar Jahrzehnte dort gelegen haben."

„Die Frau könnte aber auch irgendwo über Bord gegangen sein", meinte Larsen. „Ich meine, Sie muss ja nicht von der Insel stammen und kann von sonst wo stammen." „Es ist richtig, dass die Frau nicht zwingend auf Amrum gelebt haben muss. Aber wenn sie hier vor der Insel über Bord gegangen wäre, hätten Sie doch bestimmt davon erfahren. Außerdem kann ich mir nicht vorstellen, dass eine Leiche unentdeckt hier am Strand liegt, und das über eine lange Zeit. Schätze mal, dass es einige Jahre gedauert hätte, bis sie der Sand 20 Zentimeter tief unter sich begraben hat", wandte Meyerhofer ein. „Da ist wohl was dran", erwiderte Larsen.

„Es hilft wohl nichts. Wir müssen das Ergebnis der Spurensicherung abwarten. Vielleicht erfahren wir so etwas über Alter, Herkunft und so weiter der Toten." „Wir können in der Zwischenzeit den Polizeicomputer vielleicht nach ähnlichen Fällen durchsuchen", ergänzte er. „Was halten Sie inzwischen von einer schönen Tasse Kaffee? Wir haben hier echt leckeren Nordfriesischen vom Festland." „Da sage ich nicht nein", meinte Kommissarin Meyerhofer. Larsen ging zum Schrank in der Küche und holte zwei Tassen heraus. Dann füllte er Kaffee in die Maschine. Kommissarin Meyerhofer war ihm inzwischen unbemerkt in die Küche gefolgt.

Larsen murmelte zu sich selbst: „Komm schon, Schönheit. Mach mir keine Probleme." Meyerhofer trocken: „Ich hoffe, Sie sprechen mit der Kaffeemaschine und nicht mit einem Zeugen." Larsen drehte sich erschrocken um. Erst jetzt bemerkte er seine Kollegin. „Tatsächlich, Frau Kommissarin, die Maschine versteht mich besser als so mancher Zeuge. Sie braucht nur ein bisschen Liebe. Und die richtige Dosierung." „Liebe?", fragte Meyerhofer. „Erklären Sie das Ihrem Kollegen. Der behauptet, dieser Kaffee sei pure Rache in flüssiger Form."

In dem Moment begann die Kaffeemaschine, laut zu piepsen. Larsen sprang auf. „Nein, nein, nein! Das ist der Alarm der Katastrophe. Wir haben eine Überfüllung!" Kommissarin Meyerhofer fragte etwas sarkastisch: „Soll ich das SEK anrufen?" Larsen erwiderte stolz „Nicht nötig. Das hier ist ein Fall für Experten. Ich habe alles unter Kontrolle." Dann griff er schnell nach einem Becher. Zwei Minuten später stand Kommissarin Meyerhofer mit verschränkten Armen und schaute zu, wie Larsen triumphierend einen Becher hob. Meyerhofer: „Und wie fühlt sich der Sieg an, Herr Polizeihauptkommissar?" Larsen probierte einen Schluck und verzog das Gesicht. „Wie eine Niederlage. Ich glaube, die Kaffeemaschine und ich brauchen Paartherapie." Kommissarin Meyerhofer lachte: „Vielleicht ist Ihre wahre Berufung eher in der Gastronomie als in der Kriminalistik."

Larsen komplementierte die Kollegin hinaus und stellte Tassen auf den Tisch. „Milch und Zucker?". „Ja, bitte. Sie haben nicht zufällig Süßstoff?", fragte Meyerhofer. „Ich schau mal. Irgendwo im Schrank wird es so etwas bestimmt geben", meinte Larsen und verschwand wieder in der Küche. Nach einer Weile kam er mit dem Kaffee zurück und hatte auch Süßstoff mitgebracht. „Der Kaffee riecht aber lecker", stellte Meyerhofer fest. „Der schmeckt auch so", ergänzte Larsen. Er goss den Kaffee ein. „Mit Milch und Süßstoff bedienen Sie sich selbst?" „Ja, danke", erwiderte Meyerhofer.

Kapitel 7

Während sie den Kaffee genossen, schauten beide wieder im Polizeicomputer nach, ob es eventuell ähnliche Fälle gegeben hatte. Dort stieß Larsen auf den Bericht eines Kommissars aus Kiel, den der akribisch aufgeschrieben hatte. Der Kommissar war angeblich mit seiner Familie zu einem kurzen Urlaub auf einer nordfriesischen Insel und wollte wohl ein paar entspannte Tage am Strand verbringen und den Alltag hinter sich zu lassen. „Klingt wie ein Roman", dachte Larsen. Ein Protokoll sah anders aus. Vielleicht hätte der Mensch besser Schriftsteller werden sollen.

Weiter hatte der Kommissar notiert, dass er am Strand entlangspazierte, als er eine Gruppe von Menschen bemerkte, die sich um etwas versammelt hatte. Als er sich durch die Menge drängte, wurde ihm klar, dass es sich um eine Leiche handelte. Ein junger Mann, vielleicht Ende zwanzig, lag regungslos da, das Gesicht blass und die Augen weit geöffnet. Hartmanns Herz setzte einen Schlag aus. Er war zwar im Urlaub, aber als Kommissar war er nun einmal immer im Dienst. „Da sagt er was", murmelte Larsen.

Eine ältere Frau, die in einem knallgelben Badeanzug am Rand der Menge stand, habe sich gemeldet. „Ich habe ihn gesehen, als ich mit meinem Hund spazieren ging. Er lag einfach hier, als wäre er eingeschlafen", soll sie gesagt haben. „Haarfarbe und Kleidergröße hat er vergessen aufzuschreiben", dachte Larsen und schüttelte den Kopf.

Der Mann habe eine modische Strandshorts und ein schlichtes T-Shirt getragen, aber es gab keine offensichtlichen Anzeichen für einen Kampf oder Verletzungen.

„Na, ja“, meinte Larsen. So ähnlich war der Fall dann auch wieder nicht. Das brachte ihn kein Stück weiter.

Kapitel 8

Larsen war jetzt doch etwas ungeduldig. „Ich rufe meinen alten Kumpel Jensen bei der Spurensicherung an“, meinte er nach einer Weile und griff zum Telefon. „Moin Jens. Hier ist Hauke Larsen.“ „Moin zurück. Was gibt es, Hauke?“, fragte der. „Folgendes: Ist es möglich, anhand der Knochen festzustellen, woher die Person ursprünglich stammt?“

„Ja, das geht“, meinte Jensen. „Wir können anhand menschlicher Knochen tatsächlich in gewissem Maße auf die Herkunft einer Person schließen. Anthropologen und Forensiker nutzen verschiedene Methoden, um Informationen über die Herkunft, Ethnie und sogar den geografischen Hintergrund einer Person aus ihren Skelettresten zu gewinnen. Warum fragst du?“, erklärte Jensen seinem Kollegen. „Weißt du. Wir haben in der Zwischenzeit die Vermisstenfälle durchgesehen. Aber da kommen wir gerade nicht weiter. Es scheint so, als ob die Leiche nicht von der Insel stammte. Wenn sie aber nicht von hier war, woher kam sie dann?“, meinte Larsen.

„Ein guter Gedanke. Grundsätzlich lässt sich das ja auch machen. Aber das ist zeitintensiv und das Verfahren ziemlich teuer. Wir könnten zum Beispiel eine DNA-Analyse durchführen. Sie können tatsächlich detaillierte Informationen über die genetische Herkunft einer Person liefern. Diese Tests können oft auf regionale oder ethnische Gruppen zurückgeführt werden. Möglich wäre aber auch eine Isotopenanalyse. Diese Untersuchung von stabilen Isotopen in Knochen oder Zähnen kann uns Aufschluss über die Ernährung und den geografischen Lebensraum einer Person geben. Zum Beispiel können Isotopenverhältnisse von Kohlenstoff und Sauerstoff Hinweise auf den Herkunftsort liefern. Das ist allerdings noch aufwendiger." „Verstehe. Aber ich fürchte, wir kommen ohne solche Informationen nicht weiter", meinte Larsen.

„Was ich auf jeden Fall tun kann, ist, dass ich mir die Knochen noch einmal genau anschaue. Bestimmte Merkmale der Knochen, wie die Form des Schädels oder die Struktur der Becken- und Gesichtsknochen, können nämlich auch Hinweise auf ethnische Zugehörigkeit oder geografische Herkunft geben", antwortete Jensen. „Ich danke dir, Jens. Bin gespannt, ob du etwas für uns herausfinden kannst. Ach, ja. Und dann brauchen wir noch Informationen darüber, wie lange die Tote schon im Sand gelegen hat." Dann legte er schnell auf. So hatte Jensen keine Gelegenheit mehr, ihn über Zeitaufwand und Kosten aufzuklären.

Kapitel 9

„Sind Sie eigentlich alleine hier auf der Insel?", fragte Kommissarin Meyerhofer nach einer Weile unvermittelt. „Eigentlich nicht", antwortete Larsen und griff gleich zum Handy und rief seinen Kollegen an. Polizeioberkommissar Abbo Nissen ging mal wieder seiner Lieblingsbeschäftigung nach und saß währenddessen, wie fast jeden Tag, für ein zweites Frühstück auf einer Bank am Wasser und aß genüsslich ein Fischbrötchen mit einer extra Portion Zwiebeln. Immerhin aß er es dankenswerterweise draußen. Trotzdem stank Abbo danach immer wie ein Otter. „Abbo Nissen am Apparat. Mit wem habe ich es zu tun?“, sagte er wohl. Genau konnte man das nicht verstehen, da er noch an seinem Fischbrötchen herumkaute. „Nissen, wo bist du? Komm doch bitte mal in der Polizeistation vorbei. Dein Fischbrötchen kannst du später weiter essen“, meinte Larsen. „Oder nein. Iss es besser erst einmal fertig.“ „Bin gleich da“, murmelte Abbo und aß sein Fischbrötchen wie befohlen erst einmal in Ruhe auf.

„Das scheint ja ein ganz gemütlicher Kollege zu sein. Wir haben jetzt einen Fall, bei dem es auf jeden hier ankommt“, meinte Kommissarin Meyerhofer. „Ich weiß“, antwortete Larsen. Aber der soll mir mit seinem Fischbrötchen bloß wegbleiben. Ich kann den Geruch von Zwiebeln, den Abbo danach verströmt, nicht so gut vertragen.“ Nur zehn Minuten später war er bereits in der Polizeistation angekommen. „Moin. Da bin ich, Hauke. Was liegt an?“ Abbo Nissen strahlte dabei wie ein Honigkuchenpferd.

„Das ist Kriminalkommissarin Meyerhofer aus Flensburg. Wir haben hier eine Tote“, sagte Larsen und wartete auf eine Reaktion von Abbo. „Au, ha“, sagte der nur. „Und Frau Petersen?“ „Frau Petersen ist jetzt in Kiel beim LKA. Guten Tag, Kollege Nissen“, meinte Kommissarin Meyerhofer und dachte insgeheim: „Was für ein ungehobelter Klotz“. „Ach, ja. Moin Frau Kommissarin. Entschuldigen Sie.“ Ihm stieg jetzt der Geruch von Kaffee in die Nase. „Kann ich auch eine Tasse haben?“, fragte er. „Wie darf ich ihn servieren?“, fragte Larsen und sagte dann aber in einem etwas schärferen Ton: „Du weißt, wo alles steht. Hol dir deinen Kaffee selber.“ „Ist ja schon gut. Ich habe ja nicht gesagt, dass du mir den Kaffee holen sollst“, erwiderte Abbo Nissen und wunderte sich darüber, dass sein Kollege plötzlich so angefasst wirkte.

FISC
POLIZEI

Kapitel 10

In dem Moment unterbrach das Klingeln des Telefons die etwas angespannte Stimmung. Jensen von der Spurensicherung war am Apparat. „Moin, Jensen hier. Ich wollte kurz ein Zwischenergebnis durchgeben.“ „Dann stell ich mal kurz auf laut, damit die anderen mithören können“, sagte Larsen und drückte eine Taste am Telefon. „Moin zusammen“, begann Jensen und fuhr gleich fort. „Also, was ich im Moment sagen kann, ist, dass wir derzeit davon ausgehen, dass es sich wie gesagt bei dem Skelett um eine weibliche Person handelt. Wir schätzen das Alter auf etwa 30 bis 40 Jahre. Möglicherweise stammte die Person aus dem skandinavischen Raum. Der Schädel weist Spuren von stumpfer Gewalt auf.“

„Eine Dänin, meinst du?“, fragte Larsen nach. „Wie gesagt, möglicherweise. Um das genauer bestimmen zu können, bräuchten wir mehr Zeit und Geld.“ „Das sagtest du bereits“, meinte Larsen und verdrehte die Augen. Kannst du uns eventuell noch etwas darüber sagen, wie lange das Skelett schon im Kniepsand gelegen hat?“ „Nein. Wie lange es im Sand gelegen hat, können wir nicht genau sagen“, antwortete Jensen. Larsen war schon etwas enttäuscht, als Jensen meinte: „Aber.“ „Was, aber?“, fiel Larsen ihm ins Wort. „Mach es doch nicht so spannend.“ „Geduld, mein Lieber. Da steckt ein Haufen Arbeit drin. Normalerweise brauchen wir für solche Untersuchungen ein paar Tage, wenn nicht Wochen“, meinte Jensen.

„Nach unserer ersten Einschätzung dürfte das Skelett etwa 100 bis 150 Jahre alt sein.“ „Das ist interessant. Das bedeutet, dass wir unsere Suche auf eine andere Zeit konzentrieren müssen, als wir das bisher getan haben“, meinte Larsen und schaute in die Runde. „So sieht es wohl aus“, sagte Jensen. „Genaueres demnächst. Mach´s gut, Hauke und tschüss in die Runde.“ Dann legte er auf.

Larsen konnte sich gar nicht mehr bei Jensen bedanken. Aber das wollte er beim nächsten Mal auf jeden Fall nachholen. „Wir suchen also nach einer Frau aus dem skandinavischen Raum, eventuell aus Dänemark, 30 bis 40 Jahre alt, die vor 100 bis 150 Jahren hier vor Amrum im Sand vergraben wurde, richtig?“, fragte Larsen. „Nicht ganz, wenn ich den Kollegen von der Spurensicherung richtig verstanden habe“, wandte Kommissarin Meyerhofer ein. „Er sagte, dass er nicht sagen könne, wie lange das Skelett dort im Sand vergraben war.“ „Ja und?“, fragte Larsen. „Für mich heißt das, dass die Frau zwar seit 100 bis 150 Jahren tot ist, nicht aber, dass sie dort auch schon so lange liegt“, antwortete Meyerhofer.

Abbo Nissen stand da und hörte erst einmal einfach nur zu, meinte dann aber: „Ist es denn so wichtig, wie lange das Skelett schon im Sand gelegen hat? Wichtig ist doch vielmehr der Todeszeitpunkt. Der ist aber so vage, dass es, gelinde gesagt, schwierig sein dürfte, herauszufinden, wann die Person tatsächlich zu Tode gekommen ist und vor allem warum.“ Larsen und seine Kollegin sahen sich beide an. „Da ist was dran, Abbo“, meinte Larsen. „Was machen wir jetzt also mit den Informationen, die in der Tat etwas sehr vage sind?“, fragte Kommissarin Meyerhofer. „Wenn ich den Kollegen von der Spusi jetzt frage, ob es noch genauer geht, dann springt er mir durch das Telefon an den Hals“, sagte Larsen.

„Da fällt mir die Geschichte von Elisa ein“, sagte Abbo nach einer Weile. „Wer ist Elisa?“, wollte Kommissarin Meyerhofer wissen. „Lass den Tünkram, Abbo. Das interessiert hier niemanden“, meinte Larsen. „Aber vielleicht haben wir ja Elisa ausgegraben“, sagte Abbo. „Lassen Sie ihn doch die Geschichte erzählen, Herr Kollege“, wandte Kommissarin Meyerhofer ein. „Siehst du?“, raunzte Abbo und fing an, die Geschichte von Elisa zu erzählen.

Kapitel 11

„Es war ein stürmischer Tag im Jahr 1912, als das Segelschiff „Luna“ seine Reise von Hamburg nach Skandinavien antrat. An Bord war eine junge Frau namens Elisa, die ihren gewohnten Alltag hinter sich lassen wollte. Sie war auf der Flucht – nicht vor Verfolgern, sondern vor der drückenden Enge ihres Lebens, das von Konventionen und Erwartungen geprägt war. Elisa träumte von Freiheit und Abenteuer, und der Ozean schien ihr der einzige Weg zu sein, um diese Träume zu verwirklichen.

Die See war unberechenbar an diesem Tag. Die Wolken hingen tief und dunkel am Himmel, und der Wind pfiff durch die Takelagen des Schiffes. Elisa stand an der Reling und sah auf die Wellen, die wie aufgewühlte Dämonen gegen die Seiten des Schiffes schlugen. Plötzlich erfasste ein gewaltiger Windstoß die „Luna“ und ließ sie wanken. Elisa verlor den Halt, stürzte über die Reling und fiel ins kalte, aufgewühlte Wasser.

Das Meer verschlang sie, und für einen Moment war alles dunkel. Panik ergriff sie, als sie gegen die Strömung ankämpfte. Ihre Schreie wurden von den wütenden Wellen verhallt. In einem letzten verzweifelten Versuch, sich über Wasser zu halten, tauchte sie unter und kämpfte sich zurück an die Oberfläche. Doch das Schiff war bereits weit entfernt, und die unbarmherzigen Wellen zogen sie immer weiter hinaus.

Die Stunden vergingen, während Elisa in der offenen See trieb. Die Kälte des Wassers zog in ihre Glieder, und die Hoffnung schwand, je wieder das Festland zu erreichen. Doch in ihrer Verzweiflung erfasste sie eine seltsame Ruhe. Sie dachte an ihr altes Leben, an die Fesseln, die sie zurückgelassen hatte, und an die Freiheit, die sie suchte. Inmitten des Sturms fand sie einen klaren Gedanken: Sie wollte nicht einfach untergehen, sie wollte kämpfen.

Mit aller Kraft paddelte sie in die Richtung, die sie für richtig hielt. Doch die Strömung war stark, und die Wellen waren erbarmungslos. Immer wieder wurde sie untergetaucht, und immer wieder kämpfte sie sich zurück an die Oberfläche. Doch schließlich, als die Dunkelheit des Abends hereinbrach, wurde sie müde. Die Kälte und die Erschöpfung überwältigten sie, und sie begann, den Kampf aufzugeben.

In dieser letzten Stunde, als die Wellen sie erneut unter Wasser zogen, sah sie ein schwaches Licht am Horizont – vielleicht ein Zeichen der Hoffnung oder einfach nur der Verstand, der ihr einen Streich spielte. Elisa gab sich dem Wasser hin, und ihre letzten Gedanken waren nicht die der Angst, sondern die der Freiheit. Sie war bereit, sich dem Ozean hinzugeben, bereit, in seine Tiefen einzutauchen.

Am nächsten Morgen wurde Elisa vermisst. Die Besatzung und die Passagiere waren in Aufruhr, als sie bemerkten, dass Elisa nicht mehr an Bord war. Trotz verzweifelter Suchaktionen wurde sie nie gefunden. Die Legende von der verschwundenen Frau, die in den Wellen der Nordsee umherirrte, begann, sich zu verbreiten. Die Menschen von Amrum sprachen über sie als die „Nixe von Amrum“, die in der Dämmerung am Strand gesehen wurde, mit langen, wehenden Haaren und einem traurigen Blick, als ob sie nach etwas suchte, das sie nie finden würde.

Die Jahre vergingen, und Elisa wurde zur Legende. Reisende berichteten von einem geheimnisvollen Licht, das in stürmischen Nächten über dem Wasser schimmerte. Einige schworen, sie hätten die Melodie eines fernen Gesangs gehört, der die Wellen durchbrach und die Herzen der Segler berührte.

So blieb Elisa nicht nur ein verschwundenes Mädchen, sondern wurde Teil des Meeres, das sie so sehr liebte. Ihr Geist lebte weiter in den Geschichten und Liedern der Menschen, die von der Freiheit und dem Abenteuer träumten, das sie suchte – und vielleicht, eines Tages, würde sie wieder auftauchen, um ihre Geschichte zu erzählen. Ende“, fügte Abbo noch hinzu.

Kapitel 12

„Ich sage es noch einmal. Tünkram, Seemannsgarn, Blödsinn“, kommentierte Larsen die Geschichte. „Ich fand die Geschichte schön. Trotz der Tragik irgendwie auch romantisch. Arme Elisa“, meinte Meyerhofer, immer noch fasziniert von der Geschichte, die Abbo gerade vorgetragen hatte. „Vielleicht ist sie wirklich aufgetaucht, mit der Hilfe von Dackel Oskar“, fügte sie noch hinzu. „Ha, ha“, sagte Larsen nur und schüttelte den Kopf. „Jetzt mal im Ernst, auch wenn es sich um eine Geschichte handelt. Aber im Kern ist doch etwas dran oder?“, fragte sie in die Runde. „Wie meinen Sie das?“, fragte Larsen. „Nun. Eine Frau, die vor über 100 Jahren über

Bord gegangen ist, sich dabei den Kopf aufgeschlagen hat, an Land gespült und im Laufe der Jahrzehnte vom Kniepsand bedeckt wurde. Das könnte doch so gewesen sein“, erklärte Meyerhofer.

Larsen dachte nach. Vielleicht hatte die Kollegin gar nicht so unrecht. Er erinnerte sich an seine Schulzeit. Dort, in der Öömrang skuul, lernten sie natürlich viel über die Entstehung und Geschichte der Insel. Ihr Naturkundelehrer hatte ihnen erzählt, dass dieser Kniepsand, der lang gezogene Strand der Insel, eigentlich gar nicht zur Insel gehörte, sondern eine extrem langsam wandernde Sandbank in der Nordsee war, die sich quasi um die Insel herumschlang. Der Name ging zurück auf das Öömrang-Wort kniap für „kneifen“. Warum? Das wusste der Lehrer auch nicht. Möglicherweise war damit das zangenartige Gebilde des Kniephafens vor mehr als 150 Jahren gemeint. Vielleicht aber haben die Leute dabei auch an das Kneifen des Flugsandes an den nackten Beinen gedacht.

Der Lehrer hatte ihnen erklärt, dass der Kniepsand noch vor etwa 500 Jahren fast im rechten Winkel zur Insel gelegen hatte. Im Mittelalter hatte es am heutigen Süddorfer Strand noch eine Fischereistation gegeben. Weil sich die Sandbank aber immer weiter in Richtung Küste gedreht hatte, war die Station irgendwann versandet. Man erwartete sogar, dass der Kniepsand im Laufe der nächsten Jahrhunderte sogar um die Nordspitze Amrums, die Amrumer Odde, herumwandern würde.

„Es wäre doch möglich“, meinte Larsen plötzlich, „dass diese Frau tatsächlich auf der Heimfahrt nach Skandinavien hier irgendwo von Bord eines Schiffes gefallen, gestoßen oder was auch immer war, und auf der Sandbank weit draußen liegen geblieben ist, weshalb man sie nicht gefunden hatte. Im Laufe der Jahre oder Jahrzehnte ist sie dann quasi mit der Sandbank immer näher an die Insel herangewandert und von ihr begraben worden." „Wir sollten mal schauen, ob es um den genannten Zeitraum herum Schiffsunfälle gegeben hat", meinte Meyerhofer und begann gleich mit der Recherche. Auch Larsen und sein Kollege begaben sich gleich auf die Suche danach.

Kapitel 13

Nach langer Suche und mehreren Tassen Kaffee, eigentlich waren alle schon ziemlich müde, stieß Larsen endlich auf einige Begebenheiten, die sich vor über 100 Jahren zugetragen hatten. „Vielleicht habe ich da was gefunden", rief er und war tatsächlich etwas aufgeregt. Es waren historische Berichte, die von Hunderten von Schiffen erzählten, die zwischen dem 17. und 20. Jahrhundert vor den nordfriesischen Inseln strandeten. Die Ursache waren auflandige Winde, die damals eine tödliche Gefahr darstellten. Gerade bei starken Westwinden wurden die Strände oft zur Todesfalle.

„Jensen hatte doch bei der Schätzung des Alters der Toten von 100 bis 150 Jahren gesprochen oder?", fragte Larsen, ohne eine Antwort zu erwarten. Er las laut vor: „Im 19. Jahrhundert hatte es wohl mehrere Schiffsunglücke vor Amrum gegeben, weil es hier gefährlichen Strömungen und Untiefen gab." „Das sind aber schon beinahe 200 Jahre", wandte Abbo Nissen ein. „Jetzt kommt´s", meinte Larsen: „Eines der bekanntesten Unglücke ereignete sich im November 1853, als der britische Dampfer "Duke of Wellington" vor Amrum strandete. Das Schiff war auf dem Weg von Hamburg nach London und geriet in einen Sturm. Es lief auf Grund und wurde stark beschädigt. Zwar eilten die örtlichen Rettungskräfte und Fischer zur Hilfe, um die Besatzung und Passagiere zu retten, dennoch waren einige Passagiere spurlos verschwunden." „Das ist nun aber wirklich schon arg lang her", meinte auch Kommissarin Meyerhofer.

„Ok", meinte Larsen. „Dann haben wir hier noch ein weiteres tragisches Beispiel eines Schiffsunglücks. Diesmal aus dem Jahr 1890. Die "Duisburg", so hieß das Schiff, kenterte, wohl weil die Navigation und Wettervorhersage nicht so präzise waren wie heute. Jedenfalls verloren zahlreiche Menschen dabei ihr Leben. Da könnte doch unser Skelett, damals natürlich noch kein Skelett, auch über Bord gegangen sein." „Ja, könnte", meinte Abbo. „Da muss ich dem Kollegen Nissen recht geben. Ich habe jetzt nicht den Eindruck, dass wir hier tatsächlich weitergekommen sind", sagte auch Kommissarin Meyerhofer. „Einen Versuch war es immerhin wert."

Larsen ärgerte sich ein wenig über die beiden. Eine Spur war es allemal, wenn auch eine kleine. Die Ermittlungen bei einem Kapitalverbrechen, wie beispielsweise Mord oder Totschlag, waren eben oft komplex und erforderten ein strukturiertes, manchmal aber auch unkonventionelles Vorgehen der Polizei. „Wir könnten ja mal bei den dänischen Kollegen nachfragen, ob denen eine Leiche vor 100 bis 150 Jahren abhandengekommen ist", meinte Abbo. „Das kannst du ja dann übernehmen", erwiderte Larsen.

Kapitel 14

Hauke Larsen tat nun schon seit mehr als zwei Jahrzehnten seinen Dienst auf der Insel, auf der er auch geboren und aufgewachsen war. Eigentlich war Larsen bekannt für seine ruhige, besonnene Art. Doch es gab durchaus Situationen, da konnte er ziemlich ungemütlich werden. Das kam aber nicht allzu oft vor. Larsen war groß und kräftig. Sein kurzes, graues Haar stand oft etwas zerzaust vom Wind, und seine blauen Augen strahlten sowohl Autorität als auch Herzlichkeit aus. Er hatte stets ein offenes Ohr für die Sorgen der Inselbewohner und war bereit, ihnen zu helfen. In seiner Freizeit liebte Larsen es, lange Spaziergänge am Strand zu machen. Als begeisterter Naturfreund nutzte er jede Gelegenheit, um die Schönheit der Insel zu erkunden.

Seine Erfahrung machte ihn zu einem ausgezeichneten Ermittler, der auch in schwierigen Situationen einen kühlen Kopf bewahrte. Er hatte einen scharfen Verstand und ein gutes Gespür für Menschen, was ihn in seiner Arbeit besonders auszeichnete. Als Polizeihauptkommissar auf der Insel hatte Larsen mit verschiedenen Herausforderungen zu kämpfen, von saisonalen Touristenproblemen bis hin zu gelegentlichen Kriminalfällen, die die ruhige Idylle störten. Er war jedoch entschlossen, stets die Sicherheit der Inselbewohner zu gewährleisten. Das hier war allerdings auch für ihn eine Herausforderung. Ein Skelett sah man schließlich nicht alle Tage, schon gar nicht auf Amrum.

Larsen war einer von wenigen auf der Insel, der Öömrang, einen Dialekt der nordfriesischen Sprache, der auf Amrum gesprochen wurde, noch beherrschte. Das brachte ihm viele Vorteile. Denn durch die Sprache hatte er einen besseren Zugang zu den Inselbewohnern, zumindest zu denen, die ebenfalls noch Öömrang beherrschten. So konnte er die Distanz zu den Menschen trotz seiner Uniform aufheben. Wer Öömrang sprechen und verstehen konnte, erfuhr viel über die Seele der kleinen Insel im nordfriesischen Wattenmeer.

Für seinen langjährigen Kollegen, Abbo Nissen, dagegen war der Dienst auf der Insel wie geschaffen. Hier ging es in der Regel gemächlich zu, und seine Hauptaufgaben bestanden darin, die Sicherheit der Inselbewohner zu gewährleisten und bei Bedarf kleine Streitereien zu schlichten. Er patrouillierte oft auch mit dem Fahrrad entlang der Küstenwege, genoss die frische Seeluft und freute sich auf das nächste Fischbrötchen. Abbo hatte wie Larsen eine enge Verbindung zur Gemeinschaft und organisierte ab und zu kleine Feste, um die Nachbarn zusammenzubringen. Dann gab er auch schon einmal das eine oder andere selbst Gedichtete zum Besten.

Kapitel 15

Frau Professor Doktor Eira Gerlund vom Universitätsklinikum Schleswig-Holstein, Campus Kiel, befasste sich mit Altersheilkunde, jenem Zweig der Gerontologie, der sich mit den psychologischen, sozialen, präventiven, klinischen und therapeutischen Belangen älterer Menschen befasste. Ursprünglich kam sie aus Kopenhagen. Zum Studium war sie nach Kiel gekommen und blieb dann dort hängen.

Sie galt eigentlich als eine der brillantesten Köpfe der medizinischen Forschung, jedoch hatten ihre Lehre und Prüfungen einen gefürchteten Ruf. Ihre Studierenden scherzten, dass man die Prüfung bei ihr nur dann bestanden hätte, wenn man sie selbst heilen könnte, falls sie je krank werden sollte.

Jedes Semester startete mit großen Erwartungen und Enthusiasmus. Die Studenten versammelten sich in ihrem überfüllten Hörsaal, um ihre erste Vorlesung zu hören. Professorin Gerlund betrat den Saal mit der Gravitas einer ehrwürdigen Gelehrten und begann ihre Präsentation. Aber sehr bald merkten die Studenten, dass etwas nicht mit ihr stimmte. Sie stellte Fragen, die so spezifisch und unerbittlich waren, dass es fast unmöglich war, sie zu beantworten.

Im Laufe des Semesters wurden die Prüfungen noch härter. Professorin Gerlund stellte nicht nur Fragen aus dem Lehrbuch, sondern forderte auch das praktische Wissen und die kreative Problemlösungsfähigkeit der Studenten heraus. Viele ihrer Studenten erlebten Rückschläge und Frustrationen, da sie die Prüfungen immer wieder nicht bestanden.

Hinter den Kulissen jedoch hatte sie eine andere Motivation. Sie war der festen Überzeugung, dass die Mediziner der Zukunft nicht nur Wissen auswendig lernen, sondern auch eine tiefere, analytische Denkweise entwickeln mussten. Sie wusste, dass das Leben eines Arztes oder einer Ärztin voller unvorhersehbarer Herausforderungen war, die nur mit außergewöhnlichen Fähigkeiten und unermüdlichem Engagement bewältigt werden konnten.

Die Professoren der Fakultät und die Universitätsleitung wurden besorgt und konfrontierten Professorin Gerlund mit den Beschwerden der Studenten. Sie forderten sie auf, ihre Prüfungen fairer zu gestalten. Doch Professorin Gerlund erklärte ihnen ihre Philosophie und das langfristige Ziel, das sie damit verfolgte. Widerstrebend stimmten sie zu, ihr weiterhin freie Hand zu lassen. Professorin Gerlund spürte aber, dass die hohen Ansprüche, die sie an sich und an die Studierenden stellte, allmählich eine immer größer werdende Belastung darstellten.

Sie hatte vor Kurzem ein kleines Häuschen in Süddorf auf Amrum gekauft, Sössaarep wie die Amrumer das Dorf nannten, mit freier Sicht auf den Leuchtturm und ideal gelegen, nur ein Stück durch den Wald und schon war man am Strand. Dorthin fuhr sie, wann immer sie konnte, um sich zu erholen. Das hatte sie einigen Studierenden gegenüber auch einmal erwähnt. Eigentlich hatte sie Spaß an ihrer Arbeit, aber mit den Studierenden hatte sie zunehmend ein Problem.

Der wahre Grund dafür war allerdings, dass sie in letzter Zeit immer öfter regelrechte Panikattacken bekam, wenn sie im Hörsaal vor den Studierenden stand und Vorlesungen halten sollte. Sie bekam Schweißausbrüche und manchmal versagte sogar ihre Stimme. Es kam auch schon einmal vor, dass sie kurz vor der Tür umdrehte, weil sie es einfach nicht schaffte, hineinzugehen. Die Vorstellung, mit Anfang 40 noch einige Jahre vor sich zu haben, machte es für sie nicht leichter. Eine Spirale, die sich immer weiter drehte und aus der sie immer schwerer herauskam.

Eigentlich war sie eine engagierte Dozentin an einer renommierten Universitätsklinik, hatte ihre Karriere mit großer Leidenschaft für die medizinische Lehre und Forschung begonnen. Ihre Tage waren geprägt von anspruchsvollen Vorlesungen, der Betreuung von Studierenden und dem Beitrag zu bahnbrechenden Forschungsprojekten. Ihre Energie und ihr Eifer schienen endlos.

Doch mit der Zeit nahm die Arbeitsbelastung stetig zu. Neben den regulären Unterrichtsstunden musste sie immer häufiger kurzfristige Aufgaben übernehmen, wie das Erstellen von Lehrplänen, die Teilnahme an Meetings und das Begleiten von klinischen Praktika. Der Druck, sowohl den akademischen Anforderungen als auch den hohen Erwartungen ihrer Vorgesetzten gerecht zu werden, wuchs unaufhörlich.

Eira Gerlund fand kaum noch Zeit für sich selbst. Ihre Tage wurden zu einem ständigen Wettlauf gegen die Uhr, und die Grenzen zwischen Beruf und Privatleben verschwammen. Die Nächte waren oft durchwacht, während sie versuchte, liegen gebliebene Arbeit aufzuholen. Die einstige Begeisterung für ihren Beruf wurde nach und nach von einem Gefühl der Erschöpfung abgelöst.

Schließlich begann sie, die ersten Anzeichen von Burnout zu spüren. Ihr Körper reagierte mit Müdigkeit, Konzentrationsproblemen und einer wachsenden emotionalen Distanz zu ihrer Arbeit. Zu allem Überfluss entwickelten sich bei ihr Panikattacken, insbesondere in Momenten, in denen die Anforderungen besonders überwältigend wurden. Das Gefühl, den Erwartungen nicht mehr gerecht werden zu können, verstärkte ihre innere Zerrissenheit.

Nach einem besonders intensiven Panikanfall wurde Eira Gerlund klar, dass sie eine drastische Veränderung in ihrem Leben herbeiführen musste. Sie überlegte, ihre Position als Dozentin aufzugeben, um ihre Gesundheit und Lebensqualität wieder in den Vordergrund zu stellen. Es fiel ihr nicht leicht, da sie ihre Arbeit liebte, doch sie erkannte, dass Selbstfürsorge keine Option, sondern eine Notwendigkeit war.

Kapitel 16

Irgendwann fasste sie den Entschluss, völlig aus dem Betrieb auszusteigen. Für einen Neuanfang war sie noch jung genug. Eine Erbschaft, die ihr eine Menge Geld brachte, erleichterte ihr die Entscheidung. Während eines einwöchigen Aufenthaltes in New York, wo sie ein letztes Mal einen Ärztekongress besuchen wollte, der eine Mischung aus Arbeit und Kurzurlaub war, traf sie in einem Café zufällig auf einen Mann, der ihr von Anfang an sympathisch war. Zuerst tauschten sie allerdings nur Blicke aus. Das Café war ein lebhafter, aber gemütlicher Ort in New York – das Klirren von Tassen, gedämpfte Gespräche, der Duft von frisch gebrühtem Kaffee. Eira Gerlund saß allein mit ihrem halb vollen Becher Cappuccino, als der Unbekannte sie höflich fragte, ob der Platz neben ihr frei sei. Sie nickte. Er bemerkte ihre nachdenkliche Haltung und sprach sie dann mit einem leichten Lächeln an und die beiden kamen ins Gespräch.

Sie waren gleich sehr vertraut miteinander und erzählten sich ihre Lebensgeschichte. Bei Fremden schien ihr das irgendwie leichter zu fallen. „Lassen Sie mich raten. Ihr Akzent klingt so, als kämen Sie aus Deutschland. Richtig?", fragte der Unbekannte. „Sehr gut herausgehört. Ich komme tatsächlich aus Deutschland. Ich besuche hier in New York einen Ärztekongress", antwortete sie. „Oh, Sie sind Ärztin? Ein sehr verantwortungsvoller Beruf." „In der Tat, so ist es", antwortete Eira Gerlund und atmete dabei tief seufzend. Verraten Sie mir Ihren Namen?", fragte er forsch. „Eira Gerlund", erwiderte sie. Eira. Ein schöner Name. Das klingt aber nicht sehr Deutsch", meinte der Unbekannte. „Der Name stammt aus Dänemark. Dort bin ich geboren. Er bedeutet in der nordischen Mythologie die Göttin der Heilkunde und der Heilung", gab sie als Antwort. „Nomen est Omen. Der Name passt gut zu Ihnen." Darüber hatte sie bisher noch nie nachgedacht.

„Darf ich Eira zu Ihnen sagen?" „Wenn Sie mögen?", erwiderte sie und fühlte sich in dem Moment noch vertrauter mit dem ihr Unbekannten. „Eira, ich weiß, das klingt

ESPRES
EPPRES

vielleicht seltsam, aber Sie wirken, als hätten Sie gerade einen schweren Gedankenprozess. New York hat diese Wirkung, nicht wahr? Es wirft einen förmlich auf sich selbst zurück", fing der Mann das Gespräch an. Eira Gerlund zögerte kurz, doch etwas an seiner warmen, offenen Art ließ sie antworten. „Es ist nicht New York. Es, das bin ich selbst. Manchmal fühlt es sich an, als würde alles in mir zusammenbrechen, sobald ich vor Menschen treten muss." Er hörte ihr geduldig zu, nickte an den richtigen Stellen, und seine interessierte Haltung ermutigte sie, weiterzusprechen.

Sie erzählte ihm von den Panikattacken, der unaufhaltsamen Angst vor dem Scheitern und davon, wie sie nicht mehr wusste, wie sie aus ihrem aktuellen Leben entkommen sollte. „Das klingt nach einer riesigen Last, die Sie jeden Tag tragen. Wissen Sie, ich bewundere Ihre Ehrlichkeit. Die meisten Menschen haben nicht den Mut, so offen über ihre Ängste zu sprechen", erwiderte der Fremde. „Darf ich auch nach Ihrem Namen fragen?", wollte sie nun auch wissen. „Oh, ja. Entschuldigen Sie. Ich habe mich noch gar nicht vorgestellt. Mein Name ist Jori Peters. Ich komme übrigens ursprünglich auch aus Deutschland. Ich war noch ein Kind, als meine Familie nach Amerika ausgewandert ist."

Während des Gesprächs begann Jori, die Richtung subtil zu lenken. Er sprach über seine eigenen Erfahrungen – er sei ein Unternehmer, jemand, der es sich zur Aufgabe gemacht habe, Menschen dabei zu helfen, ihr Potenzial zu entfalten. Während er sie weiterhin aufrichtig zu unterstützen schien, begann er ihre Situation zu nutzen, um eine Idee bei ihr zu platzieren.

Jori erzählte eher beiläufig, dass er eigentlich ein bestimmtes Ziel im Kopf hatte. Seine Stimme wurde nachdenklich, fast melancholisch. „Wissen Sie“, begann er. „Es gibt da diesen Ort in Deutschland, eine Insel namens Amrum. Mein Vater war dort ..., sagen wir, er hat Fehler gemacht, und das hat die Insel damals ins Gerede gebracht. Ich habe das Gefühl, ich schulde den Menschen dort etwas.“ Eira Gerlund spürte die Schwere in seinen Worten und fragte vorsichtig nach. „Das klingt, als ob es Sie schon lange beschäftigt. Was ist passiert?“ Jori zögerte, bevor er antwortete.

„Mein Vater war ein schwieriger Mann. Kurz gesagt, er hat im Affekt jemanden getötet. Es war eine Tragödie für alle Beteiligten, aber vor allem für die Inselgemeinschaft. Jetzt denke ich, vielleicht kann ich etwas zurückgeben, etwas, das den Menschen dort hilft – ein Hotel, eventuell ein Kurhotel, das Arbeitsplätze und Wohlstand bringt.“

Jori nutzte seine charmante, einfühlsame Art, um Eira Gerlund für seine Vision zu gewinnen. Er sprach über seine eigenen Erfahrungen und versuchte, eine Parallele zu ziehen. „Sie wissen, wie es ist, sich gefangen zu fühlen, oder? Ihr Leben hat sich immer um Verantwortung gedreht. Aber was, wenn all das, all die Ängste, der Druck, zu etwas Größerem führen könnte? Stellen Sie sich vor, Sie hätten die Chance, etwas Neues aufzubauen, das einen Unterschied macht. Ich habe das Gefühl, Sie könnten dabei helfen.“

Seine Worte berührten sie, aber gleichzeitig verspürte sie ein leichtes Unbehagen. Sie fragte sich, ob seine Absichten rein waren oder ob er sie vielleicht manipulierte. Eira Gerlund fühlte sich dennoch irgendwie geschmeichelt. Gleichzeitig begann sie zu zweifeln. War der Fremde wirklich so einfühlsam, wie er schien, oder verfolgte er eigene Interessen? Sie spürte die Verlockung seiner Worte, die ihr eine Möglichkeit gaben, ihre Erfahrungen in etwas Neues zu verwandeln. Doch etwas in ihr zögerte. Wie jeden Tag nahm sie auch diesmal ihr Tagebuch zur Hand, als sie später im Hotel auf dem Bett saß und ließ den Tag noch einmal Revue passieren. Ein Hotelkomplex auf Amrum, eventuell sogar mit medizinischer Versorgung. Das klang nicht uninteressant.

Kapitel 17

Jensen fiel zunächst darauf rein, weil jemand das Skelett tatsächlich entsprechend präpariert hatte. Nur seine langjährige Erfahrung und Kenntnisse sorgten allerdings dafür, dass er ihm nicht auf den Leim gegangen war. Er entdeckte nämlich, dass die Skelettknochen künstlich gealtert sein mussten. Allerdings eher zufällig. Normalerweise trug er bei den Untersuchungen einen Mund-Nasenschutz. Weil Jensen aber niesen musste, zog er die Maske für einen kurzen Moment ab. Erst jetzt bemerkte er einen merkwürdigen Geruch, konnte aber erst einmal nicht genau zuordnen, woher dieser Geruch kam. Er schnüffelte wie ein Spürhund und kam mit seiner Nase auch in die Nähe des Skeletts. Er roch jetzt an verschiedenen Stellen der Knochen. Der Geruch war jetzt so intensiv, dass es keinen Zweifel mehr gab. Der Geruch kam von dem Skelett. Aber was war das für ein Geruch? Jensen wusste, dass er ihn kannte.

Jensen erinnerte sich plötzlich daran, dass Larsen ihm eine Tüte mit Sand aus der unmittelbaren Umgebung des Skeletts mitgegeben hatte. „Ist nur so ne Intuition“, hatte er damals gesagt. „Probieren geht über studieren“, dachte Jensen und sah sich den Sand jetzt mal genauer an. Er steckte seine Nase in die Tüte und ein beißender Geruch stieg auf. Er musste sich kurz schütteln, so intensiv hatte sich der Geruch in der Tüte ausgebreitet. Da musste also irgendetwas sein. Unter dem Mikroskop konnte Jensen zunächst allerdings nichts Auffälliges feststellen. Erst als er seinen Chemiebaukasten auspackte, kam er der Sache allmählich auf die Spur. Als Jensen den Sand analysierte, brachte ein überraschendes Ergebnis den Fall in Bewegung: Der Sand enthielt Spuren einer synthetischen Substanz, die Knochen künstlich altern ließ – ein Indiz, dass die vermeintliche Vergangenheit des Skeletts eine sorgfältig inszenierte Täuschung sein könnte. Sollte der Instinkt Larsens recht behalten?

Kapitel 18

Jensen war ein gewissenhafter Mensch. Mittlerweile blickte er auf einige Jahrzehnte Berufserfahrung zurück. Zwar war die Pensionierung nicht mehr allzu weit entfernt, trotzdem hatte er viel Freude an seiner Arbeit. Er brannte noch immer für den Job und wünschte sich, dass auch jüngere Kollegen Interesse dafür hätten, denn die Arbeit war extrem wichtig für die Aufklärung von Verbrechen jeglicher Art. Leider hatten die wenigsten eine Idee, was Forensik denn eigentlich war. Forensik, ein Sammelbegriff für wissenschaftliche und technische Arbeitsgebiete, untersuchte nämlich systematisch kriminelle Handlungen. In gewisser Weise war Jensen auch stolz auf das, was er tat. Denn Forensik spielte aus mehreren Gründen eine entscheidende Rolle in der Polizeiarbeit.

So halfen seine forensischen Methoden unter anderem dabei, physische Beweise zu sammeln und zu analysieren, die für die Aufklärung von Verbrechen unerlässlich waren. Dies konnten DNA-Spuren, Fingerabdrücke, Ballistik oder andere materielle Beweise sein. Dabei war es allerdings wichtig, stets objektiv zu bleiben. Deshalb basierten die Analysen auf wissenschaftlichen Methoden und objektiven Daten. Die Forensik ermöglichte es zudem, Tatorte systematisch zu analysieren und zu rekonstruieren. Durch die Untersuchung von Spuren und der Umgebung konnten Ermittler wertvolle Informationen über den Tathergang und die möglichen Täter gewinnen. Allerdings sollte alles auch gerichtsfest sein. Denn forensische Beweise waren schon oft entscheidend für Gerichtsverfahren. Sie mussten deshalb wissenschaftlichen Standards genügen, um vor Gericht als belastbar zu gelten. Gut dokumentierte forensische Arbeit konnte den Unterschied zwischen einer Verurteilung und einem Freispruch ausmachen.

Ein weiterer Aspekt war die Prävention und Aufklärung. Seine Analyse von forensischen Daten konnte schon häufiger dazu beitragen, Muster in der Kriminalität zu erkennen und präventive Maßnahmen zu entwickeln. Insgesamt stärkte die Forensik die Effektivität und Effizienz der Polizeiarbeit, indem sie die Ermittlungen objektivierte und die Aufklärung von Verbrechen unterstützte. Allerdings überließ er den jüngeren Kollegen gerne die Arbeit draußen am Tatort oder Fundort, je nachdem. Dafür gefiel ihm die Arbeit im Labor besser. Da konnte er in aller Ruhe, wenn die Kollegen ihn ließen, seiner kriminalistischen Spürnase nachgehen und sich regelrecht in die Sache hineinfuchsen.

Zunächst schaute er sich deshalb noch einmal an, was sie bisher herausgefunden hatten. Er ging die Aufzeichnungen durch und verglich sie mit dem Skelett. Er konnte sich vorstellen, dass die Kollegen auf Amrum mit seinen Ergebnissen nicht sonderlich zufrieden waren. Sollte er vielleicht doch eine genauere Analyse durchführen? Er selbst war ja auch nicht so begeistert von dem, was er bisher herausgefunden hatte.

Der Gedanke, dass das Skelett manipuliert worden war, warf natürlich ein ganz neues Licht auf den Fall. Bevor Jensen jetzt allerdings die Pferde scheu machte und Larsen und seine Leute darüber informierte, was er herausgefunden hatte - und Larsen ja schon vermutete, wollte er auf Nummer sicher gehen. Jensen nahm sich einen Knochen noch mal vor. Vorsichtig bohrte er ein Loch hinein und füllte das so gewonnene Knochenmehl in die gleiche Substanz, in die er vorher schon den Sand eingefüllt hatte. Das gleiche Ergebnis. Die Knochen waren nicht, wie er vorher irrtümlich angenommen hatte, schon Jahrzehnte alt oder sogar noch älter, sondern höchstens zwei Wochen. „Donnerwetter", entfuhr es ihm. Hatte der alte Fuchs Larsen also recht behalten mit seiner Vermutung, auch wenn sie nur vage war.

Vor etwa zwei Wochen musste die Frau also noch am Leben gewesen sein, schätzte er. Sofort rief er Larsen an und informierte ihn über die Entdeckung. „Hatte ich irgendwie im Urin, dass da etwas nicht stimmt. Ich wusste nur nicht, was", meinte Larsen und machte sich an die Arbeit. Er fragte gleich bei den Kollegen der Kieler Polizei nach und ließ sich über vermisste Personen informieren. Da er wusste, dass es sich um eine Frau handelte, etwa 30 bis 40 Jahre alt, konnten die Kollegen die Suche deutlich eingrenzen.

Und tatsächlich hatten sie eine Vermisstenanzeige auf dem Tisch. Die Universitätsklinik hatte eine Anzeige aufgegeben, weil eine ihrer Professorinnen nicht zu den Vorlesungen erschienen und auch nicht erreichbar war. Die Beamten waren sogar in ihrer Kieler Wohnung gewesen, hatten dort aber keine Hinweise auf ihren Verbleib finden können. Routinemäßig hatten sie Material mitgenommen und auf DNA-Spuren untersuchen lassen, die später unter Umständen für eine Identifizierung notwendig sein konnten. Larsen bat die Kollegen, ihm das Ergebnis der Untersuchung zuzuschicken. Kurze Zeit später hatte er es auf dem Bildschirm. Jensen bestätigte das Ergebnis und konnte nun mit Sicherheit sagen, dass es sich bei dem Skelett um die vermisste Professorin handeln musste.

Und mehr noch. Nun hatte er endlich den Beweis dafür, dass es sich tatsächlich um Mord handelte und jemand versucht hatte, das Skelett älter erscheinen zu lassen, als es tatsächlich war. Er rief noch einmal Jensen von der Spurensicherung an. „Ja, man kann Knochen in gewissem Maße künstlich altern lassen, beispielsweise für wissenschaftliche Untersuchungen, forensische Analysen oder medizinische Forschung. Das wird oft durch physikalische, chemische oder biologische Prozesse erreicht, erklärte Jensen ihm. Knochen können mit Säuren oder Basen behandelt werden, um Alterungsprozesse zu simulieren. Dies kann die Mineralstruktur beeinflussen und den Abbau imitieren, der bei natürlichen Alterungsprozessen auftritt.“ „Ah, ha“, meinte Larsen nur kurz.

„Da die Knochen und auch der Sand, den du in einer Tüte gesammelt hast, einen beißenden Geruch verströmt haben, gehe ich davon aus, dass jemand genau diese Methode angewandt hat“, dozierte Jensen und führte weiter aus: „Weißt du, die natürliche Alterung der Knochen geschieht über Jahrzehnte oder Jahrhunderte durch den langsamen Einfluss von Umweltbedingungen wie Feuchtigkeit, Temperatur, Bodenchemie und beispielsweise Mikroorganismen. Bei der künstlichen Alterung werden diese Effekte in kurzer Zeit nachgeahmt, oft in Stunden oder Tagen, durch gezielte zum Beispiel chemische Laborverfahren, wie in diesem Fall.“

„Kann das jeder machen?", fragte Larsen. „Ich meine, könnte ich das auch oder benötige ich dazu spezielle Kenntnisse?" „Ich glaube, die Frage kannst du dir selbst beantworten oder?", erwiderte Jensen. „Du hast recht. Es muss also jemand sein, der sich mit so was auskennt", antwortete Larsen. „Eigentlich kommt hier nur jemand mit medizinischen Kenntnissen infrage", gab Jensen zu bedenken. „Alles klar. Wie immer, vielen Dank, Jensen." „Da nich für", sagte Jensen nur und legte auf.

Larsen informierte gleich seine Kollegen Meyerhofer und Abbo Nissen über die Ergebnisse der Spurensicherung. „Jetzt wird die ganze Sache wenigstens konkreter", meinte Kommissarin Meyerhofer. „Wir können also mit ziemlicher Sicherheit sagen, dass es sich bei dem Skelett um die Dozentin der Uni Kiel handelt. Und wir wissen oder nehmen es zumindest an, dass es sich um Mord handelt, verübt möglicherweise von jemandem mit medizinischen Kenntnissen." „Richtig. Wir sind also schon ein ganzes Stück weiter", meinte Larsen. „Ich hol mir jetzt erst einmal einen Kaffee. Möchte sonst noch jemand einen?"

Kapitel 19

Larsen fragte bei der Polizeidirektion Flensburg an, in deren Betreuungsbereich auch Dagebüll lag, ob er sich dort die Bilder der Überwachungskameras an dem Fähranleger anschauen könne. Die Polizei in Kiel hatte ihm zuvor bereits einen Hinweis auf eine vermisste Person gegeben, die möglicherweise mit dem Fall zu tun haben könnte, den er gerade untersuchte. Vermisst wurde seit etwa zwei Wochen eine Frau, 38 Jahre alt, die als Professorin an der Universitätsklinik in Kiel tätig war.

Kurze Zeit später machten Larsen und sein Kollege Nissen sich auf den Weg nach Dagebüll. Von Wittdün aus setzten sie mit der Fähre auf das Festland über. Zwei Stunden dauerte die Fahrt, weil die Fähre auf Föhr einen Zwischenstopp eingelegt hatte. Da es auf der Fähre ein reichhaltiges gastronomisches Angebot gab, nutzten die beiden die Zeit für ein zweites Frühstück. Bei der Bestellung sah Larsen seinen Kollegen kurz an und murmelte „Nissen, kein Fischbrötchen bitte. Heute mal nicht." Abbo Nissen wollte zum Glück sowieso nichts essen, da er zu Hause ausgiebig gefrühstückt hatte, und nahm deshalb nur eine Tasse Kaffee. Larsen nahm ebenfalls eine Tasse und dazu ein paar kleine Klütjes, traditionelle Kekse aus Nordfriesland, gerade einmal so groß wie ein 5 Cent Stück, trocken, die nach Lebkuchen schmeckten. Er bot seinem Kollegen auch einen an, aber dem waren die Kekse zu hart.

In Dagebüll angekommen, begaben sie sich sofort in das Büro der Verwaltung. „Moin. Larsen mein Name, Polizeihauptkommissar Larsen und mein Kollege Nissen. Wir würden gerne die Bilder aus den Überwachungskameras von vor zwei Wochen anschauen. Sie wurden ja bereits darüber informiert, dass wir kommen." „Moin. Ja, wir haben das auch schon vorbereitet. Kommen Sie hier rüber. Auf dem Monitor dort", der Chef der Verwaltung zeigte auf einen Computer in einer ruhigen Ecke des Büros, „können Sie sich die Videos in Ruhe ansehen. Wonach suchen Sie?" „Wir suchen nach einer Frau, etwa 30 bis 40 Jahre alt, die seit einiger Zeit regelmäßig nach Amrum fährt", erklärte Larsen dem Mann. „Ich glaube, ich weiß sogar, wen Sie meinen. Sie hat doch nicht etwa was ausgefressen?" „Nein", antwortete Larsen.

„Wir müssen im Moment davon ausgehen, dass die Frau tot ist." „Ach du liebe Zeit, die arme Frau. Wenn das die ist, die ich meine. Sie ist seit ein paar Wochen regelmäßig auf die Insel gefahren. Ich meine mich sogar zu erinnern, dass sie vor zehn Tagen wieder hier war, um sich übersetzen zu lassen. Wir können ja mal schauen.“ Sie ließen das Überwachungsvideo ungefähr so weit zurücklaufen und drückten dann auf Play. „Sie soll ein weißes Cabrio gefahren sein“, fügte Larsen hinzu.

Tatsächlich konnte man in dem Video von vor zehn Tagen gegen 14.30 Uhr sehen, wie ein weißer Wagen mit zwei Insassen sich in die Reihe für Amrum stellte und kurz vor 15 Uhr auf die Fähre fuhr, die um 15.05 Uhr pünktlich ablegte. Sie musste also um fünf Uhr nachmittags auf Amrum angekommen sein. „Kann man das Bild auch größer bekommen?“, fragte Larsen. „Das weiß ich ehrlich gesagt nicht. Sie können das Video aber gerne mitnehmen“, meinte der Verwaltungsleiter. „Das machen wir. Sie haben uns sehr geholfen. Vielen Dank“, antwortete Larsen. Mit dem Bildmaterial machten sie sich wieder auf den Rückweg und stellten sich, wie andere auch, in die Reihe nach Amrum.

Zurück in Nebel schauten sie sich das Video noch einmal genauer an. Kriminalkommissarin Meyerhofer war ebenfalls noch im Büro. „Was hat ihr Ausflug aufs Festland gebracht?“, wollte sie wissen. „Wir haben die Gesuchte gefunden. Sie war in Begleitung eines Manness. Ich weiß aber leider auch nicht, wie ich ein besseres Bild von den Personen bekommen kann“, musste Larsen zugeben. „Lassen Sie mich mal sehen“, meinte Kommissarin Meyerhofer und begann, ein paar Knöpfe zu drücken und einige Einstellungen vorzunehmen. Kurze Zeit später sah man die gesuchte Frau und ihren Begleiter groß und scharf auf dem Bildschirm.

Anschließend machte Larsen davon einen Screenshot,

den er direkt an die Leiterin der Abteilung Gerontologie an der Universitätsklinik Kiel schickte, an der auch die Gesuchte tätig war. Eine Kopie der Mail ging an den Kollegen von der Spurensicherung, Jensen. Es dauerte nicht lange, da meldete sich die Abteilungsleiterin der Uniklinik und bestätigte, dass es sich bei der Frau auf dem Bild um die Kollegin handelte. Den jungen Mann dagegen kannte sie nicht, wollte aber noch im Kollegium herumfragen, ob jemand ihn erkannte. „Ich wäre Ihnen dankbar, wenn Sie das möglichst zeitnah erledigen könnten. er gilt inzwischen als Tatverdächtiger und wird auch zur Fahndung ausgeschrieben“, sagte Larsen und bedankte sich bei ihr.

Es dauerte nicht lange, da rief die Abteilungsleiterin tatsächlich wieder an. „Wir wissen inzwischen, wer der Student ist. Es handelt sich um Hanno Svensen. Er ist dem Kollegen deshalb gut in Erinnerung, weil er nicht gerade durch sein Engagement aufgefallen war. Aus gutem Hause stammend, wie man so sagt, hatte er vielmehr andere Dinge im Sinn“, wusste die Abteilungsleiterin der Uniklinik zu berichten. „Wie man hört, hatte er wohl keine Party ausgelassen und war dafür am nächsten Morgen wenig zu gebrauchen. Oder er kam gar nicht erst zu den Vorlesungen. Empathie für die Menschen, besonders natürlich für die kranken, war bei ihm nicht zu spüren. Wir waren deshalb zum Schluss gekommen, ihn nicht zum Examen zuzulassen. Das wollten wir ihm vor etwa zwei Wochen mitteilen, aber dann war er plötzlich verschwunden.“ „Das ging jetzt aber mal fix. Vielen Dank für die Information. Sie haben uns sehr geholfen“, erwiderte Larsen. Wieder ein Stein in dem Puzzle um den Tod der Frau im Kniepsand.

Kapitel 20

An dem Haus von Professorin Gerlund waren Reparaturarbeiten notwendig geworden und ein Student hatte sich bereit erklärt zu helfen. Ein wenig Abwechslung würde ihm, so kurz vor der Prüfung, guttun, meinte er. Professorin Gerlund war anderer Meinung, aber auch für jede Hilfe dankbar. Sie nahm ihn kurzerhand mit. Übernachtungen und freie Verpflegung konnte sie ihm anbieten, womit er sofort einverstanden war, obwohl auf der Insel Verwandtschaft von ihm wohnte.

Allerdings kam der Student aus einem anderen Grund mit auf die Insel, als sich etwas abzulenken. Insgeheim war er verliebt in seine Dozentin und er wollte einfach nur in ihrer Nähe sein. Hanno Svensen war fest entschlossen, ihr hier auf der Insel endlich seine Liebe zu offenbaren. Er musste an eine Begebenheit zurückdenken.

Es war an einem frühen Abend des letzten Semesters in der Universitätsbibliothek. Der Raum war halb leer, das Licht gedämpft. Hanno Svensen saß an einem Tisch mit einem Buch vor sich, doch seine Augen folgten heimlich jeder Bewegung seiner Dozentin, Prof. Dr. Eira Gerlund. Sie stand am Rand der Bibliothek und sprach mit einem Mann. In seiner karierten Jacke sah er aus wie ein kanadischer Holzfäller. Hanno hatte seine Bücher aufgeschlagen, aber nichts gelesen. Seine Gedanken kreisten um Eira Gerlund, wie sie dort mit ihrem karmesinroten Schal stand und den Fremden anlächelte, als hätte er einen Schlüssel zu einer Welt, die für Hanno verschlossen blieb. Hanno dachte bei sich: „Sie muss es doch merken. Wie ich sie anschaue ... wie ich jede ihrer Gesten auswendig kenne. Wieso will sie es nicht sehen?“

Aber Eira Gerlund spürte Hannos Blick, wie einen Hauch auf ihrer Haut. Ohne ihr Gespräch zu unterbrechen, hob sie kurz die Augen und ließ sie über den Raum gleiten, bis sie Hanno bemerkte. Seine Intensität ließ sie kurz innehalten, aber nur einen Moment – dann richtete sie ihre Aufmerksamkeit sofort wieder auf ihren Begleiter. „Immer dieser Blick. So jung, so stürmisch. Er will etwas von mir, was ich ihm nicht geben kann. Das versteht er doch, oder? Es ist besser, so zu tun, als wüsste ich nichts", dachte sie.

Sie lachte über etwas, das der Mann sagte, und Hanno fühlte, wie sein Magen sich zusammenzog. Sein Herz raste vor Frustration. Es war nicht das erste Mal, dass er ihre Distanziertheit spürte, diese höfliche, aber klare Barriere, die sie zwischen sich und ihm hielt. Aber dieses Lachen, dieses Lächeln, das sie einem anderen Mann schenkte – das war anders. Es tat weh. Hanno schloss das Buch vor sich mit einem Knall, der Eira erneut innehalten ließ. Sie warf ihm einen schnellen Blick zu, ein Hauch von Unruhe in ihren Augen, bevor sie sich zwang, ihre Fassade zu wahren.

Hanno stand auf und marschierte hinaus. Er konnte nicht länger zusehen, wie sie in einer Welt lebte, zu der er niemals dazugehören würde. Die Türen der Bibliothek fielen schwer hinter ihm zu, aber ihre Silhouette und ihr distanziertes Lächeln brannten sich in seinen Geist wie ein Echo, das er nicht abschütteln konnte.

Kapitel 21

Während die Renovierungsarbeiten voranschritten, stießen Eira und Hanno auf einen verschlossenen Schrank im

Keller des Hauses, den sie neugierig öffnen. Darin fanden sie alte Aufzeichnungen, die erstaunlicherweise Hinweise auf die Familie von Jori enthielt – insbesondere auf seinen Vater, der vor Jahrzehnten von der Insel geflohen war.

Doch die Aufzeichnungen enthüllten mehr. Es deutete darauf hin, dass der vermeintliche Mord, der seinen Vater in die Flucht trieb, in Wahrheit kein Mord war. Stattdessen war es eine bewusste Intrige, die von der mächtigen Familie Svensen der Insel inszeniert wurde, um eine alte Fehde fortzuführen. Eira Gerlund entdeckte außerdem, dass das Haus, das sie gekauft hatte, einst das Anwesen der rivalisierenden Familie war. Damit wurde ihr Aufenthalt plötzlich gefährlich, denn die alten Bewohner der Insel hatten diese Fehde nicht vergessen.

Jori Peters, der die Aufzeichnungen durch Zufall in die Hände bekam, wurde plötzlich in die Geschichte hineingezogen und musste sich entscheiden: Sollte er die Wahrheit enthüllen und den Ruf seines Vaters wiederherstellen oder sollte er die Vergangenheit ruhen lassen und das Geheimnis bewahren?

Kapitel 22

Professorin Gerlund kam aus dem Haus, während Hanno Svensen dabei war, die Fenster zu streichen. „Pass auf, dass du die Scheiben nicht übermalst“, meinte sie im Vorbeigehen. „Ich muss ein paar Sachen erledigen. In etwa einer Stunde bin ich wieder da.“ Dann stieg sie ins Auto und fuhr in Richtung Nebel davon.

Das war die Gelegenheit. Als das Auto der Professorin außer Sichtweite war, ging er schnell ins Haus, mit der

Absicht, irgendetwas Persönliches von ihr zu finden, das sie ihm noch näherbrachte. Vorsichtig öffnete er die Tür zum Wohnzimmer. Die Tür knarrte leise. Sein Herz schlug schneller, ein Mix aus Nervosität und Schuldgefühlen. Das Zimmer war schlicht, aber voller Persönlichkeit – Bücherregale, ein Schreibtisch mit verstreuten Papieren, und ein Duft, der ihn an ihre Anwesenheit erinnerte. Er wusste, dass er hier nicht sein sollte, doch die Neugier und seine Gefühle für sie trieben ihn voran.

Seine Hände zitterten leicht, als er begann, die Schubladen zu durchsuchen. Nichts Außergewöhnliches – Stifte, Notizblöcke, ein paar Fotos. Eine Halskette in einer Ecke der Schubladen. Die würde sie wohl nicht so schnell vermissen. Er steckte sie eher beiläufig in seine Hosentasche. Doch dann, in der untersten Schublade, fand er es: ein Tagebuch, in Leder gebunden, mit ihrem Namen darauf. Er zögerte. Sollte er wirklich?

Er konnte nicht widerstehen. Vorsichtig schlug er es auf und begann zu lesen. Die Worte trafen ihn wie ein Schlag ins Gesicht.

„Ich habe mich entschieden, aufzuhören. Das Unterrichten fällt mir zunehmend schwer, und ich weiß, dass es jemanden gibt, der mehr von mir will, als ich ihm geben kann. Es tut mir leid, aber ich kann diese Gefühle nicht erwidern. Es wäre nicht fair.“

Sein Atem stockte. Sie wusste es. Sie wusste von seinen Gefühlen. Und sie ... konnte sie nicht teilen. Weiter blätternd stieß er auf eine Passage, die ihn noch mehr erschütterte.

„Jori und ich haben große Pläne. Das Hotelprojekt auf der Insel könnte unser Leben verändern. Aber ich bin mir

noch nicht sicher, ob ich diesen Schritt wagen soll. Es ist eine große Entscheidung."

Ein Mann. Ein Projekt. Eine Zukunft, die ihn ausschloss. Die Realität traf ihn mit voller Wucht, und plötzlich fühlte sich das Zimmer, das ihm zuvor so vertraut erschien, fremd und kalt an.

Er saß immer noch auf dem Boden, das Tagebuch vor ihm. Seine Hände griffen ins Leere, als ob er die geschriebenen Worte wieder in die Seiten zurückdrängen wollte. Trauer und Wut tobten in ihm wie ein Sturm. Er fühlte sich verraten. Warum hatte sie nichts gesagt? Warum hatte sie ihn in seinem stillen Wunsch so lange verharren lassen, wenn sie doch längst alles wusste?

Obwohl er das Tagebuch längst zugeklappt hatte, schienen die Worte auf den Seiten sich in sein Gedächtnis eingebrannt zu haben:

„Hanno wird nicht zum Examen zugelassen werden können. Es tut mir leid, aber er entspricht nicht den Anforderungen."

Jeder Buchstabe war wie ein Schlag gegen seine Hoffnungen, ein zerstörendes Urteil, das ihn auf einer tiefen Ebene erschütterte. Er schloss die Augen, doch die Worte ließen ihn nicht los. Stattdessen tauchte das Bild seiner Eltern vor ihm auf: Ihr Stolz, ihre Erwartungen, ihre unerschütterliche Zuversicht in seinen Erfolg. Sie hatten immer an ihn geglaubt. Wie konnten sie jemals erfahren, dass all ihre Träume für ihn zu zerbrechen drohten?

„Das darf nicht passieren", dachte er verzweifelt. Sein Vater hatte ihn immer mit seinen eigenen Leistungen verglichen – ein erfolgreicher Chirurg, der die Familie mit seiner Arbeit inspirierte. Seine Mutter hatte ihm unzählige Male gesagt, wie stolz sie darauf sei, dass ihr Sohn diesen Weg gewählt hatte. Es war, als ob ihr Leben und ihr Stolz direkt an seinem Erfolg hingen.

Doch wie sollte er ihnen gegenübertreten, wenn alles auseinanderfiel? Ein flüchtiger Gedanke schlich sich in seinen Geist: Vielleicht sollte er ihnen nie davon erzählen. Die Wahrheit würde nur Schaden anrichten – nicht nur ihm, sondern auch ihnen. Doch das Schweigen fühlte sich wie ein Verrat an.
Die Bedeutung der Worte lag schwer auf seinem Herzen. Nicht nur das Urteil über ihn selbst, sondern auch die Resignation, die in ihrer Botschaft mitschwang. Sie – eine der wenigen Dozentinnen, die er wirklich respektierte – würde ihn nicht unterstützen können, weil sie sich entschlossen hatte, den akademischen Weg zu verlassen. Wie ein leises Geständnis der Aufgabe.

Plötzlich hörte er Schritte im Flur. Seine Gedanken rasten. Er wollte fliehen, doch es war zu spät. Die Tür ging auf, und sie stand da, mit einem Ausdruck, der zwischen Überraschung und Ärger schwankte. Ihre Augen richteten sich sofort auf das Tagebuch in seinen Händen, und ihre Stimme durchbrach die Stille. „Was ... um alles in der Welt tust du hier?“ Er sprang auf, das Tagebuch noch immer fest umklammert. „Ich ... es tut mir leid. Ich wollte nicht ... aber ich musste es wissen. Ich musste wissen, warum du…!" „Warum ich was? Warum ich dir nicht das geben kann, was du dir wünschst? Das hier – das ist ein unglaublicher Vertrauensbruch, Hanno!“ Ihre Stimme wurde lauter, und ihre Worte schnitten wie Messer.

„Du wusstest es! Du wusstest von meinen Gefühlen und hast nichts gesagt! Stattdessen planst du, wegzugehen, mit ihm, und alles hinter dir zu lassen!“ Seine Stimme bebte, jetzt ebenfalls lauter. Die Spannung wuchs, und ihre Gesichtszüge verhärteten sich. „Das ist mein Leben, Hanno. Du hast kein Recht, hier zu sein und noch weniger Recht, mich zu beurteilen. Deine Gefühle – ich bin nicht dafür verantwortlich!“ Die Eskalation erreichte ihren Höhepunkt, als er das Tagebuch auf den Schreibtisch warf. Das Geräusch hallte im Raum wider.

„Dann tut es mir leid, dass ich überhaupt etwas für dich empfunden habe“, sagte er, Tränen in den Augen, bevor er sich abrupt abwandte und aus dem Zimmer lief. Sie rannte ihm nach und hielt ihn am Arm fest. Hanno konnte sich losreißen, blieb abrupt stehen und drehte sich zu ihr um. Für einen kurzen Augenblick trafen sich ihre Blicke, als er sie wutentbrannt zurückstieß. „Lass mich in Ruhe“, brüllte er sie an und stieß sie zurück.

Kapitel 23

Einige Tage vor dem Zwischenfall mit Hanno Svensen traf Eira Gerlund sich mit Jori Peters in einem kleinen Café, direkt an der Hauptstraße von Norddorf. Das Café war rustikal eingerichtet, mit dunklen Holzbalken an der Decke und gestickten Gardinen an den Fenstern. Die Wände waren geschmückt mit verblassten Fotografien von Segelschiffen und Wattwanderungen, ein Hauch von Nostalgie, der in der Luft lag. Ein zarter Kaffeeduft mischte sich mit dem Klang eines scheppernden Windes, der draußen gegen die Fensterläden schlug.

Die Tische um sie herum waren fast alle leer, bis auf einen in der Ecke, an dem zwei Inselbewohner, ältere Männer in wetterfesten Jacken, leise miteinander sprachen. Sie warfen gelegentlich einen skeptischen Blick in

Richtung des Amerikaners, der sich selbstbewusst an seinem Platz zurücklehnte, ein perfektes Lächeln auf den Lippen.

Jori, mit einer einnehmenden Geste: „Eira, genau das ist es. Sieh dich um – dieser Ort hat Magie. Wir können helfen, diese Magie mit der Welt zu teilen, aber auf eine Art, die den Geist der Insel bewahrt.“ Eira blickte aus dem Fenster, sprach zögerlich: „Es ist ... idyllisch, das gebe ich zu. Aber ich frage mich, ob die Inselbewohner das genauso sehen. Vielleicht bin ich hierhergekommen, um Teil von etwas zu sein, nicht, um es zu verändern.“
Während sie sprach, hob einer der Männer in der Ecke seine Kaffeetasse und nickte seinem Begleiter zu, als ob er damit die Diskussion zwischen Eira und dem Amerikaner kommentierte. Sie flüsterten leise, doch ihre Gesichter verrieten Skepsis, sowohl gegenüber dem Fremden als auch der Idee, die Insel zu modernisieren.

Jori lehnte sich vor, senkte die Stimme. „Eira, glaube mir, ich verstehe deine Bedenken. Aber weißt du, warum wir das hier anders machen können? Weil du und ich die gleichen Werte teilen. Ich bin nicht hier, um Betonklötze zu bauen – ich bin hier, um etwas zu schaffen, das zur Seele dieses Ortes passt. Und dein Einfluss ... er könnte genau das sein, was den Unterschied macht.“

Während Eira Gerlund und Jori Peters am Tisch miteinander sprachen, saß Ole, ein älterer Inselbewohner, in der Ecke. Ole war ein Fischer, dessen wettergegerbtes Gesicht von einem Leben im Einklang mit der Natur erzählte. Mit verschränkten Armen und einer Tasse Tee vor sich beobachtete er die beiden, seine Augen aufmerksam und von leiser Besorgnis erfüllt. Während Ole dem Gespräch lauschte, dachte er: „Der Amerikaner redet viel, als ob er wüsste, was gut für diese Insel ist. Wir haben das schon gesehen. Fremde, die kommen, versprechen, alles besser zu machen, und am Ende geht es nur um Geld. Hat er je das Watt bei Sturm erlebt? Weiß er, wie es ist, wenn der Winter das Leben hier fast zum Stillstand bringt?“

Er nippte an seinem Tee, als Eira Gerlund leise lachte, unsicher, aber höflich. Ole merkte, wie sie hin- und hergerissen wirkte, und fragte sich, ob sie die Absichten des Mannes wirklich durchschaute. Ole flüsterte zu seinem Freund Jens am Tisch: "Er redet schön, nicht wahr? Aber schöne Worte bringen uns keine sichere Zukunft. Du kennst die Geschichte von seiner Familie, oder?" Sein Begleiter, ein hagerer Mann namens Jens, nickte langsam. "Ja, ich erinnere mich. Sein Vater ... es war ein schlimmer Streit damals. Amrum hat das nicht vergessen, Ole."

Ole blickte zu Eira Gerlund hinüber. "Und jetzt kommt der Sohn zurück, als ob nichts gewesen wäre. Aber sie? Sie scheint anständig zu sein. Vielleicht weiß sie nicht, worauf sie sich einlässt." "Glaubst du, wir sollten etwas sagen?", fragte Jens. Ole schüttelte den Kopf, seine Augen blitzten unter den buschigen Augenbrauen hervor. "Noch nicht. Aber ich werde ein Auge auf ihn haben. Für die Insel."

Währenddessen schien Eira Gerlund kurz den Blick der Männer in der Ecke zu bemerken. Ihre Augen verweilten für einen Moment auf Ole, als ob sie die stille Missbilligung spüren könnte. Ihr Begleiter, der sie bemerkte, richtete sich in seinem Stuhl auf, als wollte er seine Präsenz noch stärker unterstreichen.

Jori Peters, mit einem Lächeln, bewusst laut genug, dass die Männer es hören konnten: "Eira, wir werden zeigen, dass Fortschritt und Tradition Hand in Hand gehen können. Die Leute hier werden verstehen, dass das Hotel nicht nur für Touristen ist, sondern auch für die Inselbewohner. Es wird Arbeitsplätze schaffen, die Wirtschaft stärken."

Ole hob langsam die Tasse an die Lippen, ohne etwas zu sagen, aber seine Augen verengten sich. „Fortschritt, hm? Und wenn die Leute nicht mehr über ihre Felder und Fischgründe entscheiden können? Wir werden sehen, was dieser Mann wirklich im Sinn hat“. Ole schaute dabei seinen Freund an. Der nickte.

Kapitel 24

Ole hatte sein ganzes Leben auf Amrum verbracht. Er entstammte einer langen Linie von Fischern, und für ihn war die Insel nicht nur Heimat, sondern auch Identität. Er kannte jedes Watt, jede Düne und jeden Sturm, der je über die Insel hinweggefegt war. Die Geschichte seiner Familie war tief mit dem Ort verwoben, und er sah sich als Hüter der Traditionen und der natürlichen Schönheit der Insel.

Doch Ole hatte auch seine Verluste erlebt. Seine Frau verstarb vor einigen Jahren, und seine Kinder waren aufs Festland gezogen, weil das Leben auf Amrum nicht genügend Perspektiven bot. Das hatte ihn mit einer gewissen Bitterkeit erfüllt, und der Gedanke, dass Fremde wie der Amerikaner die Insel nach ihren Vorstellungen umgestalten könnten, rief in ihm Widerstand hervor.

Ole war nicht nur wortkarg, sondern auch ein scharfer Beobachter. Er hatte die Ankunft des Amerikaners und der Dozentin mit Argwohn verfolgt und spürte, dass hinter den freundlichen Worten des Amerikaners mehr steckte, als er vorgab. Er musste Eira Gerlund warnen.

Kapitel 25

Hanno blieb wie angewurzelt stehen, als Eira mit einem Mann im Schlepptau die Schwelle betrat. Er erinnerte sich, den Mann schon einmal gesehen zu haben. In der Universitätsbibliothek. Jori war groß, mit einem entspannten Lächeln, das Hanno sofort irritierte. Er wirkte zu selbstbewusst, zu charmant. „Jori, das ist Hanno. Einer meiner Studenten. Er hat sich angeboten zu helfen.“ Ihre Stimme war höflich, aber distanziert. Jori nickte freundlich. „Danke für deine Unterstützung, Hanno. Mit drei Leuten geht das hier sicher schneller.“ Er klopfte Hanno kameradschaftlich auf die Schulter, was in Hanno Wut und Eifersucht auslöste.

Während die Renovierungsarbeiten begannen, konnte Hanno kaum seine Gefühle zügeln. Jori schien mühelos mit Eira zu interagieren, ihre gemeinsamen Lacher schnitten durch Hannos Brust wie Messer. Später, als Jori kurz draußen war, versuchte Hanno, einen Schritt zu wagen. „Eira, warum hast du mich überhaupt mitgenommen, wenn … er hier ist?“ Eira legte den Pinsel beiseite und sah Hanno direkt an. Ihre Augen waren kühl, aber nicht unfreundlich. „Weil ich deine Hilfe schätze, Hanno. Aber ich hoffe, du verstehst, dass ... dass es Grenzen gibt, die ich nicht überschreiten werde.“ Hanno nickte, spürte jedoch den Kloß in seinem Hals wachsen. Ihre Worte ließen keinen Raum für Zweifel, doch in seinem Herzen wollte er sie nicht akzeptieren.

Jori kam zurück. Er hatte eine selbstbewusste, fast lässige

Art, die Hanno zunehmend nervös machte. Eira versuchte, die Spannung zu ignorieren, doch die Atmosphäre wurde immer angespannter. Hanno stand auf der Leiter und strich die obere Fensterkante, während Jori auf dem Boden arbeitete, ein Brett zuzuschneiden. Eira war in der Küche verschwunden, um frischen Tee zu machen. Hanno beobachtete, wie Jori lässig pfiff, während er arbeitete, und seine Geduld begann zu bröckeln. „Hey, Hanno! Pass auf, dass du da oben nicht einschläfst.“ Er lachte, eine beiläufige Bemerkung, doch für Hanno fühlte es sich wie ein Hieb an. Hanno biss die Zähne zusammen und sagte dann in scharfem Ton: „Ich weiß schon, was ich tue. Kein Grund, dir Sorgen zu machen.“ Jori sah zu ihm auf und legte den Hammer zur Seite. „Entspann dich, Junge. Ich wollte nur helfen.“ Hanno kletterte von der Leiter herunter, sein Gesicht vor Anspannung gerötet.

„Du tust immer so, als wärst du der große Experte. Aber du bist hier nur, weil Eira dich eingeladen hat, oder?“ Joris Lächeln verschwand. Er verschränkte die Arme und ging einen Schritt auf Hanno zu. „Und du? Was glaubst du eigentlich, warum du hier bist? Denkst du wirklich, du hast eine Chance bei ihr?“ Das traf Hanno wie ein Schlag. Die Worte, die er selbst kaum aussprechen konnte, waren plötzlich offen ausgesprochen.

„Das geht dich nichts an!“, fauchte Hanno wütend. Die Stimme war lauter, als er beabsichtigt hatte, und Eira trat genau in diesem Moment aus der Küche. „Was ist hier los?“, fragte sie in ernstem Ton. Ihre Stimme war scharf, und beide Männer drehten sich zu ihr um. Jori zuckte mit den Schultern, während Hanno versuchte, seine Atmung zu kontrollieren. „Nichts, wir haben nur geredet“, meinte Jori. Hanno sah Eira an, seine Augen voller unausgesprochener Worte, aber sie erwiderte seinen Blick mit ernster Miene. „Dann sorgt dafür, dass es so bleibt. Wir sind hier, um das Haus zu renovieren, nicht um Streitereien anzufangen.“ Sie wandte sich ab, und Jori ging wieder zu seiner Arbeit, sein Ausdruck selbstgefällig. Hanno blieb einen Moment stehen, zornig und gedemütigt, bevor er sich schweigend der Leiter zuwandte.

Kapitel 26

Eira Gerlund arbeitete gerade auf der Veranda ihres frisch erworbenen Hauses. Im Moment war sie allein. Die salzige Luft des Meeres mischte sich mit dem leisen Rascheln des Grases in den Dünen. Ole näherte sich langsam, eine alte Mütze tief ins Gesicht gezogen, eine Pfeife in der Hand, die er gedankenverloren drehte. "Moin, Frau Dozentin. Schönes Haus, das Sie sich ausgesucht haben", rief er ihr zu. Eira Gerlund blickte auf, lächelte leicht: "Guten Morgen, Herr… Ole, richtig? Danke, ich fand es sehr charmant.“ „Frau Doktor, ich bin hier, weil ich glaube, dass Sie jemand sind, der für das Richtige einsteht“, begann Ole das Gespräch.

„Dieses Hotelprojekt auf Amrum – haben Sie wirklich bedacht, welche Auswirkungen es haben wird?“ „Natürlich habe ich das“, erwiderte sie. „Ich verstehe, dass es Kritiker gibt, aber es bietet auch Chancen – Arbeitsplätze, Wirtschaftswachstum, mehr Tourismus.“ „Das mag auf den ersten Blick so aussehen, aber zu welchem Preis?“, fragte Ole und blickte Eira Gerlund eindringlich an. „Amrum ist ein einzigartiges Ökosystem, ein Refugium für zahlreiche bedrohte Arten. Ein Hotel könnte die Balance für immer zerstören.“

„Ich gebe zu, dass ich die Umweltauswirkungen nicht ignorieren kann, aber ist es nicht möglich, beides in Einklang zu bringen – Entwicklung und Naturschutz?“, fragte sie. „Das ist der Trugschluss, der uns in diese globalen Krisen geführt hat. Manche Orte dürfen nicht angetastet werden. Amrum ist einer dieser Orte“, erklärte Ole und man spürte seine Entschlossenheit. „Wissen Sie, warum ich so leidenschaftlich bin? Weil ich hier aufgewachsen bin. Ich kenne die Stille der Dünen, das Lied der Zugvögel. Das alles wird verloren sein, wenn wir zulassen, dass die Gier über die Vernunft siegt.“

„Ihre Leidenschaft beeindruckt mich, wirklich. Aber ich habe Verpflichtungen gegenüber anderen Partnern. Es ist nicht nur meine Entscheidung“, entgegnete Eira Gerlund. „Das verstehe ich. Aber Sie haben eine Stimme. Und wenn jemand wie Sie sagt: "Nein, das kann ich nicht unterstützen", dann wird man Sie hören. Ist es nicht besser, jetzt für das Richtige einzustehen, als später auf die Trümmer zu blicken und zu bedauern, nicht gehandelt zu haben?“, wollte Ole von ihr wissen. „Sie bringen mich zum Nachdenken. Ich werde die Pläne noch einmal überprüfen und ehrlich mit mir selbst sein, ob ich das wirklich unterstützen kann.“

„Danke. Das ist alles, worum ich Sie bitte – einen Moment der Reflexion. Und vielleicht, wenn Sie die Insel in ihrer Schönheit und Zerbrechlichkeit kennengelernt haben, werden Sie verstehen, warum wir kämpfen“, beendete Ole das Gespräch und ging, in der Hoffnung, etwas mit seinem Appell erreicht zu haben, zurück nach Hause. Das war das letzte Mal, dass man sie lebend gesehen hatte.

Kapitel 27

Larsen hatte gerade wieder eine Kanne Kaffee gekocht und trank eine Tasse. Die Wievielte das heute schon wieder war, wusste er nicht mehr genau, als das Telefon klingelte. Larsen hob den Hörer ab, war in Gedanken aber noch bei seinem Fall. „Polizeistation Wyk auf Föhr, Zweigstelle Nebel“, meldete er sich. In seiner Stimme schwang beinahe ein Gefühl von Ablehnung gegenüber dieser Formulierung mit. Er konnte nichts dafür, aber diese Ansage ging ihm einfach immer noch gegen den Strich. Nachdem er sich angehört hatte, was die Person am Telefon gemeldet hatte, wurde er plötzlich hellwach und meinte nur: „Beruhigen Sie sich, wir kommen“, und legte auf.

Dann drehte er sich zu Abbo um und sagte: „Wir haben noch ne Leiche. Ein Cowboy.“„Nee oder?“ Abbo schaute Larsen an und man sah, dass er nicht glaubte, was er gerade gehört hatte. Dann meinte er trocken: „Vor einiger Zeit ein Wikinger, jetzt ein Cowboy. Demnächst finden wir noch jemanden in Ritterrüstung. Dann ist Karneval auf Amrum.“ Larsen nahm seine Jacke, die über der Lehne seines Stuhls hing und folgte seinem Kollegen zum Auto. Im Auto meinte Larsen dann: „Karneval oder wie das heißt. Las mich bloß in Ruhe damit. Das fehlte noch, dass diese Leute sich hier auch noch breitmachen. Dann ist es mit der Ruhe vorbei.“

Weiter in Richtung Dänemark wurde die Luft für feierfreudige Karnevalisten noch dünner, wusste Larsen. Wer Ruhe suchte und mit Narren nichts zu tun haben wollte, war deshalb in Nordfriesland genau richtig. Der Landkreis war in jeder Hinsicht weit weg von den Karnevalshochburgen. Und das war auch gut so, fand Larsen. Während er so erzählte, schaute Abbo aus dem Fenster des Wagens und dachte: „Jetzt fängt er wieder an zu dozieren." Insgeheim war er allerdings auch ein bisschen neidisch darauf, was Larsen so alles wusste. Er hätte genauso gut Dozent an der Universität Amrum werden können. Die gab es aber nicht.

Spaziergänger hatten angeblich eine Leiche im großen Loch gefunden und sofort die Polizei alarmiert. Polizeihauptkommissar Larsen machte sich mit einem Kollegen sofort auf den Weg. Er kannte sich aus und wusste, wohin er fahren musste. Allerdings konnte er mit seinem Fahrzeug nicht direkt bis zum Fundort fahren. Er stellte sein Auto auf dem nächstgelegenen Parkplatz ab und ging den Rest zu Fuß bis zu dem Punkt, an dem die Leiche liegen sollte. Larsen stand vor der Leiche und fragte sich: Wer macht so etwas und vor allem warum?"

Schon während der Fahrt dorthin alarmierte er die Polizeidirektion in Flensburg und bat wieder einmal um Unterstützung. Kommissarin Meyerhofer, die an diesem Morgen bereits sehr früh in ihrer Dienststelle in Flensburg war und kurz über den Leichenfund auf Amrum informiert wurde, packte schnell ein paar Sachen in eine kleine Reisetasche, die für alle Fälle immer bereitstand und machte sich, gemeinsam mit der Spurensicherung, gleich auf den Weg.

Nachdem Larsen die Situation zunächst einmal in Augenschein genommen hatte, bat er seinen Kollegen, die Stellung zu halten, während er sich auf den Weg nach Wittdün machte, um die Kolleginnen und Kollegen vom Hubschrauberlandeplatz abzuholen.

„Lassen Sie uns losfahren", meinte Kommissarin Meyerhofer und stieg in das Auto ein. „Sie können mir auf der

Fahrt berichten." „Was wissen wir bis jetzt?", fragte Meyerhofer, nachdem sie losgefahren waren, und schaute Larsen dabei direkt an. Der antwortete kurz und knapp: „Das Opfer heißt, hieß, Pieter oder so. Neben seinem Kopf lag ein blutverschmierter Stein. Jemand hat ihn möglicherweise damit niedergeschlagen." „Kennen, beziehungsweise kannten Sie das Opfer?" „Was heißt kennen? Dieser Pieter war zwar noch nicht lange auf der Insel, aber er war ja nicht zu übersehen. Eine Figur wie ein Kleiderschrank und dazu ein baumlanger Kerl mit knapp zwei Metern in seinen auffälligen Klamotten", gab Larsen zurück.

„Wie hieß der Mann, Pieter? Hat er auch einen Nachnamen? Kam er aus dem Ausland?", wollte die Kommissarin wissen. „Den Nachnamen kenne ich nicht, noch nicht. Die Amis sprechen sich ja bekanntlich nur mit dem Vornamen an", erwiderte Polizeihauptkommissar Larsen. „Sie sagten Ami? Sie meinen also, dass er Amerikaner war?" „Was sonst?", fragte Larsen etwas ruppig. „Das sieht man doch schon an seiner Kleidung, dass er nicht von hier ist." „Was haben wir noch?", fragte Meyerhofer und schaute den Polizeihauptkommissar fragend an. „Nicht viel. Dieser Pieter ist, soweit ich weiß, vor Kurzem aus Amerika gekommen", erwiderte Larsen.

Gerne hätte er mehr sagen wollen, aber die Spurenlage gab zumindest im Moment einfach nicht mehr her. Die Spurensicherung hatte sich die Leiche ja noch nicht angeschaut. „Was ist Ihre Einschätzung, wie es passiert sein könnte?", fragte Meyerhofer und wollte wissen, wo sie sich gerade befanden. „Wir sind hier im großen Loch, einer Bodenvertiefung, die sich über knapp 4500 m² erstreckt. Und hier zwischen den letzten beiden Häusern der Straße Bräätlun liegt. Eigentlich ziemlich unscheinbar, aber auch wenn es so aussieht, es ist nicht natürlich entstanden. Es handelt sich um eine besondere Art Baugrube: Hier wurden nach der Flutkatastrophe vom Februar 1962 nämlich Erdmassen für den Teerdeich, der die Norddorfer Marsch an der Ostseite schützt, entnommen. Heute ist diese Grube natürlich grün bewachsen und dient unter anderem als Pferdekoppel. Das Ganze hat schon etwas Mystisches an sich, finden Sie nicht auch?“

„Da haben Sie wohl recht. Woher wissen Sie das alles?“, fragte Meyerhofer erstaunt über die Antwort. „Woher? Ich bin hier geboren und aufgewachsen. Nicht hier in Norddorf, aber auf der Insel, am anderen Ende. Da weiß man so was natürlich, Frau Kommissarin.“ „Wer hat den Toten eigentlich gefunden?“, wollte Meyerhofer nach dieser kurzen Exkursion in die Geschichte Amrums wissen. „Kinder, die hier zufällig vorbeigekommen waren“, erwiderte Larsen. Ständig diese Fragen. Das ging ihm ziemlich auf die Nerven. Früher hätten er und seine Kollegen das alles alleine gemacht. Jetzt musste er sich gefallen lassen, die Ermittlungen aus der Hand zu geben, und war gefühlt quasi nur noch für die niederen Aufgaben zuständig. „Hätten wir das auch geklärt“, knurrte er noch hinterher.

Sie beugten sich abermals über den Toten. Der lag mit dem Gesicht nah unten im Matsch. Bekleidet war er mit einer Jeans, einer karierten Wolljacke und dazu Cowboystiefel. Irgendwie sah der Mann eher aus wie ein kanadischer Holzfäller oder wie ein Typ aus einem Western. Allein an der auffälligen Kleidung konnte man bereits erkennen, wer der Tote war, obwohl man das Gesicht nicht sehen konnte. „Wenn wir ihn umdrehen, prangt an seiner Brust bestimmt auch ein Sheriffstern“, meinte Kommissarin Meyerhofer und musste trotz der ernsten Situation doch etwas schmunzeln. Larsen dagegen fand das jetzt nicht wirklich witzig. Er war jemand, der immer, oder sagen wir, oft pragmatisch und sachlich an die Sache heranging. Kommissarin Meyerhofer schaute auf die Leiche „Larsen, ich dachte, wir hätten uns darauf geeinigt, dass Amrum kein Wildwest-Filmset ist."

Larsen grinste. „Tja, Frau Kommissarin, offenbar hat der Wilde Westen beschlossen, Urlaub an der Nordsee zu machen." „Donnerwetter. Zwei Leichen in einer Woche, und jetzt das. Ein Cowboy? Was kommt als Nächstes? Ein Pirat?", meinte Meyerhofer. „Wenn ja, hoffe ich, dass er wenigstens eine Schatzkarte dabei hat. Das würde die Ermittlungen interessanter machen", erwiderte Larsen. Kommissarin Meyerhofer seufzte. „Larsen, ich brauche Ergebnisse, keine schlechten Witze." „Verstanden, Chefin. Aber ich sag's Ihnen, wenn wir hier noch einen Sheriff finden, kündige ich." „Wenn wir hier noch einen Sheriff finden, Larsen, dann werde ich ernsthaft über eine Versetzung nachdenken", antwortete Meyerhofer mit einem Lächeln.

Während sie die Leiche näher betrachteten, fiel Larsen eine Begebenheit ein, von der ihm seine Großmutter einmal erzählt hatte. Dieser Fall hatte eine gewisse Ähnlichkeit damit. Es soll sich im Winter vor etwas mehr als 100 Jahren zugetragen haben. Die älteren Insulaner kamen immer wieder mal darauf zu sprechen. Der Unterschied zu dem jetzigen Fall: Es war damals ein sehr strenger Winter gewesen. Kinder, die gerade auf dem Weg von Süddorf nach Nebel nahe Huuchstian waren, hatten frühmorgens eine Leiche entdeckt. Es stellte sich heraus, dass der Tote am Abend zuvor bei einer Tanzveranstaltung in Nebel gewesen war. Der Tote, so erzählte man sich, soll kein guter Ehemann gewesen sein. Offenbar war er deswegen nicht sehr beliebt, was möglicherweise auch die Tat erklärte. Denn als sich der Tote nach der Veranstaltung damals auf den Heimweg machte, sollen zwei junge

Männer ihm gefolgt sein und ihm einen Schlag versetzt haben, sodass er zu Boden fiel. Die beiden Verfolger waren Verwandte des Opfers und wollten vermutlich ihre Tante, die Ehefrau des Verstorbenen, rächen. Das Opfer kam durch diesen Schlag ums Leben.

Ob der allerdings so heftig war, dass der Mann daran verstarb oder ob er lediglich ohnmächtig wurde und in der eiskalten Nacht erfroren war, konnte nie geklärt werden, denn es konnte keine Obduktion stattfinden, weil das Watt zugefroren war und keine Fähre fuhr. Die beiden vermeintlichen Täter waren damals unmittelbar darauf nach Amerika ausgewandert und man konnte sie nicht mehr befragen, während über ihre Tat auf Amrum noch lange spekuliert wurde, ob es nun Mord oder vielleicht doch ein Unglücksfall war. Die Geschichte behielt er aber erst einmal für sich. Es würde die Kommissarin vom Festland nur verwirren oder sie ihn als Spinner abtun. Vielleicht ergab sich ja noch eine Gelegenheit, ihr die Geschichte zu erzählen. Denn gewisse Ähnlichkeiten gab es schon zum damaligen Fall.

Kapitel 28

Polizeioberkommissar Abbo Nissen ging mal wieder seiner Lieblingsbeschäftigung nach und saß, wie fast jeden Tag, für ein zweites Frühstück auf einer Bank am Wasser und aß genüsslich ein Fischbrötchen mit einer extra Portion Zwiebeln. Immerhin aß er es dankenswerterweise draußen. Trotzdem stank Abbo danach immer wie ein Otter. Larsen griff zum Telefon und rief ihn an. „Abbo Nissen am Apparat. Mit wem habe ich es zutun?“, sagte er wohl. Genau konnte man das nicht verstehen, da er noch an seinem Fischbrötchen herumkaute. „Nissen, wo bist du? Komm sofort her. Zum großen Loch. Dein Fischbrötchen kannst du später weiter essen", meinte Larsen etwas angefasst. „Bin gleich da", murmelte Abbo, aß sein Fischbrötchen aber erst einmal in Ruhe auf. Anschließend machte er sich auf den Weg und nur zehn Minuten später war er bereits vor Ort. Abbo blickte auf die Leiche. „Ist das dieser Pieter?", fragte er, obwohl er die Antwort schon kannte. „Wie ist das denn passiert?" „Wenn ich das wüsste.

Die Spurensicherung war inzwischen auch am Fundort der Leiche eingetroffen und begann sofort mit ihrer Arbeit. Die Kriminaltechniker, mit weißen Schutzanzügen bekleidet, zogen ihre Handschuhe über und holten das mitgebrachte Equipment aus den Koffern. Sie sicherten wertvolle Spuren, die für die Aufklärung der Straftat unverzichtbar waren. Doch mit der Sicherung der Spuren war die Arbeit noch lange nicht getan, wusste Larsen, der sich auch mal für Kriminaltechnik interessiert hatte, es dann aber doch vorzog, seinen Polizeidienst fortzusetzen. Denn die nachfolgende Arbeit im Labor und im Büro war nichts für ihn. Schließlich mussten die Daten ausgewertet, in einem Gutachten zusammengefasst und in die Datenbank eingetragen werden.

Sie sperrten also zunächst mal mit besagtem Absperrband wie in den Filmen den Fundort großzügig ab. Nur, wer unbedingt musste, durfte nun noch hinter die Absperrung. Außerdem wurde genau protokolliert, wer welchen Raum betreten und wer welche Veränderungen vorgenommen hatte. Die Kollegen von der Spurensicherung stellten einen Faltpavillon auf, um einerseits den Fundort vor neugierigen Blicken zu schützen, aber auch aus Gründen des Wetterschutzes und um die Spuren zu sichern. Larsen erkannte einen der Kriminaltechniker wieder. „Hallo, wie geht es dir, Jens", fragte Larsen den Kollegen. „Ja,

Mensch, Hauke. Hier ist ja mächtig was los bei euch auf der Insel. Neulich ein Wikinger. Jetzt ein Cowboy." „Da sagst du was", erwiderte Larsen. „Ich frag dich jetzt nicht, ob du schon was sagen kannst. Ich warte auf euren Bericht." „Danke, Hauke", meinte der Kriminaltechniker und ging zurück an seinen `Arbeitsplatz´.

Kapitel 29

„Wir können hier im Moment wohl nicht mehr tun", ergriff Kommissarin Meyerhofer das Wort, nach dem sie mit einem der Kriminaltechniker gesprochen hatte. „Lassen Sie uns zu ihrer Dienststelle fahren" und stieg wie selbstverständlich auf der Beifahrerseite ein, während sich Abbo und ein weiterer Kollege auf die Rückbank setzten. Eigentlich war Larsen froh, dass Abbo sich auf die Rückbank setzen musste. So hatte er wenigstens nicht ständig den Geruch von Fisch und Zwiebeln in der Nase. „Hast du noch mit den Zeugen sprechen können und ihre Aussagen aufgenommen, Abbo?", fragte Larsen seinen Kollegen. „Hab alles notiert, Chef", meinte der.

In der Polizeistation angekommen, fragte sie zunächst in der Datenbank der Polizei nach der Person, die als Leiche identifiziert wurde. Pieter schrieb sie. Aber wie weiter? Wenn sie keinen Nachnamen dazu hatte, war die Suche schwierig bis unmöglich. „Wir brauchen unbedingt einen Nachnamen. Und zwar schnell, sonst kommen wir hier nicht weiter", murmelte sie, mehr für sich. „Hatte er keine Papiere bei sich?", fragte sie Larsen. „Nein, leider nicht", gab Larsen zurück. „Wir müssen wissen, wo dieser Pieter hier auf der Insel gewohnt hat. Dort wird sich doch wohl ein Hinweis auf seine Identität finden lassen", meinte Meyerhofer.

Larsen blickte zu seinem Kollegen hinüber. „Mach dich mal auf die Socken und versuche herauszufinden, wo der Typ untergebracht war. Wenn du etwas herausgefunden hast, melde dich bitte so schnell wie möglich, Abbo." „Mach ich", sagte sein Kollege Nissen, zog sich die Jacke über und verschwand. Kommissarin Meyerhofer suchte inzwischen nach ähnlichen Fällen, die auf Amrum passiert waren. Es gab Diebstähle, ab und zu auch mal einen Verkehrsunfall, mal einen Raub, aber Morde waren kaum zu finden. Doch, da war was. Sie las laut vor. „Mit dem Geständnis des Angeklagten hatte in Flensburg der Mordprozess um den Tod eines Flüchtlings auf der Nordseeinsel Amrum begonnen. Der zur Tatzeit 19 Jahre alte angeklagte Deutsche sollen den aus dem Irak stammenden Mann im vergangenen Jahr mit mehreren Messerstichen getötet und anschließend in den Dünen verscharrt haben. Der Angeklagte gestand inzwischen die Messerstiche."

„Das hat wohl wenig mit unserem Fall zu tun", meinte Larsen. „Dieser Pieter war ja kein Flüchtling." „Sieht wohl so aus", entgegnete Meyerhofer und suchte nach weiteren Fällen. Larsen erinnerte sich wieder an die Erzählung seiner Großmutter. „Kommissarin Meyerhofer", begann Larsen. „Es gab vor etwa 100 Jahren mal einen ähnlichen Fall." „So, so, vor 100 Jahren", sagte Meyerhofer mit einem gewissen Unterton. Larsen ließ sich davon allerdings nicht beeindrucken. „Es war damals ein sehr strenger Winter gewesen", fuhr er fort. „Kinder, die gerade auf dem Weg von Süddorf nach Nebel nahe Huuchstian waren, hatten frühmorgens eine Leiche entdeckt. Es stellte sich heraus, dass der Tote am Abend zuvor bei einer Tanzveranstaltung in Nebel gewesen war.

Der Tote, so erzählte man sich, soll kein guter Ehemann gewesen sein. Offenbar war er deswegen nicht sehr beliebt, was möglicherweise auch die Tat erklärte. Denn als sich der Tote nach der Veranstaltung damals auf den Heimweg machte, sollen zwei junge Männer ihm gefolgt sein und ihm einen Schlag versetzt haben, sodass er zu Boden fiel. Die beiden Verfolger waren Verwandte des Opfers und wollten vermutlich ihre Tante, die Ehefrau des Verstorbenen, rächen. Ob der Schlag allerdings so heftig, dass der Mann daran gestorben war oder ob er lediglich ohnmächtig wurde und in der eiskalten Nacht erfroren war, konnte nie geklärt werden, denn es konnte keine Obduktion stattfinden, weil das Watt zugefroren war und keine Fähre fuhr. Glücklicherweise kommen die Kollegen heutzutage mit dem Heli." „Interessant. Sie sehen hier also eine gewisse Ähnlichkeit zu unserem Fall?"

Larsen wollte gerade darauf antworten, als sein Handy klingelte. Nissen war dran und hatte tatsächlich Neuigkeiten für die beiden. „Kollege Nissen war das. Er hat herausgefunden, wo der Amerikaner gewohnt hat. Lassen Sie uns gleich dort hinfahren." Er zog seine Jacke an, wobei Larsen, ganz Gentleman, der Kommissarin in den Mantel half. „Das kann ich auch allein", dachte sie nur. Vor dem Inselhotel Kapitän Onno Frenske in Süddorf hielten sie an. „Hier soll der Ami, Entschuldigung, der Amerikaner abgestiegen sein", sagte Larsen beim Aussteigen. „Dann schauen wir uns das mal an", meinte Meyerhofer und folgte Larsen ins Hotel. „Sie wissen schon Bescheid?", fragte Larsen den Portier. „Ihr Kollege ist schon oben. Zimmer 134." „Alles klar, vielen Dank", antwortete Larsen und ging die Treppe hinauf. „Hinten rechts", rief der Portier noch hinterher.

Nissen war schon dabei, die Sachen zu durchsuchen. Dabei trug er Einmalhandschuhe, um keine Fingerabdrücke zu hinterlassen. „Hallo Abbo", begrüßte sein Kollege ihn. „Das ging jetzt aber flink. Wie hast du so schnell herausbekommen, wo der Ami - erikaner untergekommen war?“, fragte Larsen. „Ich hab ein bisschen rumtelefoniert. So viele Möglichkeiten gibt es um diese Jahreszeit ja nicht. Den Portier kenne ich vom Fußball. Der hat mir erzählt, dass bei ihm so ein Paradiesvogel abgestiegen sei.“ „So, wie es aussieht, Volltreffer“, meinte Larsen. „Respekt. Hast du schon was gefunden?“ Nissen deutete auf ein Papier, das aussah wie ein Flugticket. Larsen warf einen Blick darauf und machte einen etwas verdutzten Eindruck. „Was ist?“, fragte Meyerhofer ihren Kollegen. Larsen gab ihr das Ticket. „Jori Peters“, las sie laut vor. „Das Ticket ist auf einen gewissen Jori Peters ausgestellt.

Aber unsere Leiche hieß doch Pieter, haben Sie gesagt.“ „So hat er sich den Leuten wohl vorgestellt“, schob Nissen ein. „Seinen richtigen Namen wollte er wohl nicht nennen.“ „So ganz falsch war der Name ja nicht. Er hat seinen richtigen Namen, also seinen Nachnamen, zu seinem Vornamen gemacht, jedenfalls so ungefähr“, meinte Larsen. „Jori. Was ist das für ein Name?“, fragte Meyerhofer. „Jori ist die friesische Kurzform von Eberhard und bedeutet im altgriechischen „stark wie ein Eber“. „Danke für die Info“, erwiderte sie knapp. „Und woher kommt dieser Jori?“, wollte Meyerhofer noch wissen.

„Ursprünglich stammt seine Familie aus Noorsaarep“, antwortete Larsen. „Also doch aus dem Ausland.“ „Nee, Noorsaarep ist Öömrang und heißt übersetzt Norddorf.“ „Warum sagen Sie das nicht gleich? Dass er stark wie ein Eber sein soll, hat ihm jetzt auch nicht wirklich geholfen“, sagte Meyerhofer süffisant und konnte sich ein Schmunzeln nicht verkneifen. Larsen hatte das allerdings nicht bemerkt, sonst wäre er nicht so schnell wieder auf den Punkt gekommen. „Tot ist tot, ob mit oder ohne die Kraft eines Ebers“, meinte er.

Die Föhrer und Amrumer hatten damals etliche hungrige Mäuler zu stopfen und die Höfe konnten nicht alle Familien ernähren, da kam der Ruf älterer Auswanderer aus der Neuen Welt gerade recht. Von 1950 bis Mitte der 1960er-Jahre, das wusste Larsen aus Erzählungen, suchten viele Nordfriesen ihr Glück in Übersee. Und so wanderten damals 100 Amrumer in die USA aus. Joris Eltern, die, wie man hörte, damals Hals über Kopf die Insel verließen und nach Amerika gingen, unterhielten in New York ein Delikatessengeschäft. Es war anscheinend bekannt und beliebt bei den New Yorkern.`Peters Deli´ nannten sie es kurz.

Larsen hatte die Familie Peters nicht mehr kennengelernt. Aber den Namen hatte er schon gehört. Er wusste nur gerade nicht, in welchem Zusammenhang. „Gut“, meinte Meyerhofer. „Dann haben wir auf jeden Fall schon einmal einen Ansatz. Gute Arbeit, Kollege Nissen.“ Larsen fühlte, wie sein Kollege vor Stolz innerlich gerade um einige Zentimeter größer geworden war. Die Ermittlungen liefen jetzt auf Hochtouren. Wo war Jori Peters am Vorabend seines Todes und was hatte er hier auf der Insel überhaupt gemacht?

Kapitel 30

Sein Vater hatte ihm erst auf dem Sterbebett den wahren Grund dafür erzählt, warum sie nach Amerika ausgewandert waren. Zeitlebens hatte der Mann darunter gelitten und nicht mehr losgelassen. Am Vorabend seines Todes saß Jori bei seinem Vater auf der Bettkante. Das kleine Zimmer war erfüllt von der schweren, drückenden Stille des Abschieds. Abbo Peters lag auf dem schmalen Bett, seine Gesichtszüge gezeichnet von den Jahren harter

Arbeit und der Last seiner Vergangenheit. Die Vorhänge waren halb geöffnet, und das goldene Licht der Nachmittagssonne fiel auf sein Gesicht. Neben ihm saß Jori, nun ein erwachsener Mann, dessen Hände die seines Vaters umschlossen.

„Vater, spar deine Kräfte“, sagte Jori leise, doch Abbo Peters schüttelte schwach den Kopf. Seine Stimme war brüchig, doch fest entschlossen. „Jori, es gibt Dinge, die ich dir sagen muss, bevor es zu spät ist.“ Jori lehnte sich vor, seine Stirn gerunzelt vor Sorge. Er hatte seinen Vater immer als einen starken Mann gekannt, einen Mann, der aufrecht durchs Leben ging, egal wie schwer die Zeiten waren. Doch in Abbos Augen lag eine Schwere, die Jori nicht verstand – eine Last, die er all die Jahre verborgen hatte.

„Ich habe dich und deine Mutter nach Amerika gebracht, weil ich musste“, begann sein Vater, seine Stimme kaum mehr als ein Flüstern. „Nicht weil wir ein besseres Leben suchten, sondern weil … ich einem anderen Mann das Leben genommen habe.“ Jori zuckte zusammen, als hätte ihn die Aussage seines Vaters körperlich getroffen. Seine Gedanken rasten, Erinnerungen an die plötzliche Flucht von Amrum, die vielen unbeantworteten Fragen. „Aber… warum?“, brachte er schließlich hervor.

Abbo Peters schloss die Augen, als würde er sich die Szene ins Gedächtnis rufen. „Es war ein Streit ... Es ging um nichts Bedeutendes, ein paar Worte, die im Zorn gewechselt wurden. Doch es geriet außer Kontrolle. Ich habe ihn geschlagen, Jori. Nur ein Schlag – aber es war genug.“ Seine Stimme brach, und eine Träne rollte über seine Wange.

Jori war sprachlos. Seine Hände, die eben noch die seines

Vaters gehalten hatten, sanken herab. Er suchte nach den richtigen Worten, doch alles, was er fand, war ein Knoten aus Wut, Schmerz und Mitgefühl. „Warum hast du mir das nie gesagt?“, fragte er schließlich. „Weil ich wollte, dass du frei bist“, antwortete Johann. „Ich wollte nicht, dass du mit meiner Schuld leben musst. Aber jetzt… jetzt kann ich nicht gehen, ohne dass du die Wahrheit kennst.“

Jori saß lange still neben dem Bett seines Vaters. Schließlich nahm er dessen Hand wieder in seine eigene, seine Stimme war leise, aber fest. „Ich weiß nicht, ob ich das je verstehen kann, Vater. Aber du bist immer ein guter Mann für mich und Mutter gewesen. Vielleicht reicht das.“ Ein sanftes Lächeln spielte auf Abbo Peters Lippen, als er die Augen ein letztes Mal schloss. Die Wahrheit war endlich ans Licht gekommen, und mit ihr ein Hauch von Frieden.

Kapitel 31

Die Ermittlungen liefen auf Hochtouren. Wo war Jori Peters am Vorabend seines Todes? Die Polizei hatte alle Hände voll zu tun. Larsen teilte seine Leute ein. Die einen gingen von Ort zu Ort, von Haus zu Haus und befragten die Bewohner. Die anderen waren damit beschäftigt, die Spuren auszuwerten und zu versuchen, den Weg des Opfers zu rekonstruieren.

Sie wussten mittlerweile, dass der Tote ein paar Tage nach seiner Ankunft zum Friedhof gegangen war, um das Grab seiner Vorfahren zu besuchen. Oma, Opa und noch weiter zurück in die Vergangenheit fand er Familienangehörige, die dort beerdigt wurden. Die alte Kirche hatte eine interessante Geschichte und war ein schöner Ort der

Ruhe und Besinnung. Noch ein kurzer Blick auf die „sprechenden Steine“, die wie Perlen auf einer Schnur aufgereiht entlang der Friedhofsmauer befestigt waren und vom Ruhm und Reichtum der dort Begrabenen erzählten. Er war schon auf dem Weg nach draußen, als er auch am Grab vom alten Svensen vorbeikam. Nun stand der Sohn des Mörders also vor dem Grab des Getöteten und schaute es sich an.

Plötzlich stutzte er. Da stimmt doch was nicht, schoss es ihm durch den Kopf. Er schaute noch einmal genauer hin. Dort stand in Stein gemeißelt als Geburtsdatum der 3. März 1934. Aber als Todestag war der 23. August 2014 angegeben. Das würde bedeuten, dass sein Vater gar kein Mörder war, wie er immer geglaubt hatte. Denn die Flucht war ja bereits 1962, also 52 Jahre früher. Svensen hatte demnach noch gelebt, als sein Vater und seine Mutter mit ihm nach Amerika geflohen waren. Woran der alte Svensen gestorben war, wusste Jori nicht. Was er jetzt aber wusste, war, dass sein Vater kein Mörder war. Schade, dass er ihm das nicht mehr mitteilen konnte.

Einerseits war Jori erleichtert und froh, das gelesen zu haben. Andererseits war er aber auch ärgerlich darüber, dass die Svensens nie versucht hatten, die Sache aufzuklären, denn sie hatten mit Sicherheit geahnt, warum seine Familie damals wirklich nach Amerika aufgebrochen war. Was sollte er tun? Sollte er die Svensens zur Rede stellen? Der Alte war ja nun schon eine Weile tot. Seine Kinder, wenn er denn welche hatte, konnten wohl nichts dafür, dass sein Vater nie erfahren hat, was damals geschah beziehungsweise eben nicht passierte. Das musste er jetzt erst einmal verarbeiten. Jori verließ den Friedhof und spazierte durch die engen Gassen. Dabei machte er sich Gedanken darüber, wie es weitergehen sollte. Er dachte darüber nach, wie sein Leben wohl verlaufen wäre, wenn sein Vater gewusst hätte, dass er Svensen gar nicht getötet hatte. Wäre seine Familie hier auf Amrum geblieben? Wäre er dann vielleicht auch Fischer geworden, wie sein Vater damals auch? Eines wusste er sicher. Mit dem Verdienst eines Fischers könnte er den Traum von einem Hotelkomplex hier auf der Insel bestimmt nicht realisieren. Er war hin- und hergerissen.

Kapitel 32

Mittlerweile war es dunkel geworden und eigentlich hatte Larsen bereits Feierabend. Die Kommissarin und ihre Kollegen von der Zweigstelle kamen auch gerade nicht weiter in ihren Ermittlungen, da fragte Larsen in die Runde: „Wie wär's jetzt mit einer toten Tante?" Meyerhofer schaute ihn fragend an. „Wie, noch ne Leiche?" Larsen lachte und klärte die Kommissarin auf. „Tote Tante ist das Kultgetränk hier auf der Insel. Die „Tote Tante" war einfach ein Kakao mit Rum und Sahnehaube. Superlecker, aber mit Vorsicht zu genießen. Allerdings hat das Getränk wohl seinen Ursprung nicht auf Amrum, sondern auf der Nachbarinsel Föhr." Larsen fuhr fort.

„Die Geschichte geht so: Eine Tante von Föhr wanderte nach Amerika aus. Als sie starb, wollte sie gern in der Heimat bestattet werden. Doch die Überführung war zu teuer. Also packte man sie kurzerhand in eine Kiste, mit der eine Kakao-Lieferung nach Föhr geschickt wurde. Auf die Frage, was denn in der Kiste sei, haben die Verwandten wohl gesagt: Drin ist die tote Tante. Was ja auch stimmte. Darauf musste man wohl erst einmal einen Rum trinken. Und so war der Name für das Getränk erfunden. Die tote Tante bekam übrigens ein würdiges Begräbnis. Amerika", murmelte Meyerhofer noch. Da war doch was? Der Tote vom großen Loch. Richtig. Hatte das irgendetwas zu bedeuten? „Vielleicht ein anderes Mal“, winkte Meyerhofer ab. „Aber, danke für die Einladung.“

Kapitel 33

„Wo kann ich denn hier wohl übernachten?“, wollte Meyerhofer unvermittelt wissen. „Ich frage mal bei Familie Harms an. Da gibt es eventuell eine Schlafgelegenheit“, meinte Larsen und fuhr mit der Kommissarin nach Wittdün. In dem malerischen kleinen Ort mit seinen Reet gedeckten Häusern hätte sie gerne Urlaub gemacht, aber das ging nun natürlich nicht. Sie war beruflich unterwegs und da war an Urlaub nicht zu denken. Sie hielten vor einem großen Haus und Larsen klingelte an der Tür.

„Gud dai“, begrüßte er Frau Harms, nachdem sie die Tür einen Spalt geöffnet hatte. „ach, du büst et, Larsen. Wat is der?“, fragte sie und Larsen antwortete: „Koon 'am at jauen en rüm hüür för Kommissarin Meyerhofer?" Meyerhofer stand daneben und verstand kein einziges Wort. „En rüm? Det gung“, meinte Frau Harms kurz und bat die beiden herein. Als sie schließlich im Zimmer waren, fragte Meyerhofer Larsen, was er denn eben zu der Dame gesagt hatte.

„Ich habe Frau Harms gefragt, ob sie ein Zimmer frei hat, was sie bejaht hat. Sonst nichts“, antwortete Larsen und verabschiedete sich mit den Worten: „Wir sehen uns morgen früh“. Frau Harms führte sie hoch in das Zimmer. Es war zweckmäßig eingerichtet und sie wollte schließlich nicht lange bleiben. Es war völlig ausreichend. Es hatte sogar Bad mit Toilette direkt im Zimmer nebenan. Mehr brauchte sie nicht für ein oder zwei Nächte.

Sie war ziemlich müde. Der Tag war anstrengend. Also schlüpfte sie unter die Bettdecke und schlief gleich ein. Am nächsten Morgen machte Meyerhofer noch vor dem Frühstück einen kleinen Spaziergang am Hafen von Wittdün. Sie stieß dort auf einen beschrifteten Stein. Sie blieb stehen und warf einen Blick darauf. Lesen konnte sie jedoch nicht, was darauf stand: „Dü min tüs, min öömrang lun“, versuchte sie zu entziffern. Was das allerdings für eine Sprache war und was das heißen sollte, wusste sie nicht. Leider musste sie zurück an die Arbeit.

Kapitel 34

Wer auf Amrum nach einem Nachtleben suchte, musste lange suchen, wurde aber nicht wirklich fündig. Die einzige Kneipe war die über Amrum hinaus bekannte blaue Maus, in der es auch zu späterer Stunde fröhlich zuging. Das sprach sich sogar bis über den Großen Teich herum. Also war auch Jori des Öfteren zu Gast. Er fiel auf. Ein Amerikaner, der dem Klischee mehr als gerecht wurde. Das Baumfällerhemd locker über der Jeans, natürlich offen, darunter ein weißes T-Shirt mit rundem Kragen. Und in seinen blank geputzten Cowboystiefeln spiegelte sich das Licht über dem Tresen. Er war der typische Amerikaner mit Werten wie Individualismus, Freiheit, Optimismus und dem Streben nach dem amerikanischen Traum, der die Möglichkeit beschrieb, durch harte Arbeit und Entschlossenheit Erfolg zu haben.

In der „blauen Maus“ „tötete“ er, wie am Abend vor seinem Tod, wieder einmal so manche Tante. Das hatten die Kollegen inzwischen herausgefunden. Der Kakao mit Rum schien ihm zu schmecken. Und nach ein paar Gläsern unterhielt er den ganzen Laden. Er fing jedes Mal wieder an, damit zu prahlen, dass er einen riesigen Touristenmagneten auf Amrum errichten wollte. Ein Hotelkomplex der Superlative sollte es werden, mit allem drum und dran. Da er das in einer gewissen Lautstärke erzählte, bekamen das natürlich unweigerlich auch viele Gäste mit. Darunter auch einige Insulaner, die genau zuhörten, was der Ami zu erzählen hatte. Jedenfalls sprach sich schnell herum, was der Amerikaner auf der Insel vorhatte. Das gefiel nicht jedem, denn Touristen hatten sie eigentlich schon genug. Manche fragten sich, wo man denn auf dieser doch eher kleinen Insel mit gerade 20,46 km² und seinen etwa 2.300 Einwohnern, Platz für eine solche Anlage haben könnte. Amrum bestand nur aus den drei Hauptorten Norddorf, Nebel und dem jüngsten Ort Wittdün im Süden von Amrum und den Gemeinden Süddorf und Steenodde. Das wars.

Ganz im Westen hatte sich der breite Kniepsand, einer der breitesten Sandstrände Nordeuropas, an die Insel geschmiegt und fest umklammert. Da war mit Sicherheit kein Platz für ein Hotel. Auch das etwa 12 Kilometer lange Dünengebiet war dafür ungeeignet, zumal es der einzige Schutz gegen die Sturmfluten war. Das Gebiet war heilig und unantastbar. Überall fand man Schilder, die darauf hinwiesen. "Dünenschutz ist Inselschutz" stand darauf. Die Dünen boten aber nicht nur den Menschen Schutz, sondern auch zahlreichen Vogelarten ein ungestörtes Rückzug- und Ruhegebiet. Wo Jori das Hotel nun bauen wollte, blieb allerdings sein Geheimnis. Trotz der vielen „toten Tanten“ behielt er das für sich. Jedenfalls machte sich zunehmend Unmut über die Pläne des Amerikaners unter der Bevölkerung breit.

Die Schönheit und Idylle der Insel war Segen und Fluch zugleich. Die Insulaner mussten sich dies mit immer mehr Menschen teilen. Einige befürchteten deshalb, dass massiver Tourismus die natürliche Umgebung der Insel noch weiter belasten könnte. Überfüllte Strände und riesige Mengen an Abfall wären nur einige der negativen Folgen. Die Zerstörung von Lebensräumen konnte auch die lokale Flora und Fauna gefährden. Nicht zu vergessen die zunehmende wirtschaftliche Abhängigkeit vom Tourismus auf Kosten anderer Wirtschaftszweige wie der Landwirtschaft. Mehr Touristen bedeuteten aber auch, dass unter Umständen große Investitionen in die Infrastruktur getätigt werden müssten, was wiederum zu einer Überlastung der bestehenden Einrichtungen führen und die Lebensqualität der Einheimischen beeinträchtigen konnte. Kurz und gut: Das wollte und konnte man nicht zulassen.

Die Regierung und lokale Behörden standen vor der Herausforderung, ein Gleichgewicht zwischen den wirtschaftlichen Vorteilen des Tourismus und dem Schutz der Inselidylle zu finden. Dies erforderte durchdachte Planung und möglicherweise auch Beschränkungen hinsichtlich der Anzahl der Besucher. Da passte ein solcher Hotelkomplex, wie der Amerikaner ihn realisieren wollte, einfach nicht hierher. Der Konkurrenzkampf um Ressourcen, Wohnraum und Arbeitsplätze hätte zudem zu Spannungen zwischen Einheimischen und Touristen führen, Amrumer sich in einigen Fällen sogar ausgeschlossen oder benachteiligt fühlen können.

In der Kneipe saß an dem Abend auch Ole, ein Mitglied der Umweltschutzgruppe von Amrum. Der bekam ganz große Ohren, als er von den Plänen des Amerikaners erfuhr. Noch am selben Abend informierte er seine Mitstreiter und Mitstreiterinnen über den Nachrichtendienst „Thatsup“, dass ein großer Hotelkomplex geplant war. Sie beschlossen zu handeln, und zwar schnell. Je früher man der Sache Einhalt gebieten konnte, desto besser. Die Umweltschützer nannten sich selbst „Rüm hart – klaar

Kiming“ nach einem friesischen Wahlspruch. Er bedeutete übersetzt „weites Herz – klarer Horizont“. Kapitäne der friesischen Inseln sollen den Spruch geprägt haben, um damit ihre Weltläufigkeit auszudrücken. Ziel der Truppe war der Schutz der Landschaft und der Tiere. Natürlich waren die durch das Weltnaturerbe geschützt. Das ging den Amrumer Umweltschützern aber längst nicht weit genug. Sie waren bekannt dafür, dass sie in ihren Mitteln nicht immer zimperlich waren und auch schon einmal versuchten, ihre Vorstellungen von Umweltschutz mit Gewalt durchzusetzen.

Kapitel 35

Familie Peters war bekannt für ihre Fischerei. Sie hatten ein kleines, aber florierendes Geschäft, das frischen Fisch und Meeresfrüchte an die Touristen und die Einheimischen verkaufte. Die Svensens hingegen waren von je her Landwirte, die ihre Felder mit Kartoffeln und Gemüse bestellten. Sie gehörten zu den einflussreichsten Familien auf der Insel. Dennoch waren beide Familien stolz auf ihre Traditionen und ihre Arbeiten, doch die Idylle der Insel wurde durch einen Streit bedroht.

Der Streit begann an einem Sonntagmorgen, als die Peters ein neues Fischerboot anschafften, das sie in den Hafen bringen wollten. Das Boot, die Knieper, war groß und schnell, und die Peters waren überzeugt, dass es ihnen helfen würde, noch mehr Fisch zu fangen und ihr Geschäft auszubauen. Doch die Svensens waren anderer Meinung. Sie hatten Angst, dass das neue Boot die Nordsee in der Umgebung überfischen würde und somit ihre Lebensgrundlage gefährden könnte. Ein hitziger Wortwechsel zwischen den beiden Familien entbrannte am

Hafen. „Ihr denkt nur an euren Profit und nicht an die Natur!“, rief Enno Svensen. „Was willst du mit einem so großen Pott?

Du bist doch größenwahnsinnig geworden.“ „Geld verdienen“, antwortete Habbo Peters kurz. Die Worte wurden lauter, und bald schon hatten sich Nachbarn und Freunde versammelt, um dem Streit zuzuhören. „Du mit dem ganzen Gift, das du auf den Feldern verteilst, bist doch auch nicht besser“, warf Peters Enno Svensen vor. Und so gab ein Wort das andere. Die Situation eskalierte, als Enno Svensen seinem Kontrahenten vorwarf, das Boot manipuliert zu haben und einen noch größeren Motor eingebaut zu haben, was nicht erlaubt war. Das würde er zur Anzeige bringen. Zwischen den Familien herrschte seitdem Funkstille. Wenn sie sich auf der Straße über den Weg liefen, wechselten die einen die Straßenseite.

Enno Svensen hatte jetzt etwas Handfestes gegen Abbo Peters in der Hand. Wenn der das beweisen konnte, war Peters dran. Denn für Fischereifahrzeuge unter deutscher Flagge hätte er die Dienststelle Schiffssicherheit informieren müssen, dass er seinen Kutter umgebaut hatte. Das hatte er allerdings nicht getan. Fischereifahrzeuge wie seines mussten ein Ausrüstungsverzeichnis an Bord mit sich führen. Es war außerdem in regelmäßigen Abständen zu erneuern. So würde man ihm bei einer Untersuchung ganz leicht drauf kommen. Nur wenn ein Fischer keine Änderungen an seinem Fischereifahrzeug vornahm, die Auswirkungen auf die Stabilität haben konnten, wie zum Beispiel der Einbau eines größeren Motors oder einer neuen Fischwinde, brauchte dieser keinen Kontrollkrängungsversuch machen zu lassen.

Das Boot, die `Knieper´, hatte Abbo Peters gebraucht gekauft. Das war schon teuer genug. Immerhin war der Kutter über 26 Meter lang, Baujahr: 1958 und stammte von der VEB Elbewerft Boizenburg. Es hatte eine Breite von 6,70 Metern und einen Tiefgang von 3 Metern. Ursprünglich war der Kutter mit einem 6-Zylinder-Reihenmotor ausgestattet, der einen vierflügeligen Festpropeller mit einem Durchmesser von 1,80 Metern antrieb.

Die Unterkünfte waren im Vordeck angeordnet. Die brauchten sie auch, denn sie waren oft tagelang draußen auf See. Der Laderaum konnte etwa 330 Fischkisten umfassen. Das war schon eine gewaltige Menge. Dafür hatte der Kutter ein großes Schleppnetz, mit dem Heringe, Dorsche und Plattfische angelandet werden konnten. Es wurde hinter dem Schiff hinterher geschleppt, um Fische und andere Meereslebewesen zu fangen. Deshalb hieß es ja auch so. Die Arbeit war hart. Zunächst wurde das Schleppnetz vom Kutter aus ins Wasser gelassen, während das Boot sich vorwärts bewegte.

Nach einer bestimmten Zeit wurde das Netz wieder eingeholt, um den Fang zu überprüfen. Anschließend wurde der gefangene Fisch und andere Meereslebewesen sortiert. Peters und seine Mannschaft hatten die Möglichkeit, den gefangenen Fisch direkt an Bord zu verarbeiten, zu kühlen oder zu gefrieren, um die Frische zu erhalten, bevor er an Land verkauft oder weiterverarbeitet wurde. Und das bei Wind und Wetter. Während der gesamten Fangaktivitäten war es natürlich wichtig, die Navigation des Kutters und die Sicherheit der Crew jederzeit zu gewährleisten.

Diese Art der Schleppnetz-Fischerei war allerdings nicht ganz unumstritten. Zum einen konnte der Meeresboden schwer beeinträchtigt werden, zum anderen war der Beifang hoch. Das hatte der alte Svensen immer kritisiert. Damals stand er mit seiner Meinung aber ziemlich alleine da. Das änderte sich erst sehr viel später, als im Juni 2014 das gesamte Wattenmeer der Nordsee von den Niederlanden über die Wattenmeer-Nationalparks von Niedersachsen, Hamburg und Schleswig-Holstein bis hin zum dänischen Wattenmeer-Nationalpark zum Weltnaturerbe erklärt wurde. Die Ernennung zum Weltnaturerbe war die höchste Auszeichnung, die die Weltgemeinschaft für eine Naturlandschaft zu vergeben hat. Um auf die Weltnaturerbe-Liste der UNESCO zu kommen, musste das Gebiet einzigartige Naturwerte besitzen, intakt und durch gute Schutzmaßnahmen gesichert sein, so wie das Wattenmeer.

Kapitel 36

Nachdem der alte Svensen tot war, hatte sein Sohn Hinnerk den Hof übernommen und stellte den Betrieb auf ökologische Landwirtschaft um. Als sein Vater den Hof in den 1960er-Jahren von seinem Vater übernommen hatte, begann, wie in vielen Ländern, auch auf Amrum die Mechanisierung der Landwirtschaft. Traktoren und andere landwirtschaftliche Maschinen wurden zunehmend eingesetzt, um die Effizienz zu steigern und die Arbeitsbelastung zu verringern. Der Einsatz von chemischen Düngemitteln und Pestiziden nahm zu, um Erträge zu steigern und Schädlinge zu bekämpfen. Dies führte zwar zu höheren Produktionsmengen, brachte aber auch ökologische Herausforderungen mit sich.

Die Pestizide reicherten sich im Boden an und zerstörten dort nach und nach Regenwürmer, Insekten und Mikroorganismen. Die in der betroffenen Region lebenden Vögel fanden nicht mehr ausreichend Nahrung. All das wollte Hinnerk endlich ändern, jetzt, wo sein Vater nicht mehr lebte. Landwirtschaft wurde auf Amrum auf den Ackerflächen östlich des Waldes sowie in den Marschgebieten betrieben, teilweise auch auf Weideflächen am Rande der Salzwiesen. Allerdings hatte der Ackerbau in der Vergangenheit aufgrund des weniger fruchtbaren Sandbodens und der kleinen ackerbaufähigen Fläche nur eine geringere Bedeutung.

Auch die Viehhaltung brachte aufgrund von nur wenigen mageren Weideflächen nicht viel. Ökologische Landwirtschaft bedeutete für Hinnerk, dass sowohl die einzigartigen Gegebenheiten der Insel als auch die Prinzipien der nachhaltigen Landwirtschaft berücksichtigt wurden. Ihm ging es um den Erhalt der Bodenfruchtbarkeit, der Förderung der Biodiversität und den Verzicht auf synthetische Düngemittel und Pestizide. Stattdessen setzte er auf natürliche Methoden wie Fruchtfolge, Mischkulturen und die Verwendung von organischen Düngemitteln. Mittlerweile hatte er sich auf den Anbau von Obst, Gemüse und Getreide spezialisiert.

Er, aber auch andere Betriebe setzten auf regionale Produkte und vermarkteten ihre Erzeugnisse direkt durch Hofläden, Wochenmärkte oder Kooperationen mit lokalen Restaurants. Dennoch war auch das harte Arbeit, denn die Insellage mit ihren begrenzten Anbauflächen, salzhaltigen Böden, machte es notwendig, Ressourcen nachhaltig zu nutzen. Bei all den Herausforderungen lohnte sich der Aufwand. Denn immer mehr Besucher interessierten sich für nachhaltige Produkte und wollten regionale Spezialitäten kennenlernen.

Kapitel 37

Dann kam die große Sturmflut. In den Tagen des 16. und 17. Februars 1962 zog ein Orkantief über die Nordsee, das sich zur größten Sturmflut des 20. Jahrhunderts entwickeln sollte und schwere Schäden auf der Insel anrichtete. Auf Amrum wurde die Schutzmauer bei Wittdün durch Seegang schwer beschädigt, bei Norddorf und Wittdün kam es zu Deichbrüchen.

Die Anlegebrücke auf Wittdün, an der auch das neue Boot von Peters festgemacht war, wurde zerstört. Kurzzeitig bestand die Gefahr, dass Wittdün von der Insel abgeschnitten würde. In Norddorf war das Wasser so hoch, dass es über die untere Dorfstraße in die Häuser stieg. Der Steenodder Deich war gebrochen und die Flut lief bis an den Ortsrand von Wittdün. Auch der Seezeichenhafen hielt den Wassermassen nicht stand. Etliche Boote rissen sich los und die Seezeichen, die an Land lagen, trieben hinaus in die tosende Nordsee, wo sie die Wittdüner Holzbrücke zerschlugen. Die Strandpromenade an der Wittdüner Westseite war ein einziger Trümmerhaufen und Schiffe lagen von der See aufgespült am Nordstrand von Wittdün.

Als alles vorbei war und der Sturm sich gelegt hatte, sah man das ganze Ausmaß der Schäden. Auch das neue Boot von Abbo Peters war verschwunden. Damit war die Existenzgrundlage für die Familie dahin. Er war sich sicher, das Boot fest vertäut zu haben. Am Anleger fand er nur noch einen Rest vom Tau, mit dem er das Boot festgemacht hatte. Das Tau sah seiner Meinung nach allerdings so aus, als hätte sich jemand daran zu schaffen gemacht. Das konnte nur der alte Svensen gewesen sein. Wutentbrannt ging er zu ihm und stellte ihn zur Rede.

Ein Wort gab das andere und in seiner Erregung schlug Peters Enno Svensen mit einem Stück Holz, das zufällig dalag, kräftig auf den Kopf. Enno Svensen fiel um und lag wie tot am Boden. Panisch lief Peters zurück nach Hause. Kurze Zeit später erfuhren die Leute, dass die Peters mit Sack und Pack in einer Nacht- und Nebelaktion verschwunden waren. Wie man hörte, sollten sie nach Amerika ausgewandert sein.

Was Abbo Peters nicht wusste, Enno Svenson hatte den Schlag auf den Kopf überlebt und trug nur eine dicke, schmerzhafte Beule davon. Deshalb musste er ein paar Tage mit einem Verband um den Kopf herumlaufen. Das fand er nicht lustig, die Leute, die ihm begegneten, schon. Der einzige Vorteil dieser Bandage war, dass er am Kopf jetzt nicht frieren musste. An Ausruhen war allerdings nicht zu denken, denn die Sturmflut hatte enorme Schäden auf der Insel hinterlassen. Die Wiederaufbauarbeiten sollten allerdings noch viele Jahre dauern. Das wichtigste war natürlich die Deichsicherung. Das Material dafür kam unter anderem aus der Nähe von Norddorf. So entstand das große Loch.

Kapitel 38

Nach der sehr anstrengenden Überfahrt nach Amerika ging Familie Peters zunächst auf Ellis Island in New York an Land. Sie war bekannt als die Insel der Einwanderung für Millionen von Menschen und hier war auch der erste Stopp auf amerikanischem Boden. Nachdem die amerikanischen Behörden sie auf Herz und Nieren geprüft hatten, ging es von dort aus weiter in die Stadt. Es roch nach Salz und Fisch, vermischt mit dem Klang geschäftiger Marktstände. Abbo Peters hatte sich nicht die

Zeit genommen, die Neue Welt zu bewundern – sein Kopf war voller Pläne, die Familie am Leben zu halten. Sie fanden ein kleines Zimmer über einer Bäckerei, eng und bescheiden, doch Anna war dankbar für ein Dach über dem Kopf.

Schon am nächsten Tag zog er durch die Straßen, auf der Suche nach Arbeit. Er hatte nichts außer seinen starken Händen und seinem Willen, für seine Familie zu sorgen. Schließlich fand er Anstellung in einem schmuddeligen Fischrestaurant, das vom alten Mr. Connors geführt wurde, einem irischstämmigen Mann mit rauem Tonfall, aber einem weichen Kern.

Die Arbeit war hart. Abbo Peters verbrachte die Tage damit, Fische zu filetieren, Böden zu schrubben und Teller zu stapeln. Doch er hörte genau zu, wenn Mr. Connors sich über die Geschäfte beklagte – wie schwierig es war, frischen Fisch in die Stadt zu bringen, wie er sich nach einem Partner sehnte, der das Geschäft mit frischen Ideen beleben konnte.

Nach einigen Monaten, als sie sich ein wenig Geld zur Seite gelegt hatten, wandte sich Abbo an seine Frau Anna. „Ich glaube, ich habe eine Chance", sagte er leise, seine Stimme voller Hoffnung und Zweifel zugleich. „Mr. Connors sucht jemanden, der ihm hilft, das Restaurant zu erweitern. Wenn ich ihn überzeugen kann, uns als Partner aufzunehmen, könnten wir ein eigenes Leben aufbauen."

Anna sah ihn an, ihre Augen leuchteten vor Stolz. „Wenn jemand das schaffen kann, dann du, Abbo." Gemeinsam begannen sie, ihre Ideen zu entwickeln – einfache, aber ehrliche Gerichte, die die Wurzeln ihrer Heimat widerspiegelten. Sie überzeugten Mr. Connors, ihnen eine Chance zu geben, und das Restaurant begann aufzublühen. Die Menschen liebten die besonderen Gerichte mit Abbos Handschrift, und bald wurde das kleine Fischrestaurant zum Treffpunkt für Seeleute, Händler und Einheimische.

Doch auch in ihrem neuen Leben blieben die Schatten der Vergangenheit. Jeder laute Schlag an der Tür ließ Abbo zusammenzucken. Er wusste, dass ihre Freiheit auf einem schmalen Grat balancierte. Aber als er Jori zusah, wie er zwischen den Tischen umherlief und lachte, wusste er auch, dass der Kampf es wert war.

Kapitel 39

Eira saß in ihrem Haus, die Abenddämmerung warf lange Schatten durch die Fenster. Jori stand vor ihr, seine Stimme ruhig, aber mit einem bedrohlichen Unterton. Hanno, der gerade von der Arbeit an der Renovierung zurückgekehrt ist, hörte die erhitzte Diskussion durch die halbgeöffnete Tür.

„Ich habe es mir anders überlegt, Jori. Ich kann mein Geld nicht in ein Projekt investieren, das so riskant ist. Es tut mir leid“, sagte Eira und schaute ihm dabei direkt in die Augen. „Es tut dir leid? Du hast mir Hoffnungen gemacht, mich glauben lassen, dass ich endlich eine Chance habe, etwas Großes zu schaffen. Und jetzt ziehst du dich einfach zurück?“ „Es ist mein Geld, und ich habe das Recht, meine Meinung zu ändern.“ Jori kam schrittweise näher auf sie zu: „Dein Geld? Du hast keine Ahnung, was ich durchgemacht habe, um hierherzukommen. Du schuldest mir das.“

Hanno kam jetzt hinzu: „Was geht hier vor? Ist alles in

Ordnung?“ „Bleib draußen, das ist nicht deine Angelegenheit“, sagte Eira entschlossen. Jori blickte zum Studenten: „Vielleicht ist es das doch. Vielleicht kann er mir helfen, die Dinge zu regeln.“

Eira erhob sich, ihre Stimme bebend vor Ärger und Angst. Jori Kam näher, sein Gesicht in einer Mischung aus Verzweiflung und Wut verzerrt. Hanno sah die Konfrontation und spürte die Gefahr in der Luft. Die Atmosphäre war elektrisch aufgeladen, und das Geräusch des stürmischen Windes draußen unterstrich die Intensität der Situation. „Ich habe keine Angst vor dir. Wenn du glaubst, mich einschüchtern zu können, dann liegst du falsch!“ Eira baute sich vor Jori auf. Jori schrie sie jetzt an: „Du ruinierst mein Leben, mein ganzes Projekt! Du bist schuld daran!“

Hanno ging dazwischen. „Hören Sie auf! Was auch immer passiert ist, das ist nicht der richtige Weg!“ „Bitte ruf die Polizei! Dieser Mann ist gefährlich!“, sagte Eira schließlich. „Niemand wird mich aufhalten! Ich habe so viel geopfert, und ich lasse das nicht einfach so enden!“, schrie Jori und war jetzt außer sich vor Wut. Er tobte und schlug um sich.

Eira lag reglos am Boden, die Luft im Raum war schwer vor Spannung und Entsetzen. Jori stand über ihr, seine Hände zitterten, während er die Realität dessen, was gerade passiert war, langsam begriff. Nun war er ein Mörder, nicht sein Vater. Er sackte kurz in sich zusammen. Hanno erstarrte vor Schock. Nachdem er sich wieder gefasst hatte, wandte Jori sich langsam zu ihm um, seine Stimme war leise, aber eindringlich. „Du bist Arzt, oder willst es zumindest mal werden oder? Denk nach. Du weißt doch bestimmt, wie man Dinge verschwinden lässt.“

Hanno war schockiert. „Was reden Sie da? Das ist Mord! Wir müssen die Polizei rufen!“ „Die Polizei? Glaubst du, sie werden dir glauben? Du bist hier, du hast gesehen, was passiert ist. Du bist genauso darin verwickelt wie ich.“ „Das ist nicht wahr! Ich habe nichts damit zu tun!“ Jori kam jetzt auch auf ihn bedrohlich zu. „Hör zu, Junge. Du hilfst mir, oder du wirst mit mir untergehen. Es gibt keinen anderen Weg.“ Hanno zögerte, mit bebender Stimme fragte er dann: „Was ... was wollen Sie, dass ich tue?“ Der Affekt des Amerikaners war eine Mischung aus Verzweiflung, Angst und Kontrollverlust, ausgelöst durch die Eskalation der Ereignisse.

Kapitel 40

In dem spärlich beleuchteten Zimmer stand Hanno nun vor dem weißen Skelett. Den leblosen Körper seiner Angebeteten hatte er zuvor in ein Säurebad gelegt. Tränen rannen über sein Gesicht. Aber er musste es tun. Jori stand neben ihm und schaute zu, was passierte und versuchte dabei, seinen Würgereiz zu unterdrücken. Die fluoreszierenden Laborlampen warfen einen kühlen Lichtschein auf die Glasflaschen und chemischen Apparaturen, die er sorgfältig um ihn herum angeordnet hatte.

Er setzte eine Schutzbrille auf. Sein Blick war konzentriert, die Stirn leicht gerunzelt. Er hatte ein ehrgeiziges Ziel: die Struktur des Skeletts so zu verändern, dass es den Zerfallsprozess eines jahrhundertealten Originals nachahmte. Dann griff er zu einer Flasche mit salpetersäurehaltiger Lösung, die er zuvor mit Kaliumpermanganat angereichert hatte, um eine oxidative Reaktion zu erzeugen. Die Chemikalien hatte er sich vorher in den beiden Apotheken der Insel besorgt. Hätte er beides in einer

Apotheke gekauft, hätten die vielleicht Verdacht geschöpft. So aber nahm er an, dass ihm niemand etwas nachweisen konnte, zumal er jedes Mal erklärte, dass er Medizin studierte und die Chemikalien für Experimente zu seinem Examen benötigte.

Mit ruhiger Hand tropfte er die Mischung über die Gelenke und porösen Bereiche des Skeletts. Zischende Geräusche und ein dünner Dunst stiegen auf, als die Säure langsam das Material durchdrang. Hanno notierte jede Veränderung in seinem Logbuch. „Die Farbe verändert sich— hellbeige geht in bräunliche Verfärbungen über. Perfekt", murmelte er begeistert. Er hielt inne, um das Ergebnis genauer zu begutachten. Die Knochen begannen, Risse zu zeigen, die echte altersbedingte Verformungen simulierten.

Dann wendete er sich der nächsten Phase zu: der Imprägnierung mit einem schwachen Schwefelwasserstoffgas, um den Geruch und das Aussehen eines gealterten Knochens zu intensivieren. Er öffnete vorsichtig die Ventile und ließ das Gas in einer kontrollierten Menge durch die Schläuche fließen.

Nach Stunden der präzisen Arbeit trat Hanno zurück, um sein Werk zu betrachten. Das Skelett hatte eine beeindruckende Transformation durchgemacht. Es wirkte nun wie ein fossiler Schatz aus längst vergangenen Zeiten. Hanno wusste, dass er für den Medizinberuf geschaffen war.

Während seines Studiums wurde chemisches Altern genutzt, um Prozesse des Alterns und deren Auswirkungen auf Gewebe, Knochen oder andere Materialien zu simulieren. Dies half den Studierenden, die Veränderungen zu verstehen, die mit dem Alterungsprozess einhergehen, ohne auf echte, gealterte Proben angewiesen zu sein. Durch chemische Behandlungen konnten Eigenschaften wie Verfärbung, Rissbildung oder Materialabbau nachgeahmt werden. Dies ermöglichte es, realistische Szenarien für die Diagnose und Behandlung altersbedingter Erkrankungen wie Osteoporose zu schaffen. Dieses Wissen kam ihm nun zugute. Jetzt musste das Skelett noch weggeschafft werden. Jori kam auf die Idee, das Skelett im Kniepsand zu vergraben. Es sollte so aussehen, als ob es dort schon länger gelegen hatte, wenn man es denn überhaupt entdecken würde. Sie warteten noch, bis es dunkel war, dann luden Jori und Hanno das Skelett ins Auto von Eira. Sie fuhren nach Norddorf und gingen von dort an den Strand.

Kapitel 41

Die Nacht war ein tiefes Schwarz, durchbrochen nur von einem silbrigen Mondlicht, das sich wie ein fahl glänzender Schleier über den Strand legte. Sand knirschte leise unter den Schuhen der beiden Männer, während die Brandung monoton und doch unerbittlich ihre uralten Geschichten erzählte.

„Beeil dich", zischte Jori und warf nervöse Blicke über seine Schulter. Seine Stimme war kaum mehr als ein Flüstern, dennoch schien es, als würde jeder Laut in der Stille der Nacht widerhallen. Hanno hielt eine große, unebene Tasche fest umklammert, die an manchen Stellen verdächtig hervorstand. Seine Hände waren zittrig, die Finger fest um den rauen Stoff geschlossen.

„Ich mach ja schon", murmelte er und stolperte über eine unsichtbare Unebenheit im Sand. Jori zerrte ihn unsanft wieder auf die Beine. „Hast du nicht gesagt, hier wäre niemand? Warum fühle ich mich beobachtet?“

Kein weiteres Wort wurde gewechselt. Sie erreichten eine Stelle, die die größere Gestalt mit einem düsteren Blick markierte. Sie begannen zu graben. Der Sand war feucht und schwer, jede Bewegung fühlte sich wie ein Kampf gegen die Erde selbst an. Hanno warf einen raschen Blick auf die Tasche, seine Stirn glänzend vor Schweiß, obwohl die Luft kühl war.

Endlich war das Loch tief genug. Mit einer Mischung aus Erleichterung und nervöser Hast. Hanno setzte die Knochen wie bei einem Puzzle fein säuberlich zu einem Skelett zusammen und legte sie auf den Grund des Grabes. Jori zog hektisch den Sand darüber, während Hanno immer wieder nach hinten blickte, als ob jeder Schatten eine Bedrohung wäre.

„Das wars. Lass uns verschwinden“, drängte Jori und zog Hanno zurück zur Dunkelheit, wo der Strand aufhörte und die Düne begann. Hinter ihnen blieb nichts zurück außer einer unruhigen Brandung, die alles zu verschlucken schien.

Kapitel 42

Hanno stand in der Dämmerung am Hafen von Amrum, der Wind peitschte über das Wasser, und die Fähre, seine einzige Fluchtmöglichkeit, blieb wegen des stürmischen Wetters im Hafen. Seine Hände zitterten, noch immer spürte er das Adrenalin des Moments, in dem er Jori im Affekt getötet hatte. In der Ferne sah er die Lichter eines Polizeiwagens, der sich langsam näherte. Polizeihauptkommissar Larsen hatte die Spur aufgenommen und nä-

herte sich unaufhaltsam.
Da Larsen wusste, dass der Student aufgrund seines Studiums medizinische Kenntnisse hatte. Das machte ihn natürlich hochgradig verdächtig und rückte ihn sehr schnell in den Fokus der Ermittlungen. Larsen hatte zudem bemerkt, dass der Student in den letzten Tagen zunehmend nervös und unruhig wirkte. Das isolierte Leben auf der Insel machte Veränderungen im Verhalten der Bewohner schnell auffällig.

Durch die sorgfältige Untersuchung kombinierte Larsen seine Beobachtungen mit Fakten und Intuition, was ihn schließlich direkt zum Studenten führte. Da Larsen die Insel und ihre Bewohner genau kannte, fiel ihm jede Unregelmäßigkeit schnell auf. Durch einen Hinweis wusste er auch, wo sich Hanno im Moment aufhielt.

Hanno flüsternd zu sich selbst: „Das war nicht geplant ... Ich wollte das nicht. Was mache ich jetzt?“ Larsen stieg aus dem Wagen und rief „Hanno, ich glaube, wir müssen reden. Es gibt einige Ungereimtheiten, die wir klären müssen.“ Hanno drehte sich langsam um, versuchte ruhig zu bleiben. „Ich weiß nicht, wovon Sie sprechen, Herr Kommissar.“ Larsen trat näher, mit einem durchdringenden Blick. „Oh, ich denke, Sie wissen genau, wovon ich spreche. Es geht um den Amerikaner ... und die Dozentin.“ Hanno schluckte, versuchte, seine Fassung zu bewahren. „Ich ... ich habe nichts damit zu tun.“ Larsen schaute ihn mit einem leichten Lächeln an. „Wissen Sie, das Problem mit Spuren ist, dass sie immer irgendwohin führen. Und Ihre führen direkt zu mir.“

Hannos Schultern waren gebeugt unter der Last dessen, was geschehen war. Larsen warf ihm einen ruhigen Blick zu, ein Hauch von Mitgefühl in seinen Augen. „Du bist noch jung. Es hätte nicht so enden müssen. Aber das Leben ist selten so einfach, wie wir es uns wünschen", sagte Larsen leise. Hanno blickte zu Boden. „Ich wollte das alles nicht. Es ist ... es ist einfach alles aus dem Ruder gelaufen." Larsen nickte langsam. „Das sehe ich. Es gibt Dinge, die uns über den Kopf wachsen. Aber Verantwortung ist etwas, dem wir uns stellen müssen, egal wie schwer es ist." Hanno schluchzte. „Ich werde dafür bezahlen, nicht wahr?" Larsen legte ihm eine Hand auf die Schulter „Die Justiz wird ihren Weg gehen. Aber weißt du, Reue ist der erste Schritt, um sich selbst zu vergeben. Vielleicht kannst du irgendwann Frieden finden."

„Hanno", sagte Larsen endlich mit einer Stimme, die überraschend sanft klang. „Es ist vorbei." Hanno hob den Kopf, seine Augen waren rot und geschwollen. „Ich ... ich wollte das nicht. Es war ein Fehler. Ein schrecklicher Fehler." Larsen seufzte tief. Er hatte in seiner Karriere viele Täter gesehen, aber selten jemanden, der so zerbrochen wirkte. Für einen Moment verspürte er Mitleid – ein Gefühl, das er normalerweise zu unterdrücken wusste. Doch Pflicht war Pflicht.

„Du musst mitkommen", sagte Larsen schließlich, und seine Stimme wurde wieder fest. „Ich habe keine Wahl." Hanno nickte langsam, seine Schultern sanken noch tiefer. Larsen half ihm auf, legte ihm vorsichtig die Handschellen an und führte ihn zum Streifenwagen, während die Sonne langsam hinter dem Horizont verschwand. „Nun komm mal, mein Junge", meinte Larsen und griff Hanno Svensen unter den Arm. Handschellen brauchte er nicht. Ohne jeden Widerstand folgte Hanno dem Polizisten.

Kapitel 43

Larsen brachte den Studenten zunächst ins Inselgefängnis Waasterstigh in Nebel. Dort wurde Hanno von Larsen und seinem Kollegen zum ersten Mal verhört. In einem kleinen, sterilen Raum saß er Hanno nun gegenüber. Die Luft war stickig, obwohl ein Fenster geöffnet war, und der Raum schien ihn förmlich zu verschlucken. Vor ihm lag das besagte Foto, auf dem Hanno eindeutig zu erkennen war, mit seiner Dozentin an der Seite, während sie mit der Fähre nach Amrum fuhren.

„Kaffee?", fragte Larsen beiläufig und stellte Tassen auf den Tisch. „Sie wirken nervös, junger Mann. Warum? Haben Sie Angst vor etwas, das wir herausfinden könnten?" „Ich ... Nein, ich bin nur schockiert, was passiert ist! Das ist alles!", entgegnete Hanno mit leicht zittriger Stimme. „Das glaube ich Ihnen sogar. Aber manchmal offenbart der Schock mehr, als einem lieb ist. Wollen Sie uns etwas sagen?", fragte Larsen. „Nein, ich… Ich habe nichts getan!" „Manchmal verrät uns die Panik, bevor wir es selbst merken. Ein letzter Versuch, die Wahrheit zu verbergen, oder?" „Bitte ... ich wollte ihr nur helfen!"

„Erzählen Sie uns mehr über Ihre Beziehung zu Frau Dr. Gerlund", begann Larsen, während sein Kollege Abbo Nissen aufmerksam jede Regung im Gesicht des Studenten beobachtete. „Wir ... äh ... sie war meine Dozentin", stammelte Hanno, die Hände fest um die Armlehnen seines Stuhls gekrallt. „Es war nichts ... Persönliches. Nur eine akademische Exkursion."

Larsen hob eine Augenbraue. „Auf eine Insel? Ganz allein? Haben Sie eine Genehmigung oder andere Belege dafür?" „Nein, also ... es war nur ... ein spontaner ... Ausflug. Keine große Sache. Sie hatte hier ein Haus und hat mich gebeten, ihr bei der Renovierung zu helfen," versuchte er sich zu erklären, aber seine Worte klangen hohl, beinahe unfreiwillig komisch. Abbo Nissen lehnte sich vor und zeigte erneut auf das Foto.

„Sie wollen uns also sagen, dass Sie nur deshalb mit Frau Dr. Gerlund auf Amrum waren, obwohl sie danach verschwand und wir nun Hinweise darauf haben, dass sie dort ermordet wurde?" Hanno Svensen schluckte schwer, sein Blick huschte nervös von einem Polizisten zum anderen. „Ich ... ich wusste nichts davon! Sie ... sie war einfach weg."

Doch mit jeder Frage wurde seine Lage schwieriger. Seine Aussagen widersprachen sich. Zuerst hatte er behauptet, sie sei allein losgegangen, dann sagte er, sie habe ihn gezwungen, mitzukommen. Bald erkannte er, dass die Ermittler ihn in die Enge trieben, wie Schachspieler, die ihre Figuren präzise bewegten, um den König mattzusetzen.

Kapitel 44

Larsen und sein Kollege warteten schon. In der Polizeistation angekommen, erzählte sie Larsen von einem komischen Stein, dass sie aber kein Wort von dem verstanden hatte, was darauf geschrieben stand. Larsen klärte sie auf. „Das, was Sie in Wittdün auf dem Stein gelesen haben, ist die 1. Strophe des Amrumer Heimatliedes `Min Öömrang lun´, ausgerechnet von einem Föhrer auf Öömrang geschrieben. Es ist so eine Art Hymne Amrums." Alle vier Strophen des Liedes wurden in Granitsteine gemeißelt und über die Insel verteilt aufgestellt. Die erste der vier Strophen war in einen Stein in Wittdün gemeißelt, der zweite stand in Norddorf, der dritte in Steenodde und die letzte Strophe konnte man auf einem Stein in Nebel nachlesen. „Und was heißt das jetzt?“, wollte Meyerhofer wissen. „Dü min tüs, min Öömrang lun, huar so huuch a düner stun, huar bi a Kniip a braanang bromet, heißt übersetzt: Du mein zu Haus, mein Amrum Land. wo so hoch die Dünen steh’n, wo bei Kniep die Brandung brummt. Am Schluss heißt es: Leef haa’k di, min Öömrang lun! Lieb hab’ ich dich, mein Amrumer Land!“ Meyerhofer bemerkte, wie Larsen bei diesem Satz schlucken musste. Sie fragte nicht weiter. Außerdem hatten sie ja auch noch was zu tun. „Lassen Sie uns mal zusammenfassen, was wir jetzt haben“, meinte Kommissarin Meyerhofer und blickte in die Runde. „Wir haben einen Toten“, ergriff Abbo Nissen das Wort. „Danke, Abbo.“ Larsen schaute dabei Kommissarin Meyerhofer an und verdrehte leicht die Augen. „Das hilft uns ja schon einmal ein ganzes Stück weiter.“

„Was haben wir noch?“ Meyerhofer rückte ihren Laptop zurecht. „Es gibt wohl einige Verdächtige. Wir haben eine Liste der Gäste, die am Abend vor dem Tod von Jori Peters ebenfalls in der blauen Maus anwesend waren. Leider ist die nicht ganz vollständig, da der Wirt natürlich nicht jeden Gast kannte und schon gar nicht die Personalien jedes Einzelnen aufschreibt.“. Dann fuhr sie fort: „Der Wirt gab an, dass an dem Abend Umweltschützer anwesend waren, denen überhaupt nicht gefallen haben dürfte, was Jori da zum besten gab. Wie wir jetzt wissen, war Jori aber auch kein Freund von Traurigkeit und ließ nichts unversucht, sich den Damen zu nähern, egal ob ledig oder verheiratet. Das dürfte auch den Begleitern der Frauen an dem Abend nicht entgangen sein. Nicht zu vergessen: Svensen, dessen Familie letztendlich für die Flucht von Familie Peters verantwortlich war.

Für Meyerhofer war der Fall klar. Das Opfer hatte einfach zu viele „tote Tanten“ getrunken und in seinem Suff die Frauen angebaggert. Dabei war er wohl an die Falsche geraten. Der eifersüchtige Ehemann folgte dem Opfer, nachdem es die Kneipe verlassen hatte. Da Jori Peters ziemlich betrunken war, hatte der Mann leichtes Spiel. Er ging ihm nach und schlug ihn von hinten mit einem Gegenstand nieder. Der fiel bewusstlos um und war einfach erfroren. Larsen schaute skeptisch. Das klang zwar nachvollziehbar, aber irgendetwas störte ihn an der Geschichte. Er wusste nur nicht, was. „Haben wir eigentlich schon Ergebnisse der Spurensicherung vorliegen?“, fragte Meyerhofer. „Bisher nicht“, erwiderte Larsen und wunderte sich, dass die sich noch nicht gerührt hatten. „Wichtig wäre vor allem auch der genaue Todeszeitpunkt“, fügte Meyerhofer hinzu. „Ich frage mal nach“, sagte Larsen.

Kapitel 45

„Was hat denn die Befragung der Umweltaktivisten ergeben, Abbo?“, wollte Larsen wissen. „Eigentlich nichts“, erwiderte der. „Was heißt eigentlich?“, fragte Larsen. „Eigentlich heißt, dass jeder von denen eine andere Geschichte erzählt hat. Aber alle haben ihrem Mitstreiter Ole ein Alibi gegeben. Er sei wohl von der blauen Maus direkt nach Hause gegangen.“ „Kann das sonst noch jemand bestätigen?“, fragte Larsen nach. „Der Wirt hat zufällig mitbekommen, dass der Typ ziemlich genau um 21.30 Uhr die Kneipe verlassen hat. Er wohnt ein paar Straßen entfernt vom Lokal und soll gegen 22 Uhr zu Hause angekommen sein. Ein Nachbar, der mit seinem Hund noch unterwegs war, kann das bestätigen. Ob er dann allerdings noch einmal das Haus verlassen hat, müssen wir noch klären.“

„Was ist mit den Freunden, Verlobten oder Ehemännern der Frauen, die am Vorabend der Tat auch in der blauen Maus waren?“, hakte Meyerhofer nach. „Soweit wir die Personen ermitteln konnten, haben die Frauen bestätigt, dass ihre Männer mit ihnen auf dem direkten Weg nach Hause gegangen sind.“ „Okay. Bleibt also noch die Familie Svensen. Gibt es da irgendwelche Informationen?“ Larsen schaute seinen Kollegen erwartungsvoll an. „Noch nicht. Wir hatten noch keine Gelegenheit, mit dem Sohn zu sprechen“, antwortete Nissen. „Ich sehe ehrlich gesagt auch kein Motiv für die Tat. Umgekehrt wäre für mich logischer gewesen. Schließlich hatte Joris Vater unter der vermeintlichen Tat bis zu seinem Tod gelitten und Svensen hatte es nicht nötig, ihn zu kontaktieren. Das könnte Joris Hass auf die Svensens befeuert haben“, meinte Meyerhofer.

Am nächsten Morgen stand die Polizei vor Svensens Tür. „Dürfen wir Ihnen ein paar Fragen stellen?“. Larsen schaute Hinnerk Svensen an, wartete die Antwort aber nicht ab, sondern ging mit seinem Kollegen an ihm vorbei und schnurstracks ins Wohnzimmer. Svensen war so verdutzt, dass er im ersten Moment nicht reagierte. Er schaute den Polizisten hinterher und ging ihnen dann aber nach. „Worum geht es, wenn ich fragen darf?“, sagte er, nachdem er sich wieder gefangen hatte. „Kennen Sie Jori Peters?“, kam Larsen direkt auf den Punkt.

Svensen hatte gar keine Zeit zu überlegen und antwortete direkt darauf. „Ja, ich kenne ihn. Er hat mich vorgestern besucht. Aber das wissen Sie wahrscheinlich schon. Sonst wären Sie jetzt nicht hier und würden mich das fragen oder?“. „Wann haben Sie ihn zuletzt gesehen?“. wollte Larsen wissen. „Vorgestern. Das habe ich doch gerade gesagt.“ „Wann genau?“, bohrte Larsen weiter. „Warum fragen Sie mich das? Ist ihm etwas passiert?“, wollte

Svensen wissen. „Er ist tot. Wahrscheinlich erschlagen", antwortete Larsen und beobachtete Svensen genau. „Sie verdächtigen doch nicht etwa mich, Herr Hauptkommissar?" „Zunächst mal ist das hier lediglich eine Befragung. Ob Sie verdächtig sind, wird sich noch zeigen", erwiderte Larsen. Hinnerk Svensen musste erst einmal schlucken.

Kapitel 46

Der Wind peitschte über die Dünen, während Hanno zwischen den Gräsern lauerte. Am Horizont schimmerte die Nordsee, und der Geruch von Salz und Sand lag schwer in der Luft. Jori wankte den Sandweg entlang, die Hände in den Taschen und ein selbstzufriedenes Lächeln auf den Lippen, als ob die Welt ihm gehöre. „Na endlich, wird auch Zeit. Ganz schön kalt hier. Es ist schon nach drei Uhr", dachte Hanno. Er war ihm unbemerkt von der blauen Maus gefolgt und hatte ihm aufgelauert. Er trat aus seinem Versteck hervor und stellte sich Jori in den Weg. Seine Augen waren hart und voller Anklage. „Jori. Du prahlst immer noch damit, dieses Hotel hier auf Amrum zu bauen, oder? Trotz all der Schuld, die auf deinen Schultern lastet."

Jori blieb stehen und schaute Hanno mit einem herausfordernden Grinsen an. „Warum sollte ich nicht? Was auf meinen Schultern lastet, geht dich nichts an." „Nicht? Du wagst es, dich über deine Schuld hinwegzusetzen. Du hast einen Menschen umgebracht!" Jori trat näher, seine Stimme wurde schneidend. „Und was weißt du schon, Hanno? Was weißt du über meinen Vater, deinen Großvater – die Wahrheit? Du und deine Familie haben sie doch begraben, zusammen mit euren Lügen!"

Hanno stemmte sich gegen Joris Worte, seine Hände ballten sich zu Fäusten. „Meine Familie hat nichts begraben! Dein Vater hat sich selbst ins Verderben gestürzt!“ „Ach wirklich? Und was ist mit euch? Ihr habt uns zu Mördern abgestempelt. Euer Schweigen hat uns zerstört.“ Die Wut kochte über, und Hanno packte Jori am Kragen. „Du bist genauso wie er. Du verdrehst alles, drehst den Spieß um und spielst das Opfer!“

Jori lachte bitter, bevor er Hanno zurückstieß. „Und du bist blind für die Wahrheit. Du willst mich für etwas bestrafen, das nicht einmal mein Vater getan hat!“ Die beiden gerieten in einen heftigen Streit, ihre Stimmen übertönten den Wind, ihre Gesten wurden wild. Schließlich schubste Hanno Jori so stark, dass dieser in den Sand fiel. Jori stand langsam auf, seine Augen glühten vor unbändiger Wut. „Du willst kämpfen? Gut. Aber ich lasse mich nicht besiegen. Nicht von dir. Nicht von deinen Lügen“, lallte Jori, der sich auch so kaum auf den Beinen halten konnte.

Hanno starrte ihn an, keuchend vor Wut und Anstrengung. Noch einmal stieß er Jori so heftig vor die Brust, dass dieser umfiel wie ein Sack Kartoffeln. Dabei stieß er mit dem Kopf auf einen Stein und blieb regungslos liegen. Ohne sich um den Verletzten zu kümmern, ging er zurück in Richtung Hafen.

Kapitel 47

Das Telefon klingelte. „Jens Jensen von der Spurensicherung hier. Ich würde gerne Polizeihauptkommissar Larsen sprechen. „Hauptkommissar Larsen ist unterwegs.“ Der Beamte in der Polizeistation, der das Gespräch entgegennahm, fragte nach, ob er denn etwas ausrichten könne. Jensen verneinte und bat darum, dass Larsen ihn zurückrufen solle. „Richte ich ihm aus, sobald er wieder hier ist, meldet er sich bei Ihnen.“ „Alles klar, vielen Dank“, antwortete Jensen und legte auf. Kurze Zeit später kam Larsen von der Befragung Svensens zurück.

In Gedanken versunken setzte er sich an seinen Schreibtisch und schaute sich die Unterlagen noch einmal genau an. „Beinahe hätte ich es vergessen“, rief da der Kollege Larsen zu. „Ein gewisser Jensen von der Spurensicherung bittet um Rückruf.“ Larsen griff sofort zum Telefon und wählte die Nummer der Spurensicherung. „Jens Jensen am Apparat.“ „Jens, hier ist Hauke. Hauke Larsen. Was hast du für uns?“ „Sorry, dass ich mich erst jetzt bei dir melde, aber im Moment ist hier Land unter. Ihr wisst auf Amrum nur zu gut, was es heißt: Land unter“, versuchte Jensen zu scherzen. Aber Larsen konnte darüber gar nicht lachen. „Entschuldigung. Das war jetzt wohl etwas daneben.

Zur Sache. Der Tod dürfte so gegen 3 Uhr nachts eingetreten sein. Fundort ist gleichzeitig Tatort. Der Stein, den wir neben der Leiche gefunden haben, hatte Anhaftungen von Blut und Haaren des Opfers. Fingerabdrücke gab es keine.“ „Du machst es spannend, Jens“, unterbrach Larsen ihn. „Diese Informationen gehören zum Job. Das müsstest du doch wissen, Hauke“, fuhr Jensen fort. „Also. Spuren, außer denen vom vermeintlichen Opfer, haben wir aber noch eine gefunden. Die mal ausgenommen, war sonst niemand in der Nähe des Toten gewesen.“ „Was heißt das jetzt?“, fragte Larsen den Spurensicherer. „Die Schlüsse musst du daraus ziehen. Ich sammle nur die Fakten. Was ihr daraus macht, ist eure Sache. Ach ja, der Tote hatte einen Promillegehalt von 2,3 im Blut, war also volltrunken, würde ich mal sagen. Ich schicke dir gleich den Bericht." „Okay, danke für die Informationen, Jens und nichts für ungut. Vielleicht sehen wir uns ja mal bei anderer Gelegenheit. Bis dahin", antwortete Larsen und legte auf.

Fünf Minuten später hatte Jensen den Bericht bereits per email geschickt. Larsen druckte ihn aus und gab ihn Kommissarin Meyerhofer zu lesen, die eben zur Tür hereinkam, noch bevor sie ihren Mantel ausziehen konnte. „Wurde aber auch Zeit. Da bin ich mal gespannt, was die Spusi uns zu erzählen hat", meinte Meyerhofer und begann zu lesen. „Also. So wie es aussieht, war noch jemand am Tatort. Die Leiche scheint vermeintlich aufgrund erhöhten Alkoholgenusses gestürzt zu sein, mit dem Kopf auf den Stein geschlagen und daran gestorben zu sein", kam Meyerhofer zu dem Schluss. „So sollte es wohl aussehen. Genau. Erst gluck, gluck, dann bumm und nun tot. So einfach ist das", fasste Larsen kurz und knapp den Bericht zusammen. Letztendlich hatten ihn wohl die „toten Tanten" wohl zur Strecke gebracht.

Das wars dann gewesen", meinte Kommissarin Meyerhofer. „Es gibt wohl nichts mehr für mich zu tun. Ich werde dann mal wieder zurück nach Flensburg fahren." „Tun Sie das", sagte Larsen nur kurz. „Ich bringe Sie selbstverständlich zum Hafen", meinte Larsen und zog sich schon einmal die Jacke an. „Ich warte am Auto auf Sie." Abbo fragte Larsen: „Und was ist mit den Fußspuren?" „Später", zischte Larsen. Dann ging er hinaus. „Der hat es aber eilig, mich loszuwerden", entfuhr es Kommissarin Meyerhofer. „Das scheint nur so", meinte Nissen. „Das geht nicht gegen Sie persönlich. Er hat nur was dagegen, dass man ihm jemanden vor die Nase setzt." „Das habe ich schon des Öfteren gehört", erwiderte Meyerhofer, die ihre Sachen bereits zusammengepackt hatte. „Auf Wiedersehen, Kollege. Mal sehen, wen wir das nächste Mal finden", sagte sie und ging ebenfalls zum Auto.

Larsen grinste verschmitzt, nachdem beide im Auto saßen. „Na, Frau Kommissarin, jetzt ziehen Sie wieder ab und lassen mich mit den Möwen und diesem mörderischen Watt allein. Sie sind ja schlimmer als der Nordseewind: Kommen, aufwirbeln, und zack – weg sind Sie." Kommissarin Meyerhofer reagierte schlagfertig; „Besser als dauerhaft Sand im Getriebe, oder? Aber keine Sorge, Larsen, Ihr Inselidyll bleibt Ihnen erhalten – samt Ihrem handverlesenen Möwenchor." „Tja", meinte Larsen. „Die Möwen mag ich jedenfalls – die klauen wenigstens nur Fischbrötchen, keine Fälle." Darauf Kommissarin Meyerhofer: „Und die haben immerhin mehr Taktgefühl als Sie.

Wirklich, Ihre `Verhörtechnik´? Hat eher an Karaoke-Abende erinnert: laut und völlig neben der Spur." Larsen spielte empört. „Na hören Sie mal, Frau Kommissarin! Ohne meinen „Karaoke-Stil" säßen wir noch immer am Deich und starrten ins Watt. Und ich hab nicht mal Ihre hochprofessionelle „Festland-Ausrede" gebraucht." Die Kommissarin grinste „Hochprofessionell? Ich nenne es logisch! Während Sie versucht haben, das Watt nach Hinweisen zu durchsuchen, habe ich mit der Methode gearbeitet, die Sie vielleicht vergessen haben: nachdenken." Larsen lachte laut. „Denken ist was für Leute mit schlechter Kaffeemaschine.

„Apropos – wie schmeckt Ihnen Ihr Leben ohne salzige Brise? Oder macht Flensburg aus Ihnen einen weiteren Kaffee-Snob?", fragte Larsen süffisant. Gespielt ernst antwortete Meyerhofer: „Oh, keine Sorge, Larsen. Sie bleiben ungeschlagen der Kaffee-König – mit Krönung aus Seetang." Larsen neckisch: „Das war Ihre letzte Chance auf ein Einladungsschreiben meiner Möwen. Die hätten wenigstens Respekt vor meinen Braukünsten."

Meyerhofer lachend: „Keine Sorge, ich bleib lieber bei den Bürokraten. Wenigstens fressen die nicht mein Pausenbrot." Larsen zwinkerte der Kommissarin zu: „Man kann eben nicht alles haben. Aber ich wette, Sie kommen zurück. Die Insel ist wie ein Mord-Magnet – und wir zwei? Wir sind das Dream-Team vom Wattenmeer." Kommissarin Meyerhofer lachte: „Larsen, Sie haben recht. Wer braucht schon Festland, wenn es so charmante Möwen-Kommissare wie Sie gibt?"

„Bis zur Abfahrt der Fähre haben wir noch etwas Zeit. Dürfte ich Sie zu einem Mittagessen einladen?", fragte Larsen, beinahe etwas schüchtern, und hoffte doch, dass sie seine Einladung annehmen würde. „Gerne", erwiderte Meyerhofer und war gespannt, wohin Larsen sie führen würde. „Das ist gar nicht weit von hier. Eine gemütliche Stube mit Küche, mitten in Nebel. Sehr urig mit allerlei altem Mobiliar", meinte Larsen. „Klingt gut", erwiderte Meyerhofer. „Auf gehts."

In der Stube angekommen setzen sie sich an einen Tisch. Die Bedienung war sehr freundlich und brachte gleich die Speisekarte mit. „Moin, Hauke. Du hast jemanden mitgebracht?", fragte die Bedienung. „Moin Bente", erwiderte Larsen. „Das ist Frau Kriminalkommissarin Meyerhofer. Sie ist extra aus Flensburg hierher gekommen, um den Fall mit den beiden Toten zu klären. „Ich denke, wir nehmen vielleicht doch zweimal Grünkohl mit Pinkel anstelle von Labskaus, wenn es geht." „Klar. Das geht immer", meinte die Bedienung, nahm die Speisekarte wieder an sich und ging in die Küche.

„Was ist das, Pinkel?", wollte Meyerhofer wissen. Sie hatte schon davon gehört, aber gegessen hatte sie es noch nicht. Larsen, der das Gericht natürlich kannte und schon oft gegessen hatte, versuchte ihr zu erklären, was er bestellt hatte. „Wollen Sie das wirklich wissen?“, fragte Larsen nach. „Ja, natürlich. Ich muss doch wissen, was ich da zu essen bekomme“, antwortete Kommissarin Meyerhofer. „Also gut. Zunächst mal die gute Nachricht. Niemand hat in den Grünkohl gepi …, ich meine uriniert. Der Name kommt durch die Hülle der Wurst. Die Grützwurst wurde früher von gereinigtem Rindermastdarm umgeben, der im Plattdeutschen `Pinkel´ heißt.“ „Oh, wie beruhigend“, meinte Meyerhofer und verzog etwas das Gesicht. „Eigentlich wird hier bei uns eher Bregenwurst zum Grünkohl gegessen“, ergänzte Larsen. „Das wird ja immer besser“, kommentierte Meyerhofer seine Erklärungen.

Dann brachte die Bedienung das Essen. „Und was für Leckereien sind sonst noch im Grünkohl?“, wollte Kommissarin Meyerhofer wissen. „Ich glaube Zwiebeln, Salz Kartoffeln und Zucker darf natürlich nicht fehlen. Das Ganze wird dann in Schmalz gedünstet. Also nicht Schlimmes.“ “Da bin ich aber beruhigt“, dachte Meyerhofer, als sie auf ihren Teller schaute. „Guten Appetit wünsche ich Ihnen“, meinte er und begann, gleich zu essen. Meyerhofer zögerte noch etwas, nahm dann aber doch die Gabel in die Hand und steckte sich einen Bissen in den Mund. „Schmeckt gut“, meinte sie nach einer Weile. „Sag ich doch“, sagte Larsen zufrieden.

Nachdem beide ihre Teller bis auf den letzten Rest leer gegessen hatten, schaute Meyerhofer auf die Uhr. Wir sollten langsam aufbrechen. Meine Fähre geht gleich und ich muss meine Sachen noch aus dem Zimmer holen“, bemerkte Meyerhofer. „Bente“, rief Larsen die Bedienung. „Schreibst du das bitte an? Wir haben keine Zeit mehr. Die Fähre geht gleich. Ich komme später zum Bezahlen.“ „Mach das, Hauke. Bis nachher“, antwortete Bente. Dann standen beide auf und gingen zum Auto.

Kapitel 48

Während Kommissarin Meyerhofer mit der Fähre in Richtung Festland fuhr, machte sich Larsen auf den Weg zurück zur Dienststelle. Dort durchsuchte er noch einmal die Unterlagen. Jensen von der Spurensicherung erwähnte doch etwas von weiteren Fußspuren. Bisher hatte niemand dem weiter Beachtung geschenkt. Warum eigentlich nicht? Larsen suchte den Studenten noch einmal in der Zelle auf und bat ihn, die Schuhe auszuziehen. „Haben Sie noch ein weiteres Paar?“, wollte Larsen wissen. „Mehr habe ich nicht mitgenommen. Das ist das einzige Paar“, antwortete Hanno Svensen. „Ich hoffe, Sie bringen es mir bald zurück. Auf Socken ist es ziemlich ungemütlich hier.“ „Kein Problem“, meinte Larsen und packte die Schuhe in eine Tüte.

Die kam so schnell wie möglich ins Labor. Am nächsten Morgen meldete sich Jensen von der Spurensicherung. „Moin Hauke. Du bist ein Fuchs. Willst du nicht doch bei uns einsteigen?“ „Was gibt es, Jens?“, antwortete Larsen mit einer Gegenfrage. „Die Spuren an den Schuhen, die du uns zur Untersuchung gegeben hast, passen exakt zu den Spuren, die wir neben der Leiche im großen Loch gefunden haben. Volltreffer, würde ich sagen.“ „Na, also“, meinte Larsen nur und bedankte sich für die schnelle Antwort. „Wo steckt denn Abbo schon wieder?“, dachte Larsen, als der wie aufs Stichwort zur Tür hereinkam. Larsen rümpfte die Nase und fragte mit ernstem Gesicht: „Nissen, hast du schon wieder ein Fischbrötchen gegessen? Der ganze Dienstraum riecht wie eine Hafenrundfahrt.“ Nissen kaute genüsslich: „Hauke, du weißt doch, ein Mann braucht doch Energie. Und Fisch ist gesund. Omega-3.“ „Gesund vielleicht, aber nicht für meine Nase“, erwiderte Larsen. „Und außerdem, hast du dir die Preise für die Dinger mal angeschaut? Bald müssen wir einen Kredit aufnehmen, nur um satt zu werden.“

Nissen grinste und meinte: „Ach Hauke, gute Qualität hat ihren Preis. Aber ehrlich gesagt, bei den letzten hab ich sogar gedacht, die haben die Fische persönlich vom Nordpol eingeflogen.“ „Vom Nordpol?“, fragte Larsen. „Für den Preis kriegst du fast ein U-Boot zur Lieferung dazu.“ „Aber Hauke, denke doch mal an die Konsequenzen, wenn ich das nicht esse! Kein Fisch, keine Energie. Keine Energie, kein Einsatz. Willst du das verantworten?“ „Na gut, Nissen. Aber das nächste Mal kaufst du wenigstens ein Fischbrötchen für mich mit. Damit ich weiß, wofür das Benzingeld draufgeht.“ „Kein Problem, Hauke. Soll ich dir eins mit Hering oder lieber mit Lachs bringen? Oder gleich den ganzen Hafen?“ „Bluum het an fülk stirme“; murmelte Larsen mehr zu sich selbst. „Wie bitte?“, fragte Abbo nach. „Du weißt doch, ich verstehe kein Öömrang“ „Ach ja. Du versprichst mehr, als du halten kannst, habe ich gesagt, jedenfalls sinngemäß“, meinte Larsen, während er aufstand, um sich in der Küche eine Tasse Kaffee zu holen.

Kapitel 49

„Abbo, pass auf“, sagte Larsen, während beide eine Tasse Kaffee tranken. „Jensen hat die Schuhe des Verdächtigen untersucht, die ich ihm gestern geschickt hatte, und herausgefunden, dass sie exakt zu den Spuren passen, die bei dem Toten gefunden wurden.“ „Oh, ha. Das bedeutet also, dass der Student auch hier seine Finger, beziehungsweise seine Füße im Spiel hat“, erwiderte sein Kollege. „Genau. Wir brauchen allerdings sein Geständnis.“ „Warum hast du der Kommissarin nichts gesagt“, wollte Abbo wissen. „Ich weiß auch nicht. Ich dachte, das können wir auch alleine zu Ende bringen“, erwiderte Larsen, dem bei der Sache auch nicht ganz wohl war.

Larsen und sein Kollege gingen mit Hanno noch einmal in das Verhörzimmer. Die Neonlampe warf ein kaltes Licht auf die Gesichter der Anwesenden. Larsen saß ruhig, aber mit einer spürbaren Autorität, während sein Kollege im Hintergrund stand, die Arme verschränkt. Hanno wirkte wie ein Schatten seiner selbst, die Augen rot, die Hände zitterten.

Larsen sagte mit ruhiger Stimme, die jedoch wie ein Skalpell schnitt: „Hanno, ich denke, wir beide wissen, dass hier mehr im Spiel ist als nur ein Streit. Es ging um die Dozentin, nicht wahr?“ Hanno schluckte schwer, vermied aber den Blickkontakt. „Ich ... ich weiß nicht, was Sie meinen.“

Larsen konfrontierte ihn mit einer Behauptung, ohne dafür Beweise zu haben. Das wusste Hanno natürlich nicht. „Sie beide waren in sie verliebt. Das ist offensichtlich. Aber Jori hat Sie manipuliert, hat Ihre Gefühle ausgenutzt, um seine eigenen Ziele zu erreichen.“

Hannos Hände griffen krampfhaft nach dem Rand des Tisches. Die Stille im Raum wurde unerträglich. „Er hat gesagt, sie würde ihn lieben und dass sie ihm Geld geben würde für seine Idee, auf Amrum ein Hotel zu bauen.“
Larsen neigte sich vor, seine Stimme wurde eindringlicher. „Und Sie haben ihm geglaubt? Sie haben geglaubt, dass er Sie nicht einfach benutzt hat, um seine eigenen Pläne voranzutreiben? Sein Hotel, seine Macht, seine Kontrolle?“ Hanno begann zu zittern, Tränen liefen ihm über das Gesicht. „Er hat mich gezwungen, die Leiche von Eira verschwinden zu lassen, sonst würde er mich be-

schuldigen, sie umgebracht zu haben. Das müssen Sie mir glauben.“

„Und weiter?“, fragte Abbo, der bisher nicht in die Befragung eingegriffen hatte. „Ich wollte es nicht tun! Ich wollte nur, dass er aufhört, alles zu zerstören. Aber er hat mich gezwungen ... Er hat gesagt, ich sei schwach, dass ich nichts wert sei, wenn ich ihm nicht helfe. Außerdem würde er behaupten, dass ich Eira umgebracht habe.“ „Und nach dem Kneipenabend? Sie haben ihn zur Rede gestellt, nicht wahr? Erzählen Sie mir, was passiert ist“, sagte Larsen mit scharfem Ton. Hanno vergrub das Gesicht in den Händen, seine Stimme klang gebrochen. „Ich habe ihn gefragt, warum er das tut. Warum er sie zerstören will. Aber er hat nur gelacht, hat gesagt, ich sei genauso schuld wie er. Er hat gesagt, meine Familie hätte verschwiegen, dass sein Vater meinen Großvater nicht getötet hat. Es wurde immer lauter ... Ich konnte nicht mehr ...“ „Hanno, Sie müssen es aussprechen. Was ist passiert?“, wurde Larsen drängender.

Hanno blickte auf, seine Augen voller Verzweiflung. „Ich ... ich habe ihn nicht mehr gehen lassen. Ich habe ihn aufgehalten ... für immer.“ „Ich bin froh, dass du alles erzählt hast, Hanno“, sagte Larsen beinahe flüsternd und packte die Unterlagen zusammen. „Was passiert jetzt mit mir?“, fragte Hanno und schaute ihn mit verzweifelter Miene an. „Das entscheidet das Gericht. Unsere Arbeit ist beendet.“ Das Beweisfoto von der Überwachungskamera aus der Apotheke hatten sie ihm nicht mehr vorlegen müssen. Die Apotheken waren verpflichtet, bei sensiblen Verkäufen wie Schutzausrüstung und Labortechnik die Behörden zu informieren. Auf dem Foto war Hanno deutlich zu erkennen, als er die Ausrüstung kaufte, um Eira zu „beseitigen“. Für Eira Gerlund, die nur Frieden suchte, wurde diese Tat zur endgültigen Tragödie, die alle Beteiligten in ein noch tieferes Chaos stürzte. Abbo brachte Hanno zurück in die Zelle. Anschließend setzte er sich zusammen mit Larsen an den Schreibtisch. Beide sagten nichts.

Am nächsten Morgen wurde Hanno Svensen von einer Streife nach Flensburg überführt. Dort wurde ihm später der Prozess gemacht.

Kapitel 50

Das Büro der Polizeistation war an diesem sonnigen Nachmittag von einem beruhigenden Licht erfüllt. Die Möwen kreischten, und eine leichte Brise wehte durch das offene Fenster. Die letzte Woche war geprägt von einem tragischen Fall, der alle Kräfte und Emotionen der Beamten gefordert hatte. Nun herrschte eine entspannte Stimmung, während sich die beiden Beamten wieder mit Alltagsaufgaben beschäftigten.

Abbo Nissen saß noch am Schreibtisch und blätterte durch den Bericht des letzten Einsatzes. Es war wie ein Ritual, um die Gedanken zu ordnen. Larsen lehnte entspannt an der Kaffeemaschine, die ausnahmsweise mal ohne hektisches Zischen und Klappern bedient werden konnte. Der Geruch von frischem Kaffee durchzog das Büro und mischte sich mit der salzigen Luft, die von der Küste herüberzog.
Ein älterer Herr störte diese Ruhe, als er mit einem breiten Lächeln hereinkam. „Moin! Na, wie gehts? Ich habe hier etwas, das Ihnen vielleicht Arbeit macht – ein Fahrrad! Stand seit gestern Abend an der Bushaltestelle und hat wohl niemanden, der es vermisst.“

Abbo Nissen blickte auf und lächelte: „Herr Petersen, Sie kommen immer mit den spannendsten Fällen. Lassen Sie mich das notieren. Haben Sie ein Foto gemacht?“ „Aber sicher. So etwas mache ich inzwischen immer. Ist ein altes Damenrad, aber top gepflegt. Meine Frau meinte schon, ich hätte die Augen eines Detektivs!“ Abbo schmunzelnd: „Ein Fahrrad-Detektiv? Herr Petersen, wir könnten Sie fast einstellen!“ Larsen kam aus der Küche und meinte halb im Scherz: „Ich weiß nicht, ob das Budget das hergibt. Aber für uns ist das hier fast schon ein erholsamer Fall. Danke für die Meldung!“ „Falls sich niemand meldet, habe ich bald ein neues Rad. Ich bin ein guter Ersatzbesitzer!“, meinte Petersen mit einem Augenzwinkern.

Nach dieser etwas humorvollen Unterhaltung nahm Abbo die Details auf, und ein Telefonat mit der Radwerkstatt brachte Licht ins Dunkel: Das Fahrrad gehörte einer älteren Dame, die schon vermutete, es sei gestohlen. Ihr erfreutes „Dankeschön“ am Telefon ließ die beiden lächeln.

Anschließend lehnte Larsen sich zurück und schaute aus dem Fenster auf das Meer. Er seufzte erleichtert. „Bagatellfälle, Abbo. Die brauche ich jetzt. Nach dem letzten Fall fühlt sich das beinahe wie Therapie an.“ Sein Kollege nickte und lächelte. „Da draußen ist alles so friedlich. Es erinnert uns daran, dass selbst nach schweren Zeiten die Normalität zurückkommt. Und das ist doch auch etwas Schönes.“ „Das hast du aber schön gesagt, Abbo. Klingt wie das Wort zum Feierabend“, meinte Larsen, zog seine Jacke an und wollte sich gerade auf den Heimweg machen, als Abbo meinte: „Hauke, ich hab noch ein Gedicht für dich.“ „Na gut, dann schieß mal los“, meinte Larsen etwas genervt.

„Der Himmel blau, der Winzer auch.
Der Wein war gut, aus einem Schlauch.
Ein edles Tröpfchen wars gewesen,
doch weil zu viel, rumorts im Bauch.
Und so kam, was jeder wusste,
Der Winzer rannte, weil er musste.

Und?". Abbo schaute Larsen erwartungsvoll an. Der sagte nichts und ging zur Tür hinaus. Draußen musste er dann doch lachen und dachte: „Dass er mir jetzt nur nicht übermütig wird und die Branche wechselt."

Kapitel 51

Während der Heimfahrt hing er mal wieder seinen Gedanken nach. Hätte Larsen das alles auch ohne Unterstützung aus Flensburg und Kommissarin Meyerhofer hinbekommen? Da war er sich sicher. Rückblickend war die Zusammenarbeit mit der Kollegin aber doch ganz angenehm. Und Humor hatte sie auch. Das hatte sie des Öfteren bewiesen. Jetzt war Feierabend. Nun wollte er erst einmal abschalten und den Kopf freibekommen. Jetzt, da die Fälle geklärt waren, gingen er und Bente mit Oskar, ihrem Dackel, an ihrem Lieblingsstrand bei Norddorf spazieren, um wieder ein bisschen zur Ruhe zu kommen, wobei nicht ganz geklärt war, wer mit wem spazieren ging. Sie mit Oskar oder er mit ihnen, hier, auf seiner geliebten Insel - Sin Öömrang lun.

POLIZEI

A letjen san ei kimen, am a graten uun eers tu krepen

(Die Kleinen sind nicht gekommen, den Großen in den Hintern zu kriechen)

- Alle Menschen sind gleich viel wert -

Larsen und der Koffer am Fährhafen

Brück din rocht, man saner bocht

(Brauche dein Recht, aber ohne Umwege)

- Gehe aufrecht durchs Leben -

Gewidmet all denen, die an sich und die gute Sache glauben.

Kapitel 1

Die Polizeistation Wyk auf Föhr, Zweigstelle Nebel auf Amrum erhielt einen Anruf von einem vermeintlichen Urlauber, der seinen Koffer am Fährhafen angeblich nicht finden konnte. Es wirkte wie ein klassischer Bagatellfall, etwas Verlorenes, das sich in den meisten Fällen schnell klären ließ.

„Ein verlorener Koffer? Hört sich nicht nach etwas Großem an. Ich übernehme den Fall", meinte Polizeioberkommissar Abbo Nissen. „Kann mir schon denken, warum. So kommst du wieder zu deinem obligatorischen Fischbrötchen. Stimmt`s?", rief Polizeihauptkommissar Hauke Larsen ihm noch hinterher. „Klar, Chef", erwiderte Abbo Nissen und ging zu seinem Auto.

Am Fährhafen angekommen, sah Nissen den Koffer dort unweit des Aufgangs zur Fähre stehen. „Merkwürdig", dachte er noch. Denn der Koffer war ziemlich auffällig platziert, eigentlich nicht zu übersehen, allerdings nicht sonderlich groß. Abbo Nissen nahm den Koffer hoch, legte ihn auf die Motorhaube und sah ihn sich genauer an. Nachdem er den Koffer vorsichtig geöffnet hatte, entdeckte er darin nicht etwa Kleidung und Urlaubsutensilien, sondern ein Bündel an Bargeld und einige Unterlagen. „Hauke, ich glaube, ich brauche Unterstützung. Der vermisste Koffer enthält verdächtige Gegenstände, Papiere und eine größere Menge Bargeld. Könnte ein Fall von Dokumentenfälschung oder Geldwäsche sein", gab Abbo Nissen seinem Kollegen über Funk durch. „Ich bin unterwegs. Sicherstellen, dass niemand den Koffer berührt." „Ich pass auf", erwiderte Nissen und ärgerte sich in dem Moment, dass er so unvorsichtig war und den Koffer

NISSEN
POLIZEI

einfach so geöffnet hatte. Und das auch noch ohne Handschuhe. Außerdem hätte sich in dem Koffer weitaus Gefährlicheres befinden können. Neugierig geworden, blätterte er die Unterlagen durch, während er auf Larsen wartete. Immer wieder tauchte darin der Name seines Kollegen auf. „Wie kommt ein Koffer mit Papieren und Geld hierher, der offensichtlich etwas mit Larsen zu tun hatte?“, dachte Nissen.

Es dauerte nicht lange und Larsen erreichte den Fährhafen. Abbo Nissen schloss den Koffer schnell wieder und stellte ihn neben sich ab. Er wirkte nachdenklich, als Larsen vorsichtig auf seinen Kollegen zuging. „Da du noch lebst, gehe ich davon aus, dass es keine Kofferbombe ist“, meinte Larsen und lud den Koffer in den Kofferraum, um ihn mit zur Wache zu nehmen. Nissen sagte nichts, hatte den Blick von Larsen aber verstanden.

Kapitel 2

Zwei Wochen zuvor stand Minister Doggerland am Kamin im luxuriösen Wohnzimmer seines Hauses, ein Glas Rotwein in der Hand. Seine Frau Tanja saß auf einem eleganten Sessel, ihre Haltung entspannt, aber distanziert. Nils Doggerland drehte sich zu ihr um, seine Augen leuchteten. „Ich versuche, zuerst die Presse auf unsere Seite zu ziehen. Die Artikel über die wirtschaftlichen Chancen für die Insel werden überall erscheinen. Und die Mitglieder der Initiative? Die bringe ich auch noch zum Wanken.“

Seine Frau hob eine Augenbraue und nahm einen Schluck Champagner „Nett.“ Doggerland runzelte die Stirn, seine Stimme wurde fester. „Nett? Das ist mehr als nett. Ich werde die öffentliche Meinung drehen, die Opposition schwächen. Du wirst sehen.“ Seine Frau stellte ihr Glas ab, ihre Stimme kühl: „Wir sind noch lange nicht am Ziel. Ein paar wankende Idealisten und ein paar Schlagzeilen reichen nicht. Ich will Ergebnisse. Du hast außerdem immer gesagt, du willst etwas bewirken. Nun, hier ist deine Chance. Amrum wird unser Vermächtnis.“ Doggerland schaute sie an, seine Stimme leise: „Unser? Oder deins?“

Seine Frau lachte leise, fast spöttisch. „Oh, Liebling. Deine Karriere, dein Name, dein Einfluss. Sie sind nur so wertvoll, wie ich sie mache. Ohne mich wärst du immer noch ein kleiner Lokalpolitiker, der um Aufmerksamkeit bettelt.“ Der Minister atmete tief ein, seine Begeisterung schwand. „Ich arbeite daran. Aber das braucht Zeit. Die Leute hängen an Amrum. Sie glauben an Ruhe, Natur, Tradition. Das wird nicht einfach.“ Seine Frau lächelte schmal. „Die Leute hängen an Illusionen. Und was tun wir mit Illusionen? Wir ersetzen sie durch eine bessere. Eine, bei der sie sich wohlfühlen und vergessen, dass sie jemals etwas anderes wollten.“

Tanja Doggerland lehnte sich vor, ihre Augen fixierten ihn. „Zeit ist ein Luxus, den wir uns nicht leisten können. Du hast angefangen, jetzt bring es zu Ende. Ich will keine Ausreden, ich will Amrum.“ Ein Moment der Stille. Sie lachte leise, stellte das Glas auf den Tisch. „Du hast schon größere Probleme aus dem Weg geräumt. Ein paar Zweifler, ein paar Idealisten, sie brauchen nur die richtige ... Überzeugung.“ Doggerland sah sie an, seine Stirn leicht gerunzelt. „Ich muss mit den richtigen Leuten sprechen. Und es darf keine offenen Spuren geben. Ich habe da schon ein paar Ideen.“

Die Frau des Ministers stand auf und ging langsam zu

ihm. „Gut so. Aber dafür bist du schließlich da. Wir machen Amrum groß, Sylt war gestern.“ Der Politiker sah sie an, dann nickte er langsam. Sie setzte sich wieder und lehnte sich zurück, ein zufriedenes Lächeln auf den Lippen.

Kapitel 3

Gleich am nächsten Abend traf sich Minister Doggerland in einem exklusiven Medienklub in Hamburg mit dem Chefredakteur einer großen Zeitung. Er wollte zügig seine Pläne in Angriff nehmen, um seiner Frau zu beweisen, dass er nicht nur Sprüche klopfen konnte, wie sie gerne sagte, sondern sie auch tatsächlich umsetzte. In einer Atmosphäre der Vertraulichkeit saßen die beiden zusammen. Nils Doggerland nippte an seinem Whiskey, ein zufriedenes Lächeln auf den Lippen und sagte dann: „Die öffentliche Meinung ist ... formbar. Menschen lesen, glauben, vergessen. Ich denke, Sie wissen das besser als jeder andere.“ Chefredakteur Lugner lehnte sich zurück, musterte ihn abwägend. „Mein Blatt berichtet, was relevant ist. Die Leute wollen die Wahrheit.“

Doggerland schmunzelte und legte eine Mappe auf den Tisch. „Wahrheit ist eine Frage der Perspektive. Was, wenn Amrum keine romantische Insel ist, sondern eine Region im Niedergang? Was, wenn wir der Zukunft eine Chance geben und die Gegner nur Fortschrittsverweigerer sind?“ Lugner klopfte nachdenklich auf die Mappe. „Also PR in journalistischem Gewand?“ Doggerland hob eine Braue. „PR? Nein. Wir liefern Fakten, Expertenmeinungen, Statistiken über wirtschaftliche Chancen. Sie müssen sie nur geschickt verpacken. Eine Serie über `Zukunftsperspektiven für Nordseeinseln´ vielleicht? Ein

Hintergrundbericht über das wirtschaftliche Potenzial?“

Lugner nickte langsam. „Solche Themen kommen gut an. Aber was ist mit der Gegenbewegung? Die Bürgerinitiative, wie heißt sie noch gleich, ist laut.“ Minister Doggerland winkte gelassen ab. „Sie meinen ILA. Initiative für ein lebenswertes Amrum, soll das, glaube ich, heißen. Laut, ja, aber unorganisiert. Sobald die öffentliche Meinung kippt, werden sie als nostalgische Träumer dastehen. Niemand kämpft gern gegen den Wind.“ Chefredakteur Lugner überlegte, dann musterte er den Minister genau. „Und wenn wir nicht mitspielen?“ Das Lächeln Doggerlands verblasste augenblicklich. „Dann finden andere die passenden Schlagzeilen. Neue Werbepartner, neue Investoren, eine Redaktion, die sich fragt, ob sie sich eine harte Position leisten kann.“ Ein Moment der Stille. Der Chefredakteur nahm die Mappe, blätterte langsam durch die Dokumente. Der Politiker lehnte sich zurück. Er wusste, dass die richtigen Worte oft mächtiger waren als Geld.

Kapitel 4

Nils Doggerland wuchs in einer kleinen Gemeinde auf, in der Zusammenhalt und Ehrlichkeit die Grundlagen des Lebens bildeten. Schon in jungen Jahren entwickelte er ein tiefes Verantwortungsgefühl für seine Mitmenschen und erkannte, dass wahre Größe oft in der Demut begründet lag. Bereits als Jugendlicher engagierte sich Nils in lokalen Initiativen und lernte, wie man sich für das Gemeinwohl starkmacht. Sein Gefühl für Gerechtigkeit brachte ihn unweigerlich in die Welt der Politik, in der er sich schon früh als authentisch und verlässlich erwies.

Alles änderte sich, als Nils eine Frau kennenlernte, die ihn bald unwiderruflich prägen sollte. Von altem Adel und gehobener Erziehung stammend, verkörperte sie eine Welt des Luxus und unermesslichen Ehrgeizes. Mit scharfem Blick und unermüdlicher Forderung nach mehr stellte sie kontinuierlich infrage, ob Nils genügend leistete. Ihre stete Kritik und der unablässige Drang, über das Erreichte hinauszugehen, ließen ihn an sich und seinen Möglichkeiten zweifeln – und zugleich nach Höherem streben. In vielen Augenblicken wurde er zum Sündenbock, denn für ihre Misserfolge übernahm er gerne die Schuld, obwohl sie oft die wahren Entscheidungen traf. Diese Ambivalenz zwischen persönlicher Zuneigung und unermüdlichem Druck sollte seinen weiteren Lebensweg entscheidend prägen.

Durch den beharrlichen Einfluss und die ständige Antriebskraft seiner Frau fand Nils den Mut, größere politische Verantwortung zu übernehmen. Als Bürgermeister einer Kleinstadt bewies er, dass sein Herz für die Bürger schlug – und dass Güte und Integrität ihn auch in elitären Kreisen durchscheinen ließen. Doch während er unter seinem authentischen Auftreten Anerkennung erntete, blieb der andauernde innere Konflikt bestehen: der Wunsch, seiner Frau zu gefallen und zugleich den Ansprüchen des Gewissens gerecht zu werden.

Nils Doggerlands politischer Aufstieg erreichte seinen Höhepunkt, als er zum Minister in der Regierung von Schleswig-Holstein ernannt wurde. Diese Position brachte ihm nationalen Respekt ein, aber auch den Preis, ständig in ein Spannungsfeld zwischen moralischem Anspruch und den unerbittlichen Forderungen seiner Ehe zu geraten. Trotz des Erfolgs blieb er stets der Mann, der aus einfachen Verhältnissen kam und in unzähligen Momenten an der Last der Schuld litt, die ihm zugeschrieben wurde – allein wegen des unnachgiebigen Ehrgeizes seiner Frau.

Gemeinsam mit seiner Frau lebte Nils Doggerland mittlerweile in Kiel. Die maritime Stadt spiegelte den Kontrast zwischen Tradition und modernem Fortschritt wider – ein Spiegelbild seines eigenen Lebens. Während Nils weiterhin als verlässlicher und gutherziger Minister agierte, begleitete ihn tagtäglich die Ambivalenz zwischen Liebe und Schuld, zwischen öffentlicher Anerkennung und privatem Schmerz. Sein Lebenslauf erzählte eindrucksvoll von einem Mann, der sich durch den ständigen Druck und die hohen Erwartungen emporarbeitete, dabei aber immer wieder den Preis zahlte, den manches Mal nur wenige verstehen konnten.

Kapitel 5

Nachdem Larsen den geheimnisvollen Koffer vom Fährhafen von Amrum zur Polizeistation gebracht hatte, legte er ihn auf seinen Schreibtisch, dann zog er sicherheitshalber Einmalhandschuhe an, die er aus der Schublade kramte. Er öffnete den Koffer vorsichtig und sah sich den Inhalt genauer an. Zunächst zählte er grob das Geld, das zu einem Bündel zusammengebunden war. Schätzungsweise 1000 Euro mögen das wohl gewesen sein. Anschließend blätterte Larsen in den Unterlagen. Plötzlich fiel ihm sein Name auf. Er blätterte weiter und fand seinen Namen immer wieder. Auf einem Blatt stieß er auf eine Notiz, dass das Geld offensichtlich für ihn bestimmt war.

Alles, die Dokumente im Koffer, die Unterlagen und sogar gewisse Fingerabdrücke schienen sich gegen ihn zu richten und darauf hinzudeuten, dass er etwas mit einer augenscheinlich krummen Sache zu tun haben könnte. Doch Larsen wusste tief in seinem Innern, dass er nichts mit irgendeinem Verbrechen zu tun hatte. Dennoch hatten sich der Fund und seine „Beweise“ gegen Larsen schnell unter den Kollegen herumgesprochen.

In den ersten Tagen der Ermittlungen hatte Larsen das Gefühl, dass seine Kollegen ihn skeptisch anblickten. Vielleicht bildete er sich das aber auch nur ein. Vor lauter belastenden Hinweisen schien es, als würde jemand versuchen, Larsen in einen Strudel aus Schuld und Verbrechen hineinzuziehen. Selbst langjährige Freunde und Kollegen konnten kaum glauben, dass der stets gewissenhafte Polizeihauptkommissar in einen solch perfiden Fall von Geldwäsche oder Ähnlichem verstrickt sein könnte.

Während die Ermittlungen voranschritten, wuchs jedoch der Druck auf Larsen. Mit zäher Entschlossenheit begann er, sich durch eigene Recherchen den Hintergründen der Indizien zu widmen. Doch die Beweislage war so konstruiert, dass sie kaum Raum für Zweifel ließ. Auf dem Papier schien alles gegen ihn zu sprechen. Seine Kollegen, die durch die Fülle vermeintlicher Beweise verunsichert waren, blieben skeptisch und der öffentliche Druck ließ ihn an fast jedem Schritt zweifeln.

In einem stillen Moment kehrte Larsen in seine Erinnerungen zurück. Er erinnerte sich an einen anonymen Hinweis, der ihm damals den kalten Hauch der Rache ins Gesicht wehen ließ. Der Täter hatte seinerzeit nicht nur seine Spuren verwischt, sondern auch bewusst Elemente platziert, die ihn persönlich diskreditieren sollten. Eine alte Akte, in der ein falsch interpretierter Fingerabdruck dokumentiert wurde, erinnerte ihn daran, dass dieser Fehler kein Zufall war. Er war Teil eines perfiden Plans, ihn unschuldig als Sündenbock dastehen zu lassen.

Zerrissen zwischen dem Versuch, seine Unschuld zu beweisen, und dem Gefühl, dass niemand ihm glauben würde, sank Larsen tiefer in die Isolation. Jeder verdächtige Blick seiner Kollegen und jedes Geflüster auf dem Flur der Polizeistation vertieften den Konflikt. Er wusste, dass der Schlüssel zur Wahrheit in den Details lag. Dabei wuchs in ihm der Entschluss, den oder die Täter, die ihn in dieses Netz der Intrigen gesponnen hatten, um jeden Preis zu entlarven. Doch die Suche nach der Wahrheit gestaltete sich als eine schmerzhafte Erfahrung zwischen persönlicher Erinnerung und gegenwärtigem Druck.

Kapitel 6

Einige Tage vor dem ominösen Fund des Koffers am Fährhafen, Larsen saß gerade in seinem Büro, fiel ihm ein Brief in einem Umschlag mit dem Logo einer bekannten Immobilienfirma in die Hände. Der lag plötzlich auf seinem Schreibtisch. Jemand musste ihn in einem unbeobachteten Moment dorthin gelegt haben. Beim ersten Überfliegen des Textes ergriff ihn der kalte Schock. Es ging um den Bau eines Golfplatzes mit einem Hotel mitten in der unberührten Landschaft Amrums. Doch je länger er las, desto mehr offenbarte sich die fatale Verstrickung.

Neben den Plänen für den luxuriösen Rückzugsort enthüllte das Dokument, dass die Firma offiziell einem Konsortium gehörte, in dem die Frau eines hochkarätigen Politikers der Landesregierung nicht nur symbolisch, sondern aktiv eingebunden war. Diese Verquickung von wirtschaftlichen Interessen und politischen Beziehungen ließ keinen Zweifel daran, dass hinter dem Vorhaben mehr steckte als rein monetäre Gewinne. Am Ende des Briefes

Koffer
HAUPTKOMMISSAR
LARSEN

fand sich noch ein Hinweis darauf, dass Larsen demnächst noch eine monetäre Zuwendung erhalten würde.

Kapitel 7

Larsen bat die Mitglieder der Initiative für ein lebenswertes Amrum, die sich selbst kurz ILA nannte, spontan zu einem Treffen und bereits am selben Abend versammelten sie sich in ihrem üblichen Saal. Die Mitglieder, die sich seit jeher leidenschaftlich für den Erhalt der Natur Amrums einsetzten, warteten gespannt darauf, was Larsen ihnen zu sagen hatte.

Polizeihauptkommissar Larsen betrat mit entschlossenem Schritt den Raum. Zu dem Zeitpunkt ahnte er noch nicht, welche Dimensionen das Ganze annehmen würde. Obwohl Larsen kein offizielles Mitglied der Gruppe war, verstummten die Gespräche, als er seinen Platz eingenommen hatte. „Ich bin vielleicht nicht Teil dieser Initiative“, begann er mit seiner ruhigen, aber durchdringenden Stimme, „aber ich bin jemand, der diese Insel liebt wie ihr. Ich bin hier geboren, hier aufgewachsen. Ich kenne jede Düne, jeden Strand, jeden Wind, der durch die Seegrasfelder weht. Und ich weiß, was auf dem Spiel steht.“

Ein Raunen ging durch den Raum. Seine Worte fanden Gehör, nicht nur wegen seiner Position, sondern wegen der Leidenschaft, die in ihnen lag. Er sprach von der Schönheit der Natur, von den Vögeln, die hier nisteten, und den Wellen, die die Küsten umspülten. Er zögerte einen Moment, dann zog er den Brief aus der Tasche, den er Stunden zuvor auf seinem Schreibtisch gefunden hatte. Auch ein Plan war auf der Rückseite zu sehen, auf dem ein Golfplatz und ein Hotel eingezeichnet waren. „Es scheint so, dass ein Konsortium hier auf der Insel ein großes Hotel mit angrenzendem Golfplatz errichten will. So steht es jedenfalls in diesem Brief", sagte Larsen und schaute dabei in die Runde. Ein Raunen ging durch die Reihen der Mitglieder der Initiative.

Mit ruhiger, aber eindringlicher Stimme erläuterte er die Hintergründe: „Das Konsortium plant wie gesagt, hier auf unserer Insel einen Golfplatz und ein riesiges Luxushotel zu bauen. Dies ist aber nicht einfach ein Bauprojekt. Hinter dem Vorhaben steckt vermutlich die Frau eines Politikers, der in der Landesregierung wichtige Entscheidungen trifft. Das zeigt mir, wie tief die Verstrickungen reichen."

Ein kollektives Murmeln der Entrüstung und Besorgnis ging durch den Raum. Eine Frau, die schon seit Jahren in der Initiative engagiert war und schon viele solcher Intrigen miterlebt hatte, erhob ihre Stimme: „Wenn man über solche Verbindungen nachdenkt, wird einem schnell klar: Es geht hier nicht nur um einen Golfplatz, es geht um unsere gesamte Heimat. Wir dürfen nicht zulassen, dass politische Machtspielchen unsere schöne Natur zerstören."

Larsen nickte zustimmend. Er wusste, dass er als gebürtiger Amrumer eine besondere Verantwortung trug. „Ich bin zwar kein offizielles Mitglied dieser Initiative, aber meine Wurzeln liegen hier. Ich werde alles daransetzen, den öffentlichen Diskurs in Gang zu bringen und diese Machenschaften aufzudecken. Es kann nicht sein, dass solche Projekte fast ungesehen über unsere Insel hinweggezerrt werden."

„Das ist nicht die Insel, auf der ich leben möchte. Das ist nicht die Zukunft, die ich mir für uns und unsere Insel vorstelle“, fuhr er fort. Seine Augen wanderten abermals durch den Raum. „Es liegt in unserer Verantwortung, Amrum zu bewahren. Nicht nur für uns, sondern für die kommenden Generationen. Ich werde tun, was ich kann und ich hoffe, dass jeder hier bereit ist, dasselbe zu tun.“

Ein leiser Applaus begann und wurde schnell lauter. Die Menschen nickten, ermutigt durch die Entschlossenheit in Larsens Worten. „Auf keinen Fall lassen wir das zu“, riefen sie jetzt und man spürte die Aufregung unter den Mitgliedern. Larsen hatte kein offizielles Mandat, keine Mitgliedschaft, doch sein Wort hatte Gewicht, weil es von Herzen kam. Das wussten alle hier.

Die Gespräche wurden hitziger. Pläne wurden geschmiedet, wie man dieses Bauvorhaben verhindern und gleichzeitig die Beziehungen zu Medien und engagierten Bürgern stärken könnte. Zu diesem Zeitpunkt hatten die Mitglieder der Initiative noch nicht davon erfahren, dass Larsen angeblich in die Sache verstrickt sein sollte. Das behielt er erst einmal für sich.

Kapitel 8

Es gab keine zufälligen Fundstücke. Larsen ging die Beweise noch einmal akribisch durch. Der Koffer war nicht einfach irgendwo vergessen worden, sondern absichtlich platziert. So viel schien klar. An einem Ort, der strategisch gewählt war, um maximale Wirkung zu entfalten. Die Überwachungsvideos vom Fährhafen zeigten, dass der Koffer in den späten Stunden von einer Gestalt in einem unauffälligen Mantel abgestellt wurde. Niemand hatte die Person bemerkt, die zielstrebig im halbdunklen Hafenmilieu den Koffer genau jenem Punkt positionierte, was nahelegte, dass jemand mit Kenntnissen über die Abläufe innerhalb der Hafenlogistik diesen Coup ausgeheckt hatte.

Im Koffer fanden sich nicht nur Hinweise auf Korruption und unklare Geldflüsse, sondern auch Dokumente, die eine Verbindung zwischen hohen politischen Kreisen und dubiosen Bauprojekten aufzeigten, in die auch Larsen verstrickt sein sollte. Diese Beweise hätten, richtig interpretiert, allerdings den wahren Drahtzieher eines politischen Machtmissbrauchs bloßgelegt – einen Skandal, der die gesamte Regierung zu erschüttern drohte. Doch jemand hatte sie so manipuliert, dass sie gleichzeitig als Köder dienten: Während die Ermittlungen in Gang gesetzt wurden, isolierte man zugleich Larsens Bild in der Öffentlichkeit als perfekten Sündenbock.

Mit jeder Seite der Unterlagen im Koffer wuchs in Larsen der Verdacht, dass die Absicht der Platzierung gerade darin lag, ihn zu diskreditieren. Es war ein raffiniertes Intrigenspiel: Der absichtliche Fundort, die zeitliche Planung und die kunstvoll gefälschten Belege zeigten, dass jemand, möglicherweise ein hochrangiger Insider, nicht nur seinen eigenen Aufstieg vorantrieb, sondern auch bereit war, alles zu opfern, um politische Skandale im Verborgenen zu halten.

Diese Entdeckung veränderte für Larsen alles. Er wusste nun, dass es nicht ausschließlich um seinen Namen ging, sondern um ein viel größeres Netz an Machtspielen und Korruption. Er sollte nicht nur mundtot gemacht werden. Jemand versuchte ihn mit üblen Machenschaften gegen ihn aus dem Weg zu räumen und den Weg für das Bauvorhaben zu ebnen. Sein Ziel verschmolz mit dem dringenden Bedürfnis, sowohl seine Unschuld zu beweisen als auch die Machenschaften im System offen zu legen.

Wie sollte er inmitten dieses perfiden Spiels bestehen, in dem jeder Beweis doppeldeutig war und der Feind jederzeit, vielleicht sogar aus den eigenen Reihen, zuschlagen konnte?

Kapitel 9

Am frühen Morgen, noch bevor der Tag an Grau und Regenschauer auf Amrum dachte, versammelten sich Larsen, Nissen und einige weitere Kollegen in einem spärlich beleuchteten Besprechungsraum der Polizeistation. Der Tisch, übersät mit Beweisfotos, aktenartigen Auszügen und verschwommenen Fingerabdruckbildern, schien förmlich zu beben vor angespannten Blicken und unausgesprochenen Vorwürfen.

Abbo Nissen, mittlerweile nicht mehr nur Kollege, sondern ein Freund, ergriff das Wort. „Hauke, die Beweislage legt nahe, dass du in den Fall hineingezogen wurdest. Wir müssen sicherstellen, dass hier keine Unstimmigkeiten übersehen werden." Larsen spürte, wie jeder Blick im Raum die Vorstellung seiner Unschuld zugleich unterminierte und herausforderte. Seine Stimme, ruhig aber von innerer Anspannung geprägt, erwiderte: „Ich war niemals in die Sache verwickelt – irgendetwas hier passt nicht zusammen. Ich fordere alle auf, jeden Hinweis noch einmal kritisch zu prüfen."

Ein leises Murmeln ging durch den Raum. Einige Kollegen schenkten ihm mit deutlicher Skepsis ihre Blicke, während Abbo Nissen, stets an seiner Seite, ihn mit fester Stimme verteidigte: „Larsen hat immer mit Integrität gehandelt. Vielleicht, was heißt vielleicht? Mit Sicherheit sind diese Beweise manipuliert worden ... oder jemand spielt ein doppeltes Spiel."

Nach dem Treffen zog sich Larsen in sein kleines Büro zurück. Dort schlossen sich ihm vertraute Schatten der Vergangenheit an – Erinnerungen, die in Rückblenden auftauchten und ihn immer wieder an längst überstandene Konflikte erinnerten. Er dachte an jenen Vorfall vor Jahren, als er beinahe für einen Fall verantwortlich gemacht wurde, der in Wirklichkeit jemand anderem zugeschrieben worden war. Diese Erinnerung schürte in ihm den festen Entschluss, den Fehler hinter der aktuellen Intrige gegen ihn aufzudecken.

In einem kurzen Gespräch mit Abbo Nissen, dessen ernster Blick mehr sagte als Worte, offenbarte Larsen, was ihm in jenen dunklen Stunden durch den Kopf gegangen war: „Weißt du, manchmal glaube ich, dass jemand absichtlich alle Puzzleteile durcheinanderwirft. Ich habe das Gefühl, als würde ich gegen einen Spiegel kämpfen – gegen jemanden, der all meine Fehler kennt."

Das fahle Licht der Schreibtischlampe warf lange Schatten. Polizeihauptkommissar Larsens Stirn glänzte vor Anspannung. Abbo Nissen saß ihm gegenüber, die Arme verschränkt, seine Augen prüfend. „Abbo, du kennst mich. Ich habe Fehler gemacht, ja, aber so was … das hier ist eine gezielte Intrige. Jemand will mich raus drängen, mich fertigmachen." Sein Kollege schwieg. „Die Akten wurden manipuliert. Beweise, die es nie gab, tauchen auf. Und die Presse? Die stürzt sich drauf, als hätten sie darauf gewartet."

Abbo Nissen nickte langsam. „Wer steckt dahinter? „Das ist die Frage. Aber ich brauche jemanden, der mir glaubt. Jemanden, der mir hilft, bevor es zu spät ist. Nissen lehnte sich vor. „Hauke, ich kenne dich lange genug, um zu wissen, dass du keine Märchen erzählst. Ich werde dir selbstverständlich beim Nachforschen helfen. „Danke, Abbo. Ohne dich… hätte ich keine Chance.“

Sein Kollege legte ihm seine Hand auf die Schulter: „Wir stehen zusammen, egal wie dicht der Nebel ist. Ich weiß, dass du unschuldig bist, und ich werde nicht zulassen, dass dieser Fall dich zerstört.“ Trotz dieses persönlichen Rückhalts blieb die Atmosphäre im Team angespannt. Kollegen tauschten Blicke, die von Misstrauen und harter Professionalität geprägt waren. Einige erinnerten sich an alte Fälle, in denen selbst die gewissenhaftesten Polizisten in den Sog der Intrigen gerieten. Die Zweifel, ob Larsen vielleicht selbst Opfer eines perfiden Spiels geworden war oder ob das Netz aus Manipulationen seine Schuld unweigerlich manifestierte, wuchsen tagtäglich weiter.

Dennoch entstand in dieser belasteten Situation auch ein unausgesprochenes Band zwischen denjenigen, die an Fairness und an die Wahrheit glaubten. Es waren diese kleinen Gesten – ein stützender Blick aus der hintersten Ecke des Raumes oder ein skeptisch bewundernder Kommentar seines langjährigen Kollegen und Freundes Abbo Nissen –, die den Anschein erweckten, dass trotz aller Zweifel noch Raum für Gerechtigkeit blieb. Larsen wusste, dass er sich nun nicht nur gegen einen unbekannten Gegner, sondern auch gegen ein System behaupten musste, in dem Ängste und Vorurteile reproduziert wurden.

Kapitel 10

Die Tage vergingen, und Polizeihauptkommissar Larsen war zunehmend auch in die Aktivitäten der Initiative für ein lebenswertes Amrum eingebunden. Er half, Proteste zu organisieren, stellte Kontakte zu Journalisten her und nutzte seine lokale Bekanntheit, um die Aufmerksamkeit auf die geplanten Bauprojekte zu lenken. Doch je mehr er sich engagierte, desto stärker spürte er den Druck von außen.

Eines Nachmittags erhielt er einen anonymen Anruf. Die Stimme am anderen Ende war kühl und präzise. „Herr Larsen, Sie sollten sich überlegen, ob es klug ist, sich so offen gegen das Konsortium zu stellen. Manche Dinge sind größer als Sie – und als diese Insel." Der Anrufer legte auf, bevor Larsen antworten konnte. Er saß eine Weile still da, die Worte hallten in seinem Kopf wider. Es schien klar, dass der Politiker, dessen Frau Teil des Konsortiums war, begonnen hatte, ihn ins Visier zu nehmen.

Die Drohungen blieben schließlich nicht nur verbal. Eines Morgens fand Larsen sein Auto mit zerstochenen Reifen vor. Ein anderer Vorfall ließ ihn aufhorchen, als ein Kollege ihn warnte, dass seine berufliche Integrität infrage gestellt würde. Gerüchte über angebliche Verfehlungen machten die Runde. Doch Larsen ließ sich nicht einschüchtern. Er wusste, dass die Wahrheit auf seiner Seite war und dass die Insel ihn brauchte.

Bei der nächsten Versammlung der Initiative sprach er offen über die Drohungen und die Beschuldigungen gegen ihn. „Es ist offensichtlich, dass wir nicht nur gegen ein Bauprojekt kämpfen, sondern gegen ein Netzwerk von Macht und Einfluss. Aber ich werde nicht zurückweichen. Diese Insel ist es wert, für sie zu kämpfen. Und ich weiß, dass ich nicht allein bin." Larsen war sich sicher, dass der Weg vor ihnen steinig sein würde, doch er fühlte sich gestärkt durch die Solidarität der Menschen, die genauso für Amrum brannten wie er.

Kapitel 11

Die Drohungen gegen Polizeihauptkommissar Larsen wurden nicht nur zahlreicher, sondern auch direkter. Eines Abends, als er auf einem Steg durch die menschenleeren Dünen wanderte, um seine Gedanken zu ordnen, bemerkte er, dass er nicht allein war. Ein Schatten huschte durch das Gras. Ehe er reagieren konnte, hörte er eine Stimme hinter sich: „Manchmal ist es besser, die Dinge einfach laufen zu lassen, Larsen."

Er drehte sich um, doch der Mann war bereits im Dunkel verschwunden. Zurück blieb ein dumpfes Gefühl in seiner Brust – eine Vorahnung, dass die Situation bald eskalieren würde. Als er später sein Büro betrat, lag eine Karte der Insel auf seinem Schreibtisch, mit einem roten Kreuz genau dort, wo das Konsortium den Golfplatz bauen wollte. Darunter stand eine Nachricht in großen Buchstaben: „Halte dich zurück, oder du verlierst alles, was dir lieb ist."

Larsen nahm die Drohung ernst, doch er wusste, dass er nicht zurückweichen durfte. Währenddessen spitzte sich auch die Lage in der Initiative zu. Es kamen Informationen ans Licht, die bewiesen, dass der Politiker der Landesregierung nicht nur von den Plänen des Konsortiums wusste, sondern sie aktiv unterstützte, vermutlich, um sich selbst und seiner Frau Zugang zu lukrativen Geschäften zu sichern.

Ein Funke des Widerstands entzündete sich. Die Mitglieder der Initiative waren entschlossener denn je. Doch Larsen spürte tief in seinem Inneren, dass der wahre Kampf erst noch bevorstand und dass die Schatten, die über Amrum lagen, dunkler waren, als er je vermutet hätte.

Kapitel 12

Die Situation spitzte sich weiter zu, als in den folgenden Tagen brisante Details ans Licht kamen. Recherchen von engagierten Journalisten zeigten, dass die Frau des Politikers, vermutlich eine zentrale Figur hinter dem Konsortium, in einem geheimen Treffen mit einem bekannten Bauunternehmer zu sehen war. Auf dem Video festgehalten, tauschte sie in verschwörerischem Ton Geldscheine gegen Baupläne aus, während im Hintergrund Diskussionen über Infrastrukturprojekte und undurchsichtige Finanztransaktionen zu hören waren.

Die Enthüllung machte deutlich, dass sie aktiv ihre eigenen Interessen verfolgte. Diese Nachricht brachte nicht nur die Initiative ins Wanken, sondern bedrohte auch Larsens ohnehin zarte Bündnisse, denn Unklarheit über mögliche Insiderkämpfe ließ jeden verdächtig erscheinen. Inmitten dieser Unruhen wurde immer deutlicher: Es galt, nicht nur den Golfplatzbau zu stoppen, sondern auch die Korruption auf politischer Ebene aufzudecken. Larsen, innerlich zerrissen zwischen seinem tiefen Glauben an Amrums Natur und der drohenden Gefahr durch mächtige Interessen, fand sich in einem Netz aus Intrigen und Isolation wieder. Während er versuchte, digitale Spuren zu sichern, bemerkte er, wie jemand systematisch Daten verfälschte – als wolle man die Beweise für die dunklen Machenschaften auslöschen.

Die ersten Tage nach der nächtlichen Begegnung waren von einem erbarmungslosen Mediensturm und internen Untersuchungen geprägt. Mehrere investigative Journalisten stürzten sich in die Berichterstattung – Schlagzeilen warfen Larsens Namen in den Schmutz, während immer wieder angedeutet wurde, dass sein angeblicher „Kaufpreis“ der Schlüssel zu einer geheimen Unterstützung des umstrittenen Golfplatzprojekts auf Amrum sei.

Diese Nachricht hatte nicht nur das öffentliche Bild eines gewissermaßen untadeligen Kommissars beschädigt, sondern erzeugte auch Misstrauen in den Reihen der Polizei und der Initiative. Einige Kollegen begannen, Larsens Loyalität zu hinterfragen, während andere, von kollektiven Narben einer Politik der Manipulation gezeichnet, sich unterstützend zeigten und leise ihre Zweifel äußerten.

Die Folgen für Larsen waren ebenso schwerwiegend wie vielschichtig. Innerhalb kürzester Zeit drohten nicht nur karrierepolitische Konsequenzen, wie die Einleitung einer internen Untersuchung und die potenzielle Suspendierung, sondern auch einschneidende persönliche Belastungen. Der Ruf eines Mannes, der stets als unerschütterlicher Hüter des Rechts galt, war plötzlich in den Ruin getrieben. Familie und Freunde standen vor der Frage, wie viel Wahrheit in den Gerüchten steckte. Der Druck war enorm: Jeder falsche Schritt könnte der Beginn eines echten juristischen Drahtseilakts werden, in dem Larsen zwischen Pflicht und persönlicher Ehre gefangen blieb.

Unterdessen schürte der Fall hitzige Diskussionen in den höheren politischen Kreisen. Einige sahen in der Inszenierung ein Mittel, um mächtige Institutionen in Misskredit zu bringen, während andere – in einem verzweifelten Versuch, das Vertrauen in die Justiz wiederherzustellen – auf schnelle und umfassende Reformen drängten. Unabhängige Untersuchungen wurden angestoßen, und erste interne Gutachten deuteten darauf hin, dass der Vorfall einen weitverzweigten Verschwörungsmechanismus aufzeigte, in dem nicht nur einzelne Akteure, sondern ganze Netzwerke aus Wirtschaft und Politik involviert waren.

Diese Entwicklungen stellten nicht nur Larsen, sondern das gesamte politische Gefüge vor fundamentale Fragen: Wie konnte in einem System, in dem sich Macht und wirtschaftliche Interessen gegenseitig bedingten, noch objektive Gerechtigkeit siegen?

Kapitel 13

Die Veränderungen in Larsens Leben waren tiefgreifend und allumfassend – weit mehr als nur der Verlust eines beruflichen Rufs. Was einst ein geordnetes Dasein an der Front der Rechtspflege war, verwandelte sich nun in einen täglichen Balanceakt zwischen öffentlicher Misstrauensflut, politischen Intrigen und einem schmerzlichen Zerfall der persönlichen Bindungen.

Im privaten Umfeld hingegen löste der Skandal eine Kettenreaktion aus, die zu einer schmerzhaften Isolation führte. Freunde und Vertraute, die sich aus Angst vor Verstrickungen oder gesellschaftlichem Druck zurückzogen, hinterließen eine Leere, die kaum zu füllen war. Familientreffen, einst von Vertrauen und Wärme geprägt, wurden von Zweifeln überschattet, da Angehörige in jedem Gespräch den Schatten der Schuld und des Verrats fanden. Selbst selbstbewusste und unerschütterliche Charaktere gerieten ins Schwanken, wenn der Zweifel an der Unversehrtheit eines Menschen, den sie jahrzehntelang kannten, immer lauter wurde.

Psychisch wurde Larsen in einen inneren Konflikt gestürzt, der jeden Tag an seinen Überzeugungen nagte. Die ständige Belastung, sich gegen ein System behaupten zu müssen, das ihn zum Sündenbock stilisierte, führte zu schlaflosen Nächten und einem Gefühl der permanenten

Alarmbereitschaft. Was einst der Stolz eines unerschütterlichen Hüters der Gerechtigkeit war, verwandelte sich in ein zerbrechliches Selbstbild, in dem jede Entscheidung – sei sie noch so klein – über Erfolg oder endgültigen Abstieg entscheiden konnte. Seine innere Welt, geprägt von Pflichtbewusstsein und moralischem Kompass, wurde zunehmend zu einem Schlachtfeld, auf dem persönliche Zweifel und systemische Intrigen gegeneinander antraten.

Politisch entfaltete der Vorfall eine Dynamik, die über Larsen hinauswies. Sein persönlicher Fall wurde zum Symbol für die tief verwurzelten Machtspiele und die Intransparenz öffentlicher Entscheidungsprozesse. In hitzigen parlamentarischen Debatten und öffentlichen Versammlungen diente er mittlerweile als Beispiel für die angebliche Korruptheit in Institutionen, obwohl die Wahrheit ein vielschichtiges Netz aus Inszenierung und Manipulation war. Diese Bühne der öffentlichen Meinung lenkte nicht selten den Blick von den wahren Übeltätern ab, während gleichzeitig Reformen und neue Kontrollmechanismen angestrebt wurden, um das Vertrauen der Bürger in Recht und Ordnung wiederherzustellen.

Insgesamt veränderte sich Larsens Leben also grundlegend: Sein vertrauensvoller Umgang mit Beruf und Privatem wurde von einem undurchschaubaren Nebel aus Verdacht, Isolation und inneren Zerreißproben überschattet. Die einst glasklare Trennung zwischen Recht und Unrecht begann, sich aufzulösen, und er fand sich in einer Grauzone wieder, in der jede Entscheidung – beruflich wie privat – von den unerbittlichen Konsequenzen eines inszenierten Skandals begleitet wurde.

Amrum

Kapitel 14

Hinter dem glänzenden Vorhang des glamourösen Bauprojekts verbarg sich ein raffiniert orchestrierter Plan, der weit über den Bau eines Golfplatzes mit Hotel hinausging. Das Konsortium, mit einem Namen, der in zwielichtigen Kreisen geflüstert wurde, hatte sich ein Netz aus makellosen Bankern, skrupellosen Geschäftsmännern und politischen Strategen aufgebaut. Im Herzen dieses Netzwerks agierte Tanja Doggerland, die Ehefrau eines einflussreichen Politikers der Landesregierung. Mit ihrer charmanten, aber eiskalten Präsenz zog sie die unzähligen Fäden im Hintergrund und sorgte dafür, dass private Interessen und politische Macht untrennbar miteinander verknüpft wurden.

In einem luxuriösen Hotel in Hamburg trafen sich die Strippenzieher regelmäßig. Dort wurden Entscheidungen getroffen, die das zukünftige Gesicht Amrums bestimmen sollten. An den geheimen Verhandlungstischen wurden Millionenströme über inoffizielle Kanäle umgeleitet: Schmiergelder für entscheidende Behördenmitarbeiter, manipulierte Genehmigungsschreiben und sorgfältig vorbereitete Pläne, die den Widerstand der Umweltschützer von vornherein unterminierten. Die Kommunikation erfolgte dabei über verschlüsselte Nachrichten, die jedes noch so kleine Detail des nächsten Schritts preiszugeben schienen – als ob in einem gefährlichen Schachspiel die Opposition bereits den ganzen Zug im Voraus kennen würde.

Der Golfplatz und das zugehörige Hotel waren dabei weniger das Ziel als vielmehr der Auftakt zu einer umfassenderen Agenda. Sobald der erste Erfolg erreicht war, sollte Amrum in ein exklusives Paradies für internationale Investoren verwandelt werden – Naturreservate und jahrhundertealte Kulturlandschaften wichen dabei einer Industrie aus Privilegien. Die Pläne sahen vor, weitere luxuriöse Wohnanlagen, exklusive Freizeitparks und sogar intransparent geführte Infrastrukturprojekte zu initiieren. Hinter diesen Vorhaben stand die Absicht, das bisher eher ländliche Flair gegen einen unkontrollierbaren Strom kapitalistischer Expansion zu ersetzen – eine Transformation, die nicht nur die Umwelt, sondern auch die Identität der Insel fundamental zu verändern drohte.

Um jeglichen Widerstand im Keim zu ersticken, agierte das Konsortium mit beinahe militärischer Präzision. Eine eigene Sicherheitsfirma wurde engagiert, deren Mitarbeiter nachts und unauffällig zum Einsatz kamen: Unabhängige Informanten wurden eingespannt oder zum Schweigen gebracht, und verdächtige Nachrichten verschwanden spurlos. Geliehene Druckmittel, sowohl wirtschaftliche als auch politische, wurden eingesetzt, um lokale Entscheidungsträger in Richtung Zustimmung zu manipulieren. Mehrere Insider-Dokumente, die Larsen inzwischen sicher in einem geheimen Ordner aufbewahrte, deuteten darauf hin, dass selbst kritische Umweltaufseher systematisch unter Druck gesetzt und – wenn nötig – diskreditiert wurden.

Kapitel 15

Tanja Doggerland, Geborene von Golec, entstammte einer ostpreußischen Adelsfamilie, die zum Ende des Zweiten Weltkrieges vor der Roten Armee fliehen und alles zurücklassen musste. Sie wuchs auf wie in einem Märchen, das ihr von Geburt an erzählt wurde – ein Sternenbild aus glanzvollen Erinnerungen, das sie nie selbst erlebte, dessen Licht ihr aber den Weg wies. Ohne mit eigenen Augen die prunkvollen Ballsäle und die opulenten Feste entdeckt zu haben, schuf sich ihre Seele einen unsichtbaren Palast aus alten Geschichten. Die Erzählungen ihrer Eltern, die in einem unerschütterlichen Glauben an ihre adelige Herkunft schwelgten, prägten ihr Denken.

Von Kindesbeinen an vernahm sie Stimmen, die – trotz des Verlusts materieller Güter und trotz der Narben des Krieges – mit stolz erhobenem Haupt von vergangenen Glanzzeiten berichteten. Diese Worte klangen wie edle Schwüre in einer Welt, in der jede Anekdote den Anspruch ausdrückte, dass es ihr gebührte, auf „großem Fuß" zu leben.

Die lebhaften Erzählungen über lange, sonnendurchflutete Flure, kunstvoll verzierte Säle und opulente Festmahle beflügelten Tanjas Fantasie und formten sie zu der Person, die sie heute war. Sie lernte, den Schmerz des Verlusts und die Sehnsucht nach einer vergangenen Welt in sich zu tragen. Die Geschichten gaben ihr einerseits das Gefühl, Teil eines Erbes zu sein, das größer war als sie selbst; andererseits – so weit diese Erlebnisse auch zurücklagen – verankerten sie in ihr eine tief sitzende Angst vor dem Verlust und ein unerschütterliches Verlangen, den alten Glanz wiederzubeleben.

So wuchs Tanja heran, geprägt von den kontrastreichen Erzählungen einer glorreichen Vergangenheit und der harten Realität der Gegenwart. Ihr Stolz auf die Geschichte der Familie verschmolz mit dem Druck, den sie empfand, ihren Anspruch in der modernen Welt einzufordern – ein Anspruch, der ihr in jeder Faser ihres Seins innewohnte, obwohl sie all dies nur aus den überlieferten Legenden kannte. Diese Mischung aus bewundernder Sehnsucht und schmerzlicher Verlustangst bildete bis heute den

Kern ihrer Identität und bestimmte ihren Umgang mit der Realität, insbesondere in ihrem intensiven Bemühen, das Erbe ihrer Familie in das Hier und Jetzt zu tragen.

Kapitel 16

Jahre zuvor hatten Tanja und Nils Doggerland noch mehr füreinander empfunden. Tanja, die einst von opulenten Bällen und prunkvollen Salons in fernen Zeiten träumte, erwachte in ihrer eleganten Altbauwohnung, die ihre neu gewonnene Heimat symbolisierte. Obwohl ihre Familie nach der erzwungenen Flucht fast alles verloren hatte, trug sie den Stolz unzähliger Generationen in sich – stets bemüht, jenes erhabene Lebensgefühl wieder aufleben zu lassen. Schon beim Anblick des gläsernen Frühstückstisches in ihrem Zuhause vermischte sich der Hauch von historischer Noblesse mit dem Puls der modernen Metropole.

Während sie in ihrem Spiegelbild den feinen Schnitt eines Seidenkleides bewunderte – ein direkter Seitenhieb gegen den schlichten Zeitgeist der Gegenwart – schweiften Tanjas Gedanken zu den frühen Jahren. Damals, als der Name von Golec noch Ehrfurcht gebot und jede Geste eines Adligen eine unausgesprochene Verheißung des Ruhmes trug. Trotz des materiellen Ruins der Vergangenheit war in ihr der feste Glaube verankert, dass das Erbe ihrer Familie – geformt aus Tradition und unerbittlichem Anspruch – wieder zu altem Glanz finden musste.

Als die Haustür sich leise öffnete, betrat Doggerland den Raum – der Mann, dessen politisches Engagement und pragmatischer Geist das Fundament ihres neuen Lebens bildete. Mit einem Lächeln, das zugleich Wärme und Besorgnis verriet, begrüßte Tanja ihn: „Liebling, es ist Zeit für unseren nächsten großen Schritt. Wir müssen bald wieder in gesellschaftlichen Kreisen auftreten, damit unser Altertum nicht in Vergessenheit gerät. Ich möchte, dass du als Kommunalpolitiker dafür sorgst, dass wir wieder den Lebensstil führen können, der uns als Angehörige eines einst ungekrönten Adels zusteht." Doggerland erwidert in ruhigem Tonfall: „Tanja, ich weiß, wie sehr du an der Geschichte deiner Familie hängst, doch die Realität verlangt nach Kompromissen. Die Zeiten der uneingeschränkten Vornehmheit sind vorbei. Meine Arbeit im Gemeinderat kann viel bewirken, aber den alten Glanz muss man heute in neuen Formen leben."

Zwischen diesen Worten lag die stille Spannung. Tanja, die in sich den unerschütterlichen Glauben an den historischen Anspruch trug und hungrig danach war, den verlorenen Prunk wiederzubeleben, während Doggerland versuchte, den Platz zwischen Tradition und Moderne auszukleiden. In einem Augenblick stiller Reflexion blickte Tanja aus dem Fenster, als der Wind die Erinnerungen an längst vergangene Familienfeste herüberwehte. Der Blick schweifte über die modernen Straßen – ein ständiger Mahner, dass sich Zeiten ändern und die alten Ideale sich neu interpretieren müssen. Trotzdem schwelgte sie in der Vorstellung, dass gerade Doggerlands politisches Wirken der Schlüssel sein könnte, um eine Brücke zu schlagen zwischen dem süßen Schatten der glorreichen Ahnen und dem harten Licht einer neuen Ära.

Sie musste an eine Begebenheit denken, bei der ihre Eltern mit einer eigentümlichen Mischung aus vorgetäuschter Höflichkeit und selbstbewusster Arroganz auftraten. Sie hatten sich, in altertümlichen Kostümen und mit dem Blick, als gehörten sie noch immer einer unantastbaren Elite an, wie jeden Abend in das Esszimmer begeben. Ihr

Vater, mit dem Stolz vergangener Tage in seiner Stimme, erhob sein Glas und verkündete feierlich: „Einst waren wir die Verkörperung von Anstand und Größe. Auch wenn uns vieles entzogen wurde, lebt der Geist unseres Adels in uns fort – und das soll auch immer so bleiben."

In diesen Worten lag ein Hauch der Unbeugsamkeit, der all ihre Erfahrungen der Verbitterung und des Festhaltens an alten Idealen durchdrang. Ihre Mutter nickte, als wollte sie jede Nuance dieses sentimentalen Manifests bestätigen. Für sie war der Verlust materieller Güter niemals ein Grund, sich dem einfachen Leben zu beugen – vielmehr war es ihr unerschütterlicher Wille, in Erinnerungen an vergangene Glanzzeiten auf „großem Fuß" zu leben.

Tanjas Herz schlug schneller, als diese Worte in ihr nachhallten. Sie wusste, dass sie – geprägt durch diesen erbitterten Stolz ihrer Eltern – nicht bereit war, ein gewöhnliches Leben zu akzeptieren. Die Vorstellung, zwischen politischem Pragmatismus und verklärter Nostalgie zu existieren, zerrte an ihr. Innerlich kochte das Verlangen, sich das Leben zu erzwingen, von dem sie glaubte, dass es ihr rechtmäßig zustünde.

Kapitel 17

Vor der Flucht zum Ende des Zweiten Weltkrieges lebte die Familie von Golec in Ostpreußen in einem beinahe märchenhaft anmutenden Universum aus Tradition und prunkvoller Selbstgewissheit. Ihr imposantes Herrenhaus, eingebettet in weitläufige, grüne Landschaften und umgeben von stillen Wäldern, war nicht nur ein Wohnsitz, sondern ein lebendiges Denkmal ihrer Jahrhunderte alten Ahnenreihe. Die Fassade glänzte trotz der wettergezeichne-

ten Natur der vergangenen Zeiten, und in den prunkvoll verzierten Sälen spiegelte sich der Glanz eines Adels, der sich anhand kunstvoller Fresken, handgefertigter Möbel und antiker Porträts immer wieder an seine glorreiche Vergangenheit erinnerte.

Der Alltag war einem strengen, fast schon rituellen Zeitplan unterworfen, der die Mitglieder der Familie an die Etikette und die hohen Ansprüche ihres Standes band. In den frühen Morgenstunden durchbrach das goldene Licht der aufgehenden Sonne das Marmorlichtspiel in den langen Fluren, während Diener in makelloser Uniform dafür sorgten, dass jeder Raum – vom opulenten Speisesaal bis zu den ruhigen Studierzimmern – stets den erhabenen Ansprüchen eines jahrhundertealten Adels gerecht wurde. Die Mahlzeiten waren feine Festakte, in denen delikate Speisen aufwendig angerichtet wurden, und jeder Gang schien ein feierlicher Akt der Bewahrung der Familientradition zu sein.

Auch die Abende waren erfüllt von theatralischem Glanz: In den großen Sälen, die mit funkelnden Kronleuchtern erleuchtet wurden, fanden rauschende Bälle und elegante Empfänge statt, bei denen die neuesten gesellschaftlichen Konversationen ebenso zelebriert wurden wie die unerschütterliche Überzeugung, dass der alte Glanz auch in materiell schwierigen Zeiten bewahrt und weitergeführt werden müsse. Zwischen den Tanzpaaren und den verhängnisvollen Blicken über opulent gedeckte Tafeln vermittelte jedes Detail, vom fein säuberlich geführten Gespräch bis hin zur kleinen Geste eines Händedrucks, den festen Glauben, dass sie, gleich welcher äußerlichen Umstände, stets auf großem Fuß leben würden. Diese Welt aus Tradition, Ritual und beinahe unerschütterlicher Arroganz prägte das Familienleben und bildete das Fundament, auf dem selbst spätere Generationen ihre eigenen ambivalenten Träume und Forderungen aufbauten.

Kapitel 18

Nils Doggerland erinnerte sich daran, wie er damals, vor ziemlich genau 31 Jahren, an einem milden Abend, an dem der Himmel in sanften Pastelltönen leuchtete, allein vor dem alten Rathaus stand. Mittlerweile war er Bürgermeister einer kleinen Stadt in Schleswig. Er spürte den Stolz, den die Jahre und seine bescheidene, doch glückliche Herkunft ihm geschenkt hatten, und zugleich eine unterschwellige Unruhe, die ihn immer wieder in Erinnerung rief, wie eng das Netz der familiären Erwartungen ihn einst gebunden hatte. Sein Leben als Kommunalpolitiker war der Inbegriff eines erfolgreichen Ausbruchs aus den Schranken seiner Herkunft, doch tief in ihm regte sich das Verlangen nach etwas, das über den politischen Alltag hinausging.

In jenem Moment trat Tanja in sein Leben – eine junge Frau mit edlen Zügen, die auf ihre Weise ebenso von einer erdrückend starren Welt befreit werden wollte. Ihre Herkunft aus dem ostpreußischen Adel von Gorec verlieh ihr stets eine gewisse kühle Distanz und erhabene Zurückhaltung, doch in ihren Augen blitzte Rebellion auf. Als sich ihre Blicke trafen, war es, als ob zwei Seelen, die schon lange im Verborgenen nach Freiheit suchten, sich endlich erkannten. Die anfängliche Begegnung war von einem fast flüchtigen Zauber umgeben: Ein kurzes Lächeln, ein zaghaftes Wort – und plötzlich erschien die Welt in einem anderen Licht.

Schnell wurden die beiden zu Verbündeten in ihrem gemeinsamen Streben nach einem Leben abseits der überlieferten familiären Zwänge. Jede heimliche Begegnung, jeder flüchtige Kuss war für sie ein Akt der Befreiung. Sie sahen ihre Liebe als Flucht, ein mutiges Aufbrechen in eine Zukunft, in der sie selbst bestimmen konnten – losgelöst von den dogmatischen Vorstellungen, die ihnen seit ihrer Kindheit in den Weg gelegt worden waren. Doch schon bald offenbarte sich, dass die Schatten ihrer Vergangenheit und die tief verankerten Glaubenssätze ihrer Ahnen eine ernüchternde Macht besaßen.

Je älter sie wurden, desto mehr drückte die Chronik ihrer Kindheit sie nieder. Trotz aller Anstrengungen nach Unabhängigkeit spürten beide, wie sie langsam doch in die alten Muster zurückfielen. Die Loyalitäten, die ihnen im kleinen Heim eingeimpft und in endlosen Gesprächen über Pflicht und Anstand vorgelebt worden waren, ließen sich nicht abschütteln. Es war, als hätten sie in einem unentrinnbaren Kreislauf immer wieder dieselben Gewohnheiten und Gedanken, die ihnen längst ins Herz gedrungen waren – obgleich beide innerlich den süßen, rebellischen Geschmack der Freiheit gekostet hatten.

In stillen Momenten, wenn der Lärm der Welt zu verklingen schien, saßen sie zusammen im schwachen Licht eines alten Wohnzimmers. Dort spürte man das Drücken der familiären Bürde in jedem seufzenden Wort, in jedem zögernden Blick. Sie erkannten, dass der Fluchtversuch aus der Vergangenheit mehr eine Illusion gewesen war, ein kurzer Ausbruch in eine andere Wirklichkeit, die sich mit den Jahren unbarmherzig wieder mit den Schatten der Kindheit füllte – ein Kampf, gegen den sie, so sehr sie sich auch anstrengen wollten, letztlich machtlos waren.

Und so blieb ihnen nur die melancholische Erkenntnis, dass man nicht einfach den eigenen Geist umkrempeln kann, sobald er einmal in den tief verwurzelten Traditionen und Vorstellungen aufgewachsen ist. Die Liebe, so leidenschaftlich sie einst ihre Flucht bedeutsam gemacht hatte, musste sich nun mit den Narben der Vergangenheit arrangieren – ein stiller Kompromiss zwischen dem Wunsch nach Veränderung und der Last der eigenen Geschichte.

Kapitel 19

Die Luft im Büro des Polizeipräsidenten war schwer, als Larsen hereingerufen wurde. Nils Doggerland saß bereits am Tisch, seine Haltung entspannt, doch seine Augen funkelten vor unterschwelliger Drohung. Der Polizeipräsident, sichtlich unwohl, räusperte sich und begann: „Larsen, es gibt mittlerweile viele Beschwerden über Ihre Einmischung in Angelegenheiten, die außerhalb Ihrer dienstlichen Pflichten liegen."

Bevor Larsen antworten konnte, lehnte sich der Politiker vor, seine Stimme honigsüß, aber mit einem scharfen Unterton: „Herr Larsen, als Beamter des Staates haben Sie eine Verpflichtung zur Neutralität. Ihre Aktivitäten in Verbindung mit dieser sogenannten Inselschutzinitiative werfen ein schlechtes Licht auf Ihre Position. Ich rate Ihnen dringend, sich zurückzuziehen."

Larsen spürte, wie sich seine Hände zu Fäusten ballten. „Neutralität?" Seine Stimme war ruhig, aber fest. „Neutralität bedeutet nicht, die Augen vor Ungerechtigkeit zu verschließen. Ich bin hier, um die Menschen und diese Insel zu schützen – nicht, um still zuzusehen, wie sie zerstört wird."

Der Politiker lächelte kalt. „Das ist eine noble Einstellung, Herr Larsen. Aber bedenken Sie, dass Ihre Karriere auf dem Spiel steht. Und nicht nur die." Er ließ die Worte in der Luft hängen, ihre Bedeutung unmissverständlich.

Kapitel 20

Larsens Einbestellung beim Polizeipräsidenten blieb natürlich auch den Kollegen nicht verborgen. Es mussten schon triftige Gründe gewesen sein, die es dazu kommen ließen. Einige begannen, Larsen aus internen Kreisen auszuschließen. An den Gerüchten, die seinen Ruf als verlässlicher Polizist in ein Licht tauchten, das mehr an einen Aktivisten als an einen gesetzestreuen Beamten erinnerte, schien wohl etwas dran zu sein.

Dazu die Medienberichte, die unter dem Einfluss des Politikers standen, begannen, Larsens Integrität zu verzerren. Artikel erschienen, die seine Rolle als „rebellischer Außenseiter" titulierten – ein Etikett, das nicht nur seine fachliche Integrität untergrub, sondern auch bei Bürgern Skepsis und Unruhe schürte.

Die angespannte öffentliche Atmosphäre blieb nicht ohne Folgen auch für die Menschen in seinem nahen Umfeld. Familie und Freunde gerieten ins Visier, und schon bald vermehrten sich neben Aktionen und anonymen Drohbriefen auch Telefonanrufe, die alarmierende Hinweise auf weitere Überwachungsmaßnahmen gaben. Einmal fand Larsen Hinweise darauf, dass jemand seine Papiere durchwühlt hatte – als hätte man gezielt nach belastendem Material gesucht, um ihn zu erpressen oder zum Schweigen zu bringen.

Im tiefsten Inneren wusste Larsen, dass sein Kampf gegen den skrupellosen Profitgang des Konsortiums nun weitaus mehr bedeutete als der Erhalt einer idyllischen

Insel. Es war ein Kampf um seine eigene Integrität und um die Seele Amrums. Doch mit jedem Schritt, den er in Richtung der Wahrheit wagte, wuchs das Netz aus Erpressung, Isolation und beruflicher Marginalisierung – Maßnahmen, die das Ziel hatten, ihn zu brechen und den Widerstand im Keim zu ersticken.

In einem stillen Moment, als die Flut der Konsequenzen fast über ihn hereinzubrechen drohte, saß Larsen allein in seinem bescheidenen Arbeitszimmer: Vor ihm lagen Dokumente, Drohbriefe und Beweisaufnahmen, die das skrupellose Streben des Konsortiums eindrucksvoll dokumentierten. Er wusste, dass jeder Schritt gegen die unbarmherzige Profitgier seinen Preis haben würde. Doch ebenso war ihm bewusst, dass ein Schweigen – so schmerzhaft es auch sein mochte – bedeuten würde, Amrum an eine Macht zu übergeben, die alles zerstören könnte, was er liebte.

Die Mitglieder der Initiative standen scheinbar noch geschlossen hinter ihm, doch Larsen wusste, dass der Kampf gegen das Konsortium und den Politiker gefährlicher wurde. Die Frage war nicht mehr, ob er ins Visier geraten würde, sondern wie weit sie gehen würden, um ihn zum Schweigen zu bringen. Mit zitternder Hand schrieb er in ein Notizbuch: „Heute entscheide ich mich: Amrum und seine Menschen zählen mehr als jede Karriere, mehr als jede Fassade von Neutralität. Ich werde nicht zulassen, dass der Profit in unserer Heimat über Leben und Natur triumphiert – egal, wie hoch der Preis ist."

Kapitel 21

Am nächsten Morgen saß Polizeihauptkommissar Larsen

in seinem Büro. Draußen herrschte ein scharfer Nordseewind durch die kleinen Gänge, die von schweren Gerüchten und Unsicherheiten geprägt waren. Seit einiger Zeit brodelte nun das perfide Komplott gegen ihn, das seinen bisherigen Prinzipien und seiner Loyalität entgegenstand. Er hatte sich entschieden, den Plänen eines mächtigen Konsortiums zu widersprechen, einem Zusammenschluss, dessen Zenit die Frau eines hochrangigen Politikers aus der Landesregierung bildete. Nun musste er feststellen, dass dieses Bündnis nicht nur hinter seinem Rücken intrigierte, sondern auch aktiv die öffentliche Meinung manipulierte: Die Presse wurde weiter systematisch mit falschen Informationen gefüttert, und einzelne Mitglieder der angesehenen Initiative auf Amrum wurden bestochen, um von den wahren Machenschaften abzulenken.

Mit beklemmender Sorge über die neuen Erkenntnisse zögerte er nicht länger und griff zum Telefon. Obwohl er die formelle Distanz zu seinen Ansprechpartnern schätzte, hoffte er, in der sachlichen Expertise von Kommissarin Meyerhofer von der Kripo Flensburg, die er von einem früheren Fall kannte und schätzen gelernt hatte, einen Anker der Klarheit zu finden. Letztendlich fiel ihm im Moment auch niemand mehr ein, dem er wirklich vertrauen konnte.

„Polizeihauptkommissar Larsen von der Polizeistation Wyk auf Föhr, Zweigstelle Nebel. Moin Frau Kriminalkommissarin“, meldete sich Larsen. „Oh, Kollege Larsen. Moin. Was gibts? Haben Sie jetzt Ihren Ritter samt Rüstung gefunden oder vielleicht einen der Vitalienbrüder wieder ausgegraben?“, fragte Meyerhofer, nicht ohne zu schmunzeln. „Das wäre mir fast lieber gewesen, Frau Kollegin“, antwortete Larsen. An seinem Tonfall merkte Kommissarin Meyerhofer, dass ihn irgendetwas zu bedrücken schien. „Frau Kollegin, hier läuft was gegen mich. Ich weiß aber nicht, wem ich noch vertrauen kann. Deshalb wende ich mich an Sie“, begann Larsen und Meyerhofer merkte, dass es ihm unangenehm war, darüber zu sprechen. „Ich hoffe, dass ich Ihnen helfen kann. Was läuft denn da gegen Sie?“, fragte Meyerhofer. Allein dieser Satz ließ Larsen schon merklich ruhiger werden.

„Es hat damit angefangen, dass jemand angeblich seinen Koffer am Fährhafen hier in Wittdün verloren hatte“, fuhr Larsen fort. „Sie sagten angeblich?“, fragte Meyerhofer dazwischen. „Ja, angeblich, denn ich bin der festen Überzeugung, dass der Koffer dort absichtlich abgestellt wurde, damit wir ihn finden.“ „Wie kommen Sie darauf, Kollege?“, wollte Meyerhofer wissen. „Weil in dem vermeintlichen Reisekoffer nichts war, was auf einen Urlaub hindeutete. In dem Koffer befanden sich eigenartige Papiere und eine Menge Bargeld“, antwortete Larsen. „Was meinen Sie mit ‚eigenartig‘?“, hakte Meyerhofer nach. „Eigenartig deshalb, weil sie Andeutungen machen, als wäre ich in eine krumme Sache verwickelt“, meinte Larsen. „Was Genaues weiß ich noch nicht. Aber ich habe den Eindruck, dass die Kollegen hinter meinem Rücken zu tuscheln angefangen haben.“ „Verstehe“, erwiderte Meyerhofer.

Larsen mit kontrollierter, aber eindringlicher Stimme: „Es liegen belastende Hinweise vor, dass gegen meine Person eine gezielte Intrige betrieben wird, und das hat nun eine weitere Dimension angenommen. Ich konfrontiere nicht nur ein Konsortium, dessen Führungsfigur die Ehefrau eines hochrangigen Ministeriumsvertreters ist, sondern es werden auch gezielt Falschinformationen in die Presse eingeschleust und einzelne Mitglieder einer umweltpolitisch engagierten Initiative hier auf Amrum bestochen.“

Kommissarin Meyerhofer ruhig, jedoch mit durchdringender Klarheit: „Ihre Schilderung ist in der Tat alarmierend. Es ist von grundlegender Bedeutung, diese politischen und wirtschaftlichen Manipulationen aufzuklären. Können Sie mir bitte darlegen, in welcher Form die Falschinformationen verbreitet werden und wie sich die Bestechung manifestiert?“

Larsen hielt kurz inne, bevor er weitersprach: „Die Pressemitteilungen, die in verschiedenen regionalen Medien kursieren, verzerren systematisch den Sachverhalt. Gleichzeitig habe ich Hinweise darauf, dass ausgewählte Mitglieder der hiesigen Initiative, die bislang als unbestritten glaubwürdig galten, in undurchsichtigen Transaktionen Geld erhalten haben, um von der eigentlichen Wahrheit abzulenken. Diese Bestechungen dienen offensichtlich dazu, die öffentliche Wahrnehmung zugunsten des Konsortiums zu manipulieren und gleichzeitig meine Integrität untergraben zu wollen.“

Meyerhofer überlegte, mit nüchterner Professionalität: „Das ist inakzeptabel, Herr Kollege. Wir stehen hier vor einem komplexen Geflecht aus politischem Einfluss, medialer Irreführung und wirtschaftlicher Korruption. Um effektiv dagegen vorzugehen, müssen wir sämtliche Beweise akribisch sammeln und analysieren. Haben Sie bereits detaillierte Unterlagen zu diesen Vorgängen dokumentiert, die auch die Presseberichte und finanzielle Transaktionen belegen?“

„Ich konnte erste Belege sichern, fragmentehafte Akten, Kopien der fragwürdigen Pressemitteilungen und Hinweise auf Unregelmäßigkeiten in den Finanzströmen der Umweltinitiative“, sagte Larsen mit einem Hauch entschlossener Regung in der Stimme. „Mein Vorstoß gegen dieses System hat offenbar größere Dimensionen angenommen, als ich zunächst vermutet habe. Es fällt mir nicht leicht, diese Informationen weiterzugeben, da die Verflechtungen tief und politisch hochbrisant sind. Dennoch bin ich auf Ihre sachliche Expertise angewiesen, um diese Ungereimtheiten zu entwirren."

„Ich werde Ihre Unterlagen umgehend prüfen, Herr Kollege. Es ist unsere Pflicht, jegliche Manipulationen – sei es durch Falschinformationen in den Medien oder durch Bestechungspraktiken – offen zu legen. Bitte dokumentieren Sie jeden noch so kleinen Hinweis und leiten Sie mir sämtliche Beweismittel zu. Nur so können wir mit methodischer Strenge den politischen Druck eindämmen und die Verantwortlichen zur Rechenschaft ziehen." Ein Moment der Stille senkt sich über den Gesprächskanal.

In dieser kurzen Pause spürte Larsen das gewichtige Zusammenwirken von politischem Machtmissbrauch und mediengesteuerter Desinformation. Trotz der erdrückenden Umstände regte sich in ihm ein Funken unerschütterlicher Entschlossenheit – ein innerer Antrieb, der ihn wissen ließ, dass auch gegen diese vielschichtige Verschwörung das Prinzip der Wahrheit letztlich obsiegen musste.

Kapitel 22

Larsen war an einem Punkt, wo er das Gefühl hatte, seinen Kollegen und Freund Abbo Nissen einzuweihen. Draußen rauschte der Wind über die Dünen, die Wellen rollten unaufhaltsam ans Ufer. Larsen lief unruhig durch das Büro. Dann rief er seinen Kollegen zu sich. „Mach die Tür hinter dir zu, Abbo." Mit gepresster Stimme sagte Larsen: „Ich glaube, ich weiß jetzt, wer dahintersteckt. Oder besser gesagt, warum sie es tun. Ein Konsortium, angeführt von einer Frau eines hochrangigen Politikers – sie wollen Amrum verwandeln. Erst ein Golfplatz, dann ein Luxushotel. Und wer im Weg steht? Den räumen sie weg."

„Das sind harte Anschuldigungen, Hauke. Aber ich weiß, du würdest so etwas nicht einfach herbeifantasieren", antwortete sein Kollege. „Auf Sylt haben sie es genauso gemacht. Erst waren es nur ein paar Investoren, dann wurde die Insel zur Spielwiese für die Reichen. Ich werde nicht zulassen, dass das hier passiert."

„Und du glaubst, jemand in ihrem Auftrag will dich kaltstellen?", fragte Abbo Nissen und schaute seinen Kollegen etwas skeptisch an. „Was sonst? Die angeblichen Beweise gegen mich tauchen genau dann auf, als ich laut werde. Sie wollen mich aus dem Weg haben, damit sie ungestört weitermachen können." Nissen lehnte sich zurück. „Dann müssen wir herausfinden, wer genau dahintersteckt. Und beweisen, dass es eine abgekartete Sache ist." Larsen blickte aus dem Fenster. „Ja. Bevor es zu spät ist." Abbo Nissen wollte den Raum gerade verlassen, drehte sich aber noch einmal zu Larsen um. „Wer ist denn dieser Politiker?" „Das kann ich noch nicht sagen, Abbo." „Verstehe", meinte Nissen und ging hinaus.

Kapitel 23

Ein nebliger Tag brach über Amrum herein. Gedämpftes Licht und der raue Nordseewind, der durch die Gänge der Polizeistation pfiff, schafften eine fast surreale Atmosphäre. In dem spärlich beleuchteten Besprechungsraum blätterte Hauptkommissar Larsen in den Akten, die Hinweise auf das weitreichende Komplott enthielten. Die Beweise – fragmentehafte Dokumente, manipulierte Pressemitteilungen und Zeugenaussagen – deuteten darauf hin, dass das Konsortium, angeführt von der Frau eines hochrangigen Politikers, systematisch gegen ihn intrigierte und dabei auch die Umweltinitiative auf Amrum in korrupte Machenschaften verstrickte.

Während Larsen in Gedanken versunken war, klingelte erneut das Telefon. Er hob ab und hörte die unverwechselbar ruhige, aber bestimmte Stimme von Kommissarin Meyerhofer: „Guten Morgen, Herr Polizeihauptkommissar. Nach reiflicher Überlegung und angesichts der Dramatik der Lage habe ich beschlossen, persönlich nach Amrum zu kommen. Es erscheint mir zwingend notwendig, dass wir gemeinsam alle bisher gesammelten Spuren durchgehen und den Hintergrund dieser Intrige systematisch aufdecken."

Larsen spürte, wie eine Welle der Erleichterung in ihm aufstieg – wenn auch gemischt mit der Schwere der Situation: „Moin, Frau Kommissarin. Es freut mich, dass Sie sich entschlossen haben, den Weg hierher auf sich zu nehmen. Die bisherigen Belege deuten darauf hin, dass das vorliegende Komplott nicht nur auf die Verbreitung falscher Presseinformationen und Bestechungen in unserer Umweltinitiative begrenzt ist, sondern tief in politische Machtstrukturen hineinreicht. Ihre Expertise ist mir in dieser Situation unverzichtbar."

Nach kurzem Zögern fuhr Meyerhofer fort: „Ich werde umgehend den nächsten Zug nehmen und so schnell wie möglich bei Ihnen eintreffen. Es ist unerlässlich, dass wir sämtliche Unterlagen – von den verfälschten Pressemitteilungen bis hin zu den Belegen der korrupten Finanztransaktionen – gemeinsam sichten und rekonstruieren. Bei dieser Brisanz muss allerdings alles wasserdicht sein.

Nur so können wir den wahren Umfang dieser Verschwörung erkennen und entsprechende Maßnahmen planen."
Larsen atmete tief durch, während er einen Blick über die verstreuten Akten warf: „Ich habe mich bereits in einem speziellen Ordner bemüht, alle relevanten Dokumente zusammenzutragen. Die Datenlage ist bruchstückhaft, aber es zeichnen sich schon erste Muster ab. Ich bin überzeugt, dass wir hier den Schlüssel finden, um das Konsortium in seinen Grundfesten zu erschüttern – vorausgesetzt, wir arbeiten präzise und unbeirrt zusammen."

Meyerhofer mit entschlossener Klarheit: „Ihre Sorgfalt und Entschlossenheit sind bewundernswert, Kollege. Sobald ich eintreffe, werden wir jeden noch so kleinen Hinweis unter die Lupe nehmen. Es ist wichtig, dass wir den Druck, der von diesen politischen und medialen Manipulationen ausgeht, mit Fakten und unerschütterlicher Integrität begegnen."

Ein kurzes Schweigen legte sich über das Gespräch, während beide über das bevorstehende Treffen nachdachten – jeder in dem Wissen, dass die nächsten Stunden entscheidend für die Aufklärung des Falles sein würden. Draußen heulte der Wind, als wollte er die Dringlichkeit unterstreichen, während Meyerhofer bereits ihre Reise antreten wollte, um gemeinsam mit Polizeihauptkommissar Larsen dem Netzwerk der Intrigen auf den Grund zu gehen.

Kapitel 24

Direkt nach ihrer Ankunft auf Amrum saß Kommissarin Meyerhofer an einem schlichten Holztisch, vor ihr lagen Akten und ihr Smartphone. Seit ihrem letzten Telefonat mit Hauptkommissar Larsen hatte sie wiederholt an die brisanten Machenschaften des Konsortiums gedacht. Insbesondere die Verstrickungen im Ministerium, bei denen der Minister und seine Frau als zentrale Akteure galten, beschäftigten sie. Um die undurchsichtigen Verbindungen sowie mögliche Bestechungsversuche gegen Mitglieder der Umweltinitiative weiter zu beleuchten, entschied sie sich nach Rücksprache mit Larsen, einen Vertrauten aus dem Ministerium zu kontaktieren.

Meyerhofer wählte die Nummer ihres alten Kontakts, Lars Becker, der in einer Abteilung von Minister Doggerland tätig war, die sich ausgerechnet mit Vergabevorgängen und Korruptionsprävention befasste. „Guten Morgen, Lars. Hier spricht Meyerhofer. Ich wende mich heute in einer höchst brisanten Angelegenheit an Sie. Es geht um ein Konsortium, das auf Amrum plant, ein Hotel sowie eine Golfanlage zu errichten. Wir haben Hinweise, dass Minister Doggerland und seine Frau, die maßgeblich im Einflussbereich dieses Bündnisses agieren, in undurchsichtige Geschäfte verwickelt sind."

Lars Becker reagierte leicht angespannt, aber professionell: „Guten Morgen, Frau Kommissarin. Das klingt tatsächlich sehr ernst. Können Sie mir genauere Angaben machen, welche Art von Verbindungen oder Unregelmäßigkeiten Ihnen vorliegen?" „Laut den vorliegenden Unterlagen, die vor allem mein Kollege Hauptkommissar Larsen zusammengetragen hat, werden gezielt Falschinformationen in den Medien gestreut. Zudem gibt es Berichte über diskrete Geldtransfers an einzelne Mitglieder einer Initiative hier auf Amrum, offenbar als Gegenleistung für Rückhalt bei diesem Projekt. Es besteht der Verdacht, dass diese Aktivitäten in einem ausgeklügelten Machtspiel münden, bei dem auch Vergabeverfahren manipuliert werden sollen. Ich bitte Sie, in Ihrem Wirkungsbereich diskret zu recherchieren – vor allem im Umfeld des Ministers und seiner Frau. Gibt es Hinweise auf unregelmäßige Vergabeverfahren oder verdeckte Kontakte zu den verantwortlichen Vertretern des Konsortiums?“

„Frau Meyerhofer, ich werde mein Möglichstes tun, meinte Lars Becker nach kurzem Zögern. „Ich habe einige Kontakte in den relevanten Abteilungen und kenne auch den Kollegen, der sich mit den Vergabeverfahren befasst. Ich werde eine diskrete Anfrage stellen und prüfen, ob es in den Akten oder in internen Meldungen Ansätze für die von Ihnen angesprochenen Unregelmäßigkeiten gibt. Allerdings muss ich Sie darauf hinweisen: Solche Recherchen erfordern Zeit und äußerste Diskretion, da sie schnell ins politische Rampenlicht geraten könnten.“

„Ich bin mir der Risiken bewusst, Herr Becker, und es ist gerade dieser politische Druck, der uns zu einem präzisen Vorgehen zwingt. Jeder noch so kleine Hinweis kann entscheidend sein, um das Gesamtbild dieser Verschwörung zu entwirren. Bitte halten Sie mich umgehend auf dem Laufenden, sobald Sie etwas Relevantes in Erfahrung gebracht haben.“ „Das werde ich, Frau Meyerhofer. Ich werde gleich nach Feierabend eine interne Anfrage starten und, soweit möglich, vertrauliche Informationen einholen. Ich melde mich, sobald ich etwas Festhaltbares habe.“

Meyerhofer, mit einem Hauch Erleichterung in der Stimme: „Vielen Dank, Herr Becker. Ihre Unterstützung ist in dieser Situation von unschätzbarem Wert. Bleiben Sie bitte diskret – wir wollen nicht, dass vorzeitig Gerüchte in Umlauf geraten, bevor wir das vollständige Bild haben.“ Während Kommissarin Meyerhofer den Hörer auflegte, wurde ihr klar, dass jeder Handgriff in diesem politisch aufgeladenen Spiel von entscheidender Bedeutung war.

Die Verbindung aus interner Recherche und der akribischen Arbeit von Hauptkommissar Larsen gab ihr neuen Antrieb, dem komplexen Geflecht die Stirn zu bieten. Sie ahnte allerdings nicht, welche Rolle ihr Kontakt im Ministerium tatsächlich spielte.

Kapitel 25

Larsen, der sich durch die Drohbriefe, Überwachungen und Angriffe immer weiter in Gefahr begab, wusste, dass der Kampf nicht mehr nur sein eigener war. Sein mutiger Widerstand und die öffentlich gewordenen Intrigen des Konsortiums hatten die Inselbewohner allerdings wachgerüttelt. Sie organisierten in kürzester Zeit Protestzüge, blockierten die Zufahrtswege zu den Architekturbüros der Immobilienfirma und besetzten öffentliche Plätze. Unter dem Banner, das in fetten, schwarzen Lettern prangte – „Nicht länger Zuschauer!“ – marschierten sie durch die Straßen, während ihre Stimmen sich zu einem ohrenbetäubenden Chor vereinten, der dem Konsortium keine Ruhe ließ.

Die Reaktionen ließen nicht lange auf sich warten. Während die Sicherheitskräfte des Konsortiums versuchten, mit erpresserischen Maßnahmen Angst zu verbreiten, wuchs der Widerstandsgeist auf der Insel monströs. Lokale Radiosender übertrugen live die Demonstrationen, und spontane Aktionen im Internet machten es möglich, dass sich die ganze Region solidarisch zeigte.

Die Menschen forderten nicht nur, dass der Golfplatzbau gestoppt wurde – sie verlangten einen grundlegenden Wandel in der Politik. Das unbarmherzige Profitstreben, das ihre Heimat zu Geld machen wollte, wurde angeprangert und zur Schande erklärt. Öffentliche Diskussionen, hitzige Online-Debatten und eine plötzliche Mobilisierung von Bürgerinitiativen bildeten einen Gegenpol zur korrupten Elite.

Larsen, obwohl nach wie vor unter Beobachtung und Druck, sah in diesen Massenaktionen eine neue Hoffnung. Er sprach in Interviews und auf kleinen Versammlungen von der Verantwortung, die jeder Einzelne trage. "Wir stehen hier nicht als passive Beobachter, sondern als Erben einer einzigartigen Natur und Kultur. Solange wir zusammenhalten, kann uns nichts brechen." Mit diesen Worten wurde klar: Es ging nicht nur um den Erhalt von Amrum als Naturparadies – es ging um den Sieg gegen ein System, für das nur der Profit zählte, kostete es, was es wollte.

Die Insel atmete den salzigen Duft der Nordsee, und während der Horizont in zarten Grautönen verschmolz, sammelten sich immer mehr kritische Bürger auf dem kleinen Dorfplatz in Nebel. In einer spontanen Versammlung erklang die Stimme eines alten Fischers: „Wir alle wissen, dass dieser Plan, eine Golfanlage und ein Hotel, nichts als reine Profitgier ist. Niemand von uns hat je gewünscht, dass Amrums Natur und Traditionen gegen Geld verkauft werden. Nur ein paar habgierige Heuchler, die Bestechungsgelder kassieren, unterstützen dies“, fasste ein Mitglied der Initiative die Situation zusammen.

In den darauffolgenden Wochen verstärkte sich der Widerstand auf der Insel. Kleine Gastwirte, Ladenbesitzer und alte Seebären dokumentierten im Geheimen ihre Beobachtungen – unterschrieben Petitionen, zeichneten heimlich Gespräche auf und erzählten in persönlichen Begegnungen, dass das geplante Projekt ein Schlag ins Gesicht der Insel sei. Die öffentliche Meinung auf Amrum war einstimmig: Dieses Vorhaben war ein Symbol für den raffinierten Versuch, der Insel durch Korruption eine unnatürliche, fremdbestimmte Zukunft aufzuzwingen.

Kapitel 26

In einem gediegenen Raum der Gastwirtschaft „De saten eers“ wartete bereits ein Mitarbeiter von Minister Doggerland kurze Zeit später am Kopfende des Tisches, seine Krawatte locker, aber seine Haltung kontrolliert. Er war inkognito unterwegs. Er, geschweige denn der Minister selbst, durften auf keinen Fall mit der Sache in Verbindung gebracht werden. Zwei Mitglieder der Initiative für ein lebenswertes Amrum, Svensen und Johansen, kamen herein und setzten sich ihm gegenüber, einer fest entschlossen, der andere zögernd. Eine Assistentin des Politikers war ebenfalls mitgekommen und stand diskret am Rand des Raumes, bereit, jeden relevanten Namen zu notieren.

Der Mitarbeiter, der seinen Namen nicht preisgeben wollte, blätterte langsam durch eine Mappe, als würde er die Bedeutung der Zahlen abwägen. „Ich bewundere Ihr Engagement. Wirklich. Aber Sie wissen so gut wie ich: Stillstand bedeutet Rückschritt.“ Svensen verschränkte die Arme, sein Blick hart. „Entwicklung bedeutet nicht, die Natur zu verkaufen. Wir wollen keine Betonburgen, keine seelenlose Touristenmaschinerie.“

Der Mitarbeiter des Ministers schloss die Mappe mit einem leisen „Klick. „Ein poetischer Gedanke. Aber seien wir ehrlich. Sie kämpfen gegen die Zukunft. Gegen Investitionen, gegen Arbeitsplätze. Ist es das, was Sie wollen? Dass Amrum wirtschaftlich abgehängt wird?“ Johansen nahm vorsichtig das Dokument, das der Unbekannte über den Tisch geschoben hatte. „Was ist das?“ Der Mitarbeiter lehnte sich zurück, seine Stimme ruhig, berechnend. „Fördermittel. Für Umweltschutzprogramme, lokale Projekte. Unter der Bedingung, dass Ihre Initiative nicht länger gegen das Vorhaben arbeitet.“ Svensen schlug mit der Hand auf den Tisch. „Das ist Bestechung“, rief er erbost.

Der Mann lächelte schmal, hob beschwichtigend die Hand. „Nein, das ist eine Gelegenheit. Ihre Initiative könnte mit diesen Mitteln mehr erreichen als je zuvor. Schulen, nachhaltige Infrastruktur. Denken Sie darüber nach.“ Johansen blickte unsicher zu seinem Kollegen. „Es ist viel Geld. Und wenn wir es ablehnen?“ Der Blick des Mannes wurde kühler, sein Ton eine Spur fester. „Dann gibt es andere Wege. Die öffentliche Meinung kann sich schnell ändern. Artikel, Expertenmeinungen, Berichte über `wirtschaftliche Chancen´. Sie kennen das Spiel. Und wenn Ihre Initiative als bremsender Faktor dargestellt wird? Nun, das könnte schwierig werden.“

Svensen stand abrupt auf, seine Stimme voller Wut. „Wir lassen uns nicht kaufen!“ Der Mitarbeiter blieb ruhig, neigte leicht den Kopf. „Natürlich nicht. Aber bedenken Sie, dass eine Stimme allein oft wenig bewirkt. Überlegen Sie es sich gut.“ Ein Moment der Stille. Johansen starrte auf die Unterlagen, während Svensen den Raum verließ. Die Assistentin notierte diskret den Ausgang des Gesprächs. Der Mitarbeiter lehnte sich entspannt zurück und dachte:„Es gibt immer jemanden, der schwach wird.“

Kapitel 27

Inmitten der sich zuspitzenden Proteste im Gemeindezentrum ertönte nicht nur der entschlossene Ruf der Initiative

– plötzlich auch aus einer anderen Richtung kamen jetzt laute Stimmen, die den Widerstand als Verrat an Amrum bezeichneten. Im kleinen Gasthaus „Eewen an aleewen“ saß ein lokaler Bauunternehmer, der bereits mehrere lukrative Angebote von Investoren erhalten hatte. In Gesprächen mit Stammgästen und über Social Media verurteilte er die Initiative mit bezeichnenden Worten wie: „Diese engagierten Idealisten wollen, dass wir unsere Zukunft in den Sand setzen. Was sie nicht begreifen: Ohne die neuen Anlagen könnten wir finanziell verhungern!“

Während die meisten Bewohner sich zwischen den Fronten hin- und hergerissen fühlten, koordinierten sich andere, weniger bekannte Akteure. Einige hatten bereits im Vorfeld von vertraulichen Kontakten mit dem Konsortium profitiert. Sie nutzten private Treffen und die heimische Radiostation, um Falschinformationen zu streuen. In hitzigen Diskussionsrunden wurde deutlich gemacht, dass der Widerstand nicht nur sinnlos sei, sondern auch die ökonomische Entwicklung gefährde – eine Aussage, die bei jenen, die auf den wirtschaftlichen Aufschwung spekulierten, besonders gut ankam.

Auf einer speziell arrangierten Bürgerversammlung im alten Rathaus, bei der Vertreter beider Lager zu Wort kamen, eskalierte die Atmosphäre. Während ein Redner der Initiative leidenschaftlich von der Bedeutung des Erhalts der Natur und der Kultur Amrums berichtete, erhob sich plötzlich ein auf der Insel bekannter Makler. Mit ruhiger, aber bestimmter Stimme stellte er infrage: „Was wollen wir eigentlich? Unsere Tradition oder den Weg in eine moderne Zukunft? Die Realität ist, dass nur, wer den neuen Kurs mitträgt, später etwas davon hat.“

Diese wirtschaftlichen Versprechungen ließen Zweifel bei einigen Zuhörern aufkommen. Die Mischung aus

ökonomischem Kalkül und öffentlicher Selbstdarstellung verlieh den Störfeuern derjenigen, die dem Konsortium nahestanden, einen unheimlichen Nachhall.
Larsen, der das Geschehen aus nächster Nähe verfolgte, spürte den schmerzlichen Bruch in der Gemeinschaft. Er wusste, dass der Widerstand unter idealistischen Zielen stand – doch diese inneren Angriffe, das absichtliche Streuen von Misstrauen und die Provokationen einzelner, von Profitgier getriebener Inselbewohner, drohten die Einheit zu verzerren. In einem privaten Gespräch mit einer langjährigen Freundin, die ebenfalls für den Widerstand kämpfte, sagte er leise: „Solange wir uns nicht zusammenschließen, werden diese Spaltpilze das Vertrauen zerstören. Es reicht nicht, gegen das Konsortium zu kämpfen – wir müssen auch den Hass und die Gier unter uns bekämpfen."

Die Initiative für ein lebenswertes Amrum sah sich nun mit der doppelten Herausforderung konfrontiert. Zum einen den perfiden Machenschaften des Konsortiums stand ein vereinter, wenn auch zerrissener, Widerstand gegenüber; zum anderen wurden sie von jenen attackiert, die den schnellen Profit über die nachhaltige Zukunft ihrer Heimat stellten. Die nächste Phase des Konflikts versprach intensive Auseinandersetzungen, bei denen nicht nur politische und wirtschaftliche Interessen, sondern auch das Herz und die Seele Amrums auf dem Spiel standen.

Kapitel 28

Jochen, der seit Jahrzehnten ein angesehener Gastwirt in einem kleinen Lokal war, wirkte nach außen selbstbewusst und pragmatisch. Doch in seinen späten Nächten, wenn der Lärm der partylustigen Gäste verklungen war und nur noch das sanfte Rauschen der Wellen zu hören war, plagten ihn Zweifel. Er wusste, dass sein Ruf als jemand, der von der Profitgier profitierte, ein doppeltes Schwert war. Einerseits verkaufte er seine Vision von einer modernen Insel, die den Wohlstand der internationalen Investoren anziehen sollte – andererseits erlaubte ihm die Verlockung des schnellen Geldes nicht mehr, an die alten Werte zu glauben. Vor ein paar Monaten hatte er bereits einen geistreichen Plan geschmiedet, der den Bau einer exklusiven Marina vorsah – ein Projekt, das nur seinen persönlichen Erfolg in Aussicht stellte. Als er in einer privaten Runde von Geschäftspartnern von weiteren lukrativen Angeboten hörte, funkelte in seinen Augen für einen Moment jene Ambition auf, die am Ende alles überstrahlen soll, was er früher zu schätzen wusste.

Nicht nur Jochen, sondern auch andere Menschen auf Amrum waren in einem ähnlichen Zwiespalt gefangen. Helga, die Besitzerin eines kleinen Bioladens, hatte sich fest vorgenommen, ihre Geschäfte zu erweitern, um mit den steigenden Touristenzahlen ihren Lebensunterhalt zu sichern. Obwohl sie tief in ihrem Herzen den Wert von Tradition und Natur kannte, verführte sie das Versprechen einer wirtschaftlichen Blüte – das Konsortium bot ihr schillernde Zukunftsaussichten an, in denen ihr Laden in eine exklusive Boutique umgewandelt werden sollte. Doch hinter Helgas zögerndem Lächeln brodelte ein innerer Konflikt: War es wirklich der Erhalt der Gemeinschaft oder der schnelle Profit, der ihr Leben retten sollte?

In einem privaten, leicht verrauchten Raum eines Cafés traf sich eine kleine Gruppe, die offen über die Versprechungen des Konsortiums sprach. „Warum sollten wir den Widerstand unterstützen, wenn wir damit riskieren, unsere wirtschaftliche Zukunft zu gefährden?", fragte einer der Teilnehmer, der mit fundierten, wirtschaftlichen Argumenten die Notwendigkeit eines Umbruchs predigte. Er erinnerte daran, wie der Bau eines Luxushotels neue Arbeitsplätze und Wohlstand bringen würde – ein Traum, von dem viele schon lange nicht mehr zu träumen gewagt hatten.

Die Diskussionen in diesen Runden waren leidenschaftlich, fast krankhaft rational: Jeder versuchte, seine Familie und sein eigenes Wohlergehen zu rechtfertigen. Einige sahen sich als Opfer eines Systems, das sie früher ausgeschlossen hatte, während andere glaubten, dass der Widerstand die Insel in einem nostalgischen Stillstand gefangen halten würde. Es entstand eine subtile, aber gefährliche Spaltung, in der der Widerstand gegen das Konsortium nicht nur als politischer Akt, sondern auch als persönlicher Verrat empfunden wurde.

Larsen beobachtete diese internen Auseinandersetzungen mit wachsender Sorge. In einem geheimen Treffen der Initiative war er erschüttert über Berichte, wonach profitgierige Stimmen systematisch Desinformationskampagnen initiierten. Falsch platzierte Testimonials und plakative Social-Media-Beiträge verbreiteten die Botschaft, dass der Widerstand am eigenen Untergang arbeite. Die Initiativmitglieder erkannten, dass es nicht nur ein Kampf gegen die konzerngetriebenen Machenschaften war – es galt auch, das Vertrauen innerhalb der Gemeinschaft zu wahren.

Dabei wurden auch soziopolitische Spiele ausgefochten: Einzelne unter den profitgünstigen Inselbewohnern wurden gezielt als „Helden der Zukunft“ inszeniert. Es entstanden Verschwörungstheorien, die den Widerstand als unrealistische Romantik brandmarkten. Ein Unbekannter begann nun, verlockende Videos zu posten, in denen er

von einer glänzenden, wirtschaftlich prosperierenden Insel berichtete, während hinter den Kulissen bereits Absprachen mit dem Konsortium getroffen wurden.
Inmitten dieses tobenden Spektakels spürte man den seelischen Preis der Entscheidungen. Jochen, der anfangs vom schnellen Profit träumte, fand schlaflose Nächte vor, in denen er an den schwindenden Erinnerungen an das ursprüngliche Amrum festhielt. Helga beschrieb in einem Brief an eine enge Freundin, wie sie sich wünschte, dass man noch an den Werten der Gemeinschaft festhalte – doch der Sog der wirtschaftlichen Möglichkeiten zerrte an ihrer Seele.

Diese persönlichen Opfer und inneren Risse fügten dem Widerstand selbst eine zusätzliche, schmerzhafte Dimension hinzu. Denn während der lautstarke Protest der Gemeinschaft für den Erhalt ihrer Heimat ein starkes Signal war, drohte die innerliche Spaltung der Insel am Ende das Fundament der Widerstandsbewegung zu erschüttern. Larsen mahnte in einem vertraulichen Gespräch: „Wir können der Profitgier nicht erlauben, unsere Herzen zu verhärten. Jede gespaltene Seele, die sich gegen den Zusammenhalt wendet, ist ein Schlag ins Gesicht unserer gemeinsamen Zukunft."

Kapitel 29

Lars Becker, Kontaktmann von Kommissarin Meyerhofer, der quasi Tür an Tür mit Minister Doggerland saß, hatte zwischenzeitlich einige Informationen über das Konsortium und die Verstrickungen des Ministers und seiner Frau zusammengetragen. Er saß in einem schummrigen Hinterzimmer des Ministeriums, in dem der schwache Schein alter Wandleuchten die Schatten tanzen ließ, an seinem unauffälligen Schreibtisch. Auf den ersten Blick glich er einem gewöhnlichen Beamten, doch in seinen Augen lag das funkelnde Kalkül eines Mannes, der sich in einem doppelten Tanz aus Loyalität und Verrat wiederfand. Der Raum war erfüllt von der leisen, bedächtigen Stille, die man nur in Gebieten spürte, in denen Macht und Geheimnisse untrennbar miteinander verwoben waren.

Was Meyerhofer und Larsen nicht wussten, dass Becker unmittelbar nach der ersten Kontaktaufnahme zu ihm bereits Minister Doggerland darüber informiert hatte, dass heimlich gegen ihn und das Konsortium ermittelt wurde. Lars Becker traf sich – unter dem Deckmantel einer vertraulichen Beratung – mit Minister Doggerland in einem privaten, fast nüchtern gestalteten Büro. Doggerland, ein Mann von imposanter Präsenz und politischem Selbstbewusstsein, musterte Becker misstrauisch, während er seine Hände nervös verschränkte. Mit bedachter Miene und leiser Dringlichkeit sprach Becker:

„Herr Minister, es gibt Berichte darüber, dass sich gegen Sie Intrigen zusammenbrauen. Es wäre weise, präventive Maßnahmen zu ergreifen, sonst könnte Ihr politisches Fundament ins Wanken geraten.“ Er wählte seine Worte so, dass sie zugleich warnen und die Illusion von Sorge um den Minister erwecken sollten – ein gefährliches Spiel, in dem jedes Wort wohlüberlegt sein musste.

Doch während Minister Doggerland in alarmierter Bereitschaft grübelte, schmiedete Becker im Verborgenen seinen eigensinnigen Plan. Doggerland musste um jeden Preis verhindern, dass man ihm, und vor allem seiner Frau, auf die Schliche kam und bat Becker deshalb, sich etwas einfallen zu lassen, um das abzuwenden. Es sollte sein Schaden nicht sein. Also inszenierte er die Sache mit

dem Koffer. Er war es auch, der die Polizei angerufen hatte, um den vermeintlichen Verlust zu melden. Gleichzeitig heckte er den Plan aus, sich die Angelegenheit zunutze zu machen, und spickte den Koffer mit Informationen gegen den Minister in der Hoffnung, nein, in der Erwartung, dass die von der Polizei entdeckt würden. So wollte er seiner Karriere einen gewissen Schub geben. Das wiederum ahnte Doggerland nicht. In weiteren diskreten Treffen und verschlüsselten Nachrichten bereitete er für Kommissarin Meyerhofer eine alternative Realität vor: Jede überlieferte Information wurde gezielt manipuliert, um die Verstrickungen des Ministers scheinbar schwerwiegender und undurchsichtiger erscheinen zu lassen, als sie in Wahrheit waren. Sein Doppelleben zwang ihn, stets zwischen zwei Welten zu balancieren – zur einen Seite der loyale Untergebene, der bereit war, seinen Vorgesetzten zu warnen, zur anderen Seite derjenige, der seinen eigenen Aufstieg plante.

Mit jeder Minute, die verstrich, wuchs in Becker der Glaube, dass dies seine Stunde sein könnte. Er spürte, wie sich in seinem Innern ein unheilvoller Funke entzündete: Der Gedanke, den Minister zu stürzen und seinen Platz an der Spitze einzunehmen, ließ sein Herz schneller schlagen. Dabei war ihm bewusst, dass er jeden Schritt meisterlich kaschieren musste, um nicht als Drahtzieher entlarvt zu werden. In seinem stillen Refugium, während gelbe Notizen und verschlüsselte E-Mails sich stapelten, brütete er über den Möglichkeiten, seine Karriere in neuen, gefährlichen Bahnen zu lenken.

Gegen Abend verließ Becker sein Büro. Er wusste: Sein doppelt geführtes Leben war ein schmaler Grat, auf dem jeder falsche Schritt den Fall bedeuten konnte. Doch in diesem Spiel aus Manipulation, Intrigen und kalkuliert gesetzten Hinweisen lag auch die Chance, das Machtgefüge zu seinem eigenen Vorteil umzukrempeln. Ein leises Lächeln spielte um seine Lippen, während er in die Dunkelheit hinaustrat – fest entschlossen, die Kontrolle zu erlangen, ohne dass jemand jemals erahnen konnte, wer der wahre Puppenspieler war.

Kapitel 30

Bereits einen Tag nach dem Gespräch mit Minister Doggerland, der späte Nachmittag tauchte die ehrwürdigen Flure des Kieler Parlaments in ein gedämpftes Licht, wartete Kommissarin Meyerhofer, in einem dunklen Mantel und mit entschlossener Miene, in einem abgelegenen Nebenraum auf ihren Informanten – ein Ort, an dem man glaubte, dass hier die Wahrheit und auch die Lügen gleichermaßen ihre Schatten warfen. Ihr Herz klopfte schneller, denn sie wusste, dass jede Minute, die verstrich, das Netz der Intrigen dichter werden ließ.

Lars Becker betrat den Raum – ein schlanker Mann mit einem undurchschaubaren Lächeln, das zugleich charmant und kalt wirkte. Seine Augen verrieten, dass er die politischen Spielregeln wie ein erfahrener Spieler kannte. Mit gedämpfter Stimme sprach Meyerhofer ihn unverblümt an: „Sie wissen, welch hohen Einsatz diese Informationen haben. Minister Doggermann – vorangetrieben von seiner ehrgeizigen Ehefrau – treibt mit allen Mitteln die Pläne des Konsortiums voran, einen Golfplatz auf Amrum zu errichten. Ich erwarte volle Informationen über seine Machenschaften."

Becker neigte leicht den Kopf, als ob er das große Ganze bereits durchschaut hätte. Mit einer Mischung aus Überzeugung und heimtückischem Schmunzeln entgegnete er:

„Frau Kommissarin, die Wahrheit ist an manchen Tagen kostbar und gefährlich zugleich. Seien Sie versichert: Ich werde Ihnen berichten, was ich erfahre – auch wenn manche Details vielleicht… etwas variieren."

In diesem Augenblick schimmerte zwischen den beiden ein stilles Misstrauen auf. Becker lieferte prompt eine Reihe von Informationen – Berichte, Gerüchte und halbwahre Aussagen, die wie geschickt arrangierte Puzzleteile den Schein erweckten, zumindest ein Stück Wahrheit zu enthalten. Doch in jedem Satz schwang sein doppeltes Spiel mit. Während er den Gerüchten nachspürte und Details zusammenstellte, die geeignet waren, Minister Doggerland zu diskreditieren, flüsterte er im Verborgenen auch einer hochrangigen Persönlichkeit aus dem Parlament von Meyerhofers Ermittlungen. Sein Ziel war eindeutig – er plante, den Minister zu stürzen, um selbst in die leeren großen Schuhe des Amtes zu schlüpfen.

Im Laufe der nächsten Tage wurde die undurchsichtige Informationsflut zunehmend widersprüchlich. Kommissarin Meyerhofer begann, sich zu fragen, ob hinter den von ihrem Informanten gelieferten Informationen nicht mehr steckte als bloß karriereorientierter Opportunismus. Während sie die angegebenen Fakten akribisch zu ordnen versuchte, fiel ihr langsam die brisante Doppeldeutigkeit des Kontakts auf: Jede von ihm gelieferte Information war sorgfältig gewürzt – manchmal zu großzügig, manchmal unheimlich spärlich. Es war klar, dass er nicht nur einem Auftrag nachkam, sondern gleichzeitig ein doppeltes Spiel spielte, indem er ihre Initiative an einen politischen Gegenspieler verriet und eigene Wege nutzte, um sich im System aufzuspielen.

Kapitel 31

Kommissarin Meyerhofer drängte auf ein weiteres Treffen mit ihrem Informanten. Kurze Zeit später fand es statt. Sie wollte Gewissheit. War Becker verlässlich oder arbeitet er gegen sie? Der Raum war gedämpft beleuchtet, die schweren Holzmöbel und Aktenstapel zeugten von der Ernsthaftigkeit der Ermittlungen. Kommissarin Meyerhofer hatte ihren Kollegen, Polizeihauptkommissar Larsen gebeten, bei dem Gespräch dabei zu sein. Sie saßen an einem rechteckigen Tisch, als Lars Becker eintrat. Er wirkte bedacht und kontrolliert – äußerlich loyal, innerlich aber ein Falschspieler.

Meyerhofer begann das Gespräch mit fester Stimme: „Herr Becker, setzen Sie sich. Wir brauchen ein Update. Wie weit sind Sie mit den Ermittlungen zum Ministerprojekt gekommen?“ Becker lehnte sich leicht vor, mit gemischtem Blick. „Frau Kommissarin, ich habe in den letzten Tagen einige Hinweise zusammengetragen. Es gibt interne E-Mails, in denen Minister Doggerland von einem vertraulichen Kontakt mit Vertretern des Konsortiums spricht – angeblich gesucht wurde eine unkonventionelle Finanzierungsstruktur für den Golfplatz.“

Polizeihauptkommissar Larsen fragte skeptisch nach: „Und in diesen Dokumenten … finden Sie klare Belege, die auf einen direkten Geldtransfer oder gar Bestechung hindeuten?“ Becker antwortete zögernd, fast vorsichtig: „Es gibt Anhaltspunkte. Eine E-Mail, die ich kürzlich sichern konnte, erwähnt vage einen Transfer in Höhe von mehreren Hunderttausend Euro. Allerdings sind die Angaben lückenhaft. Einige Anlagen fehlen, und es gibt Widersprüche im Text – möglicherweise wurden Informationen absichtlich dosiert. Ich möchte nichts voreilig behaupten, bevor ich alle Belege vollständig habe."

Meyerhofer nickte, ohne ihr Sorge zu verbergen: „Das passt zu den bisherigen Verdachtsmomenten. Aber Herr Becker, diese Unstimmigkeiten – könnten sie auf Manipulation hindeuten? Haben Sie irgendwelche Hinweise erhalten, die den Verdacht erhärten?" Becker erwiderte mit kontrollierter Stimme: „Es kursieren Gerüchte, dass in einigen Abteilungen gezielt Informationen zurückgehalten werden. Ich konnte sogar einen internen Kontakt erreichen, der von ungewöhnlichen Kommunikationswegen berichtet hat. Doch ich betone: Meine Informationen sind aus verschiedenen Quellen, manche widersprüchlich. Es scheint, als wäre jemand daran interessiert, uns nur das zu zeigen, was er oder sie preisgeben will."

Polizeihauptkommissar Larsen energisch: „Das ist bedenklich. Wir können uns auf so dosierte Informationen nicht vollständig verlassen. Herr Becker, können Sie bestätigen, dass Sie alle Daten gesichert haben und nicht absichtlich etwas zurückhalten?" Becker schaute Larsen an. „Ich versichere Ihnen, ich habe alles dokumentiert. Es gibt jedoch Abschnitte, die ich noch nicht verifizieren konnte – ich ziehe es in Betracht, dass es Unstimmigkeiten gibt, die wir gemeinsam klären müssen. Ich werde weiterhin alle Spuren nachverfolgen, die sich mit dem Finanztransfer und den internen Absprachen verbinden."

Meyerhofer blickte ernst zwischen Becker und Larsen hin und her. „Wir müssen uns auf präzise Beweise stützen. Becker, wenn Ihnen weitere Details auffallen, auch wenn sie zunächst unvollständig erscheinen, melden Sie sich bitte. Wir können es uns nicht leisten, durch falsche oder dosierte Informationen in die Irre geführt zu werden."

Becker nickte, aber seine Augen verrieten einen flüchtigen, geheimnisvollen Ausdruck. „Verstanden, Frau Kommissarin. Ich werde alles in meinem Einflussbereich tun, um die wahren Zusammenhänge aufzudecken – Schritt für Schritt. Es ist ein gefährliches Spiel, in dem manche bereit sind, auf doppelte Karten zu setzen." Polizeihauptkommissar Larsen lehnte sich zurück und sprach in ruhigem Ton: „Wir bleiben im ständigen Austausch. Falls Sie etwas entdecken, das nicht in das bisherige Bild passt, informieren Sie uns umgehend – selbst wenn es den Anschein erweckt, als könnten es auch Falschinformationen sein."

Meyerhofer mit fester Entschlossenheit: „Becker, wir gehen diesen Fall gemeinsam an. Jede noch so kleine Spur kann entscheidend sein, um das Netz der Korruption aufzudecken. Nicht zuletzt der gute Ruf des Kollegen Larsen steht hier auf dem Spiel. Ich verlasse mich auf Ihre Professionalität." Becker stand langsam auf, sammelte seine Unterlagen und warf einen Blick zurück – ein Hauch von Selbstzufriedenheit mischte sich in sein Lächeln, während er den Raum verließ. Gleichzeitig ahnten Meyerhofer und Larsen nicht, dass die von Becker gelieferten Informationen wohl überlegt dosiert und stellenweise falsch waren. Während beide Ermittler an der Oberfläche der Sache arbeiteten, spielte Becker bereits sein doppeltes Spiel – als Informant für die Ermittler und als stiller Arbeiter im Schatten, der seine eigenen Ziele verfolgte.

Kapitel 32

Während Larsen immer tiefer in die Untersuchung eintauchte, stieß er auf Dokumente, die auf den ersten Blick harmlos wirkten, Berichte über Bauprojekte, Genehmigungen und Finanzierungspläne. Doch bei genauerem Hinsehen entdeckte er Unregelmäßigkeiten. Summen, die nicht zusammenpassten, und Unterschriften, die gefälscht wirkten. Es stellte sich heraus, dass diese Unterlagen Teil eines größeren Korruptionsskandals waren, der bis in die höchsten politischen Kreise reichte.

Eines der Dokumente enthielt den Namen des prominenten Politikers Doggerland, der kürzlich für seine Reformen im sozialen Sicherungssystem in den Schlagzeilen war. Diese Reformen hatten heftige Proteste ausgelöst, und es gab Gerüchte, dass sie nur dazu dienten, Gelder in dunkle Kanäle umzuleiten. Der Koffer schien Beweise für diese Machenschaften zu enthalten – Beweise, die, wenn sie an die Öffentlichkeit gelangten, nicht nur den Ruf des Politikers, sondern auch die Stabilität der Regierung gefährden könnten.

Larsen begann, zu begreifen, warum er ins Visier geraten war. Jemand hatte ihn als Ablenkung benutzt, um die Aufmerksamkeit von den brisanten Inhalten des Koffers abzulenken. Indem man ihn diskreditierte, hoffte man, die Ermittlungen zu sabotieren und die Wahrheit im Verborgenen zu halten. Doch Larsen war entschlossen, die Wahrheit ans Licht zu bringen, auch wenn es bedeutete, sich gegen mächtige Gegner zu stellen.

Die Wahrheit begann sich wie ein Sturm zu entfalten, und der vermeintliche Informant, der bislang im Schatten agiert hatte, spürte, wie das Netz der Intrigen, das er mitgesponnen hatte, sich nun um ihn selbst zu schließen drohte. Was einst wie ein kalkulierter Plan erschien, um Larsen zu diskreditieren und die politischen Machenschaften zu verschleiern, war nun außer Kontrolle geraten. Die Beweise, die er manipuliert hatte, und die falschen Spuren, die er gelegt hatte, begannen, sich gegen ihn zu wenden.

Kapitel 33

Nachdem Larsen und Meyerhofer den Koffer zum wiederholten Mal inspiziert hatten, fiel ihr Blick fast zufällig auf eine verborgene Innentasche. Zwischen altem, vergilbtem Briefpapier und einem Foto entdeckte er ein kleines, handgeschriebenes Notizbuch, das auf den ersten Blick unscheinbar wirkte. Das Foto legte er zunächst zur Seite. Beim Durchblättern des kleinen Büchleins stießen seine Augen auf Einträge, die nicht nur kryptisch wirkten, sondern auch ein Datum und Namen enthielten, die in keinem Zusammenhang mit seinem bisherigen Dienst standen. Ein Eintrag erwähnte sogar ein geheimes Treffen – genau am gleichen Tag, an dem der Koffer gefunden worden war.

Die kryptischen Zahlenreihen, geheimen Termine und Namen – darunter auch der von Tanja Doggerland, offenbarten die Pläne und Skizzen für den geplanten Golfplatz, umrahmt von Anmerkungen, die die minutiöse Planung der gesamten wirtschaftlichen Machtausweitung enthüllten. Noch bedeutsamer war ein USB-Stick, gut versteckt zwischen den losen Papieren, der offenbar digitale Beweise in Form von verschlüsselten Transaktionen und geheimen E-Mails enthielt.

Während Larsen die Dokumente sorgfältig durchblätterte, dämmerte ihm langsam der schreckliche Zusammenhang. Die handschriftlichen Notizen belegten geheime Treffen zwischen hochrangigen Politikern und den Strippenziehern des Konsortiums. Die Finanzaufstellungen wiesen auf undurchsichtige Geldflüsse hin, die allein dem Profitstreben dienten – koste es, was es wolle. Die Skizzen zeigten aber nicht nur einen Golfplatz, sondern einen umfassenden Plan, Amrum in ein lukratives Investmentparadies zu verwandeln, bei dem die Natur und die kulturelle Identität völlig geopfert würden.

Mit jedem Satz, mit jedem Puzzleteil, das seinen Platz im riesigen Bild fand, spürte Larsen, wie sich die Puzzleteile der Intrige nun endgültig zusammenfügten. All die Drohungen, all die Einschüchterungen und Spaltungen innerhalb der Gemeinschaft – sie waren Teil eines perfiden Plans, der von den Händen eines skrupellosen Netzwerks gelenkt wurde, das einzig und allein auf Profit aus war.

Dann schaute Larsen auf das Foto, das er zunächst beiseitegelegt hatte. „Frau Kommissarin“, rief er plötzlich aufgeregt. „Ich habe gerade etwas entdeckt, das mir Gänsehaut verursacht hat. Sehen Sie sich dieses Foto an.“ Es war ein Foto, auf dem Lars Becker, eindeutig zu erkennen an seiner Statur und seinem markanten Gesicht, zusammen mit Minister Doggerland und dessen Frau abgebildet war – in einem privaten Umfeld, weit entfernt von der offiziellen Arbeitssituation, aber die Inszenierung war nicht zufällig.

Meyerhofer war erstaunt, die Stimme angespannt: „Das ... das ist eindeutig unser Informant Lars Becker. Wie kommt er in solch enger Verbindung zum Minister und seiner Frau? Wir hatten bisher nichts dergleichen vermutet.“ Larsen sagte leise, aber mit spürbarer Wut: „Alle Hinweise, die er uns bisher geliefert hat, waren wohl sorgsam dosiert – ja, sogar teilweise falsch. Dieses Foto macht unschön klar, dass er mehr als nur ein loyaler Informant ist.“

Meyerhofer, nach kurzem Schweigen, sagte mit fester

Entschlossenheit: „Wir müssen davon ausgehen, dass Becker ein doppeltes Spiel spielt. Während er uns mit Halbwahrheiten und selektiven Informationen gefüttert hat, hat er insgeheim für den Minister gearbeitet. Das Ganze war darauf ausgelegt, uns in die Irre zu führen und den wahren Ablauf seiner Verstrickungen zu verschleiern."

Larsen blickte nachdenklich auf das Bild. „Er hat uns also nicht nur mit Falschnachrichten versorgt, sondern auch aktiv Beweise manipuliert. Diese Dreiecksbeziehung zwischen ihm, dem Minister und seiner Frau – sie wirft ein ganz neues Licht auf den Fall." Meyerhofer reagierte scharf, fast vor Zorn: „Wir haben diesem Kerl vertraut, weil wir dachten, er sei unser einziger Zugang zu den internen Machenschaften. Jetzt wird klar, dass er alle Karten neu gemischt hat. Wir müssen sofort handeln, bevor er noch mehr Schaden anrichten kann."

„Wir sollten Becker unverzüglich zur Rede stellen", schlug Larsen vor. „Gleichzeitig analysieren wir das Foto und alle dazugehörigen Daten, um genau herauszufinden, in welchem Kontext das Treffen stattgefunden hat. Ich möchte auch wissen, ob noch weitere Beweise gegen ihn vorliegen – etwas, das seine Doppelrolle untermauern kann."

Meyerhofer nickte langsam, den Blick immer noch am Foto haftend. „Genau. Wir müssen in kurzen Schritten vorgehen. Einerseits dokumentieren wir diese Erkenntnis und bereiten alles für eine mögliche Einleitung interner Untersuchungen vor, andererseits stellen wir Becker zur Rede. Dieser Verrat darf nicht ungestraft bleiben."

Larsen meinte entschlossen: „Die nächsten Stunden sind entscheidend. Ich rufe gleich ein Team zusammen, das den gesamten Kommunikationsverlauf von Becker mit

den Ministeriumsvertretern systematisch durchforstet. Auch wenn wir bislang nur halbe Wahrheiten hatten – jetzt haben wir das, was alles zusammenbringt."
„Dann veranlassen Sie das unmittelbar", sagte Meyerhofer mit fester Stimme. „Wir müssen jetzt das Netz der Korruption entwirren. Beckers doppeltes Spiel wird das Ende unseres Falls nicht sein – im Gegenteil, es wird uns den entscheidenden Hinweis liefern, um den Minister und alle Beteiligten endgültig zur Rechenschaft zu ziehen."

Beide wissend, dass die Enthüllung des Fotos den Fall auf eine neue, gefährliche Stufe hob, bereiteten sie sich innerlich auf den unvermeidlichen Showdown vor. Die Unsicherheit und das Gefühl der Täuschung mischten sich mit der Entschlossenheit, den Fall um jeden Preis aufzuklären – auch wenn das bedeutete, einen vermeintlichen Verbündeten zu entlarven und gegen ihn vorzugehen.

Der Moment der Erkenntnis war zugleich ein Moment der Entscheidung. In der trüben Stille seines Zimmers, nur unterbrochen vom rhythmischen Trommeln des Regens an den Fensterscheiben, legte Larsen seinen Blick auf die gesammelten Beweise. Er wusste nun, dass der Koffer weit mehr war als ein zufälliger Fund – er war der Schlüssel zur Entlarvung der korrupten Machenschaften, die seine geliebte Insel bedrohten.

Mit fester Entschlossenheit aktivierte Larsen sein digitales Archiv und begann, die Beweise systematisch zu sichern und zu vernetzen. Jeder Hinweis, jedes Dokument hüllte das undurchsichtige Netzwerk aus Geldströmen, politischen Intrigen und persönlicher Gier in grelles Licht. Die Erkenntnis ließ seinen Atem stocken, aber sie stärkte auch seinen Willen, dem Konsortium und den Verrätern den absoluten Schlagversuch zu erteilen.

„Dies ist der entscheidende Wendepunkt", murmelte Larsen leise vor sich hin, als er das Foto sicherte. „Die Wahrheit ist nun in meinen Händen – und mit ihr beginne ich den Kampf, um Amrum vor dem alles verzehrenden Profitgierwahn zu schützen." In diesem Moment verband sich die Vergangenheit mit der Gegenwart: Der herrenlose Koffer, der einst am Fährhafen zurückgelassen wurde, hatte Larsen den Weg zu einer umfassenden Verschwörung aufgezeigt. Jetzt war er nicht mehr der unbefangene Beamte, der sich aus Pflicht und Neutralität zurückhalten wollte. Er war zum Kämpfer geworden – ein Mann, der bereit war, alle Fesseln zu sprengen, um die Seele Amrums vor einer Zukunft zu bewahren.

Diese Hinweise im Koffer wurden so zum Katalysator: Sie gaben Larsen nicht nur konkrete Ansatzpunkte, den wahren Täter zu finden, sondern offenbarten auch, dass die Beweislast gegen ihn essenziell falsch arrangiert wurde. Mit diesen Puzzleteilen begab sich Larsen auf eine gefährliche Reise, bei der er gegen die Zeit und ein Netzwerk von Lügen ankämpfen musste – immer begleitet von einem tiefen, persönlichen Auftrag, seine Unschuld endgültig zu beweisen.

Kapitel 34

In einer schlaflosen Nacht saß der Lars Becker in seinem Büro, die Hände zitternd über einem Stapel Dokumente, die er nicht mehr kontrollieren konnte. Die Enthüllungen, die Larsen Stück für Stück ans Licht gebracht hatte, drohten nicht nur den Drahtzieher des Plans zu entlarven, sondern auch ihn selbst als Mittäter. Ihm war bewusst geworden, dass er nur eine Randfigur in einem viel größeren

Spiel war, doch die Konsequenzen seiner Handlungen lasteten schwer auf ihm. „Du kannst entweder weiter schweigen und vielleicht sogar mit untergehen – oder du hilfst dabei, die Wahrheit doch noch ans Licht zu bringen“, dachte er bei sich.

Becker zögerte noch. Die Angst vor den Konsequenzen, vor dem Verlust seiner Karriere und vielleicht sogar seiner Freiheit, war überwältigend. Doch gleichzeitig spürte er, dass er nicht länger Teil dieses Spiels sein konnte. Die Intrigen, die er unterstützt und sogar gefördert hatte, hatten nicht nur Larsen geschadet, sondern auch das Vertrauen in die Institution, der er einst gedient hatte, zerstört.

Nach einer quälenden Nacht des Zögerns und inneren Kampfes traf Becker schließlich eine Entscheidung, die alles verändern sollte. Er fasste den Entschluss, Kommissarin Meyerhofer und Larsen reinen Wein einzuschenken. In einem verlassenen Büro der Polizeistation, als der Regen unaufhörlich gegen die Fenster prasselte, stand er plötzlich vor Larsen, nicht als feiger Verräter, sondern als ein Mann, der sich von der Last der Lügen befreien musste.

„Ich kann das nicht länger ertragen,“ begann er mit bebender Stimme, während er zitternd einen prall gefüllten Ordner hervorholte. Darin befanden sich die unwiderlegbaren Beweise. manipulierte Berichte, gefälschte Stempelabdrücke und heimlich aufgenommene Gespräche, die seine wahren Motive und die Intrigen der Drahtzieher dokumentierten. Mit jedem Wort, das er sprach, löste sich der Schatten der Verschwörung Stück für Stück auf.

„Es war alles so minutiös inszeniert,“ fuhr er fort, während Larsen aufmerksam jede Zeile mitlas, „um Sie, Larsen, als Sündenbock darzustellen und gleichzeitig den wahren Urheber des Betrugs hoch oben in der Hierarchie zu schützen. Ich … ich habe zu lange gezweifelt, ob das Richtige darin besteht, ihn zu verraten. Doch jetzt weiß ich, dass wir keine Zeit mehr verlieren dürfen."

Die Worte Beckers hingen schwer in der Luft, während die Akten den Raum mit düsteren Beweisen füllten. Sein Geständnis offenbarte eine Verstrickung, die weit in die politischen Kreise reichte – ein Netzwerk aus Korruption und Machtmissbrauch, das bis in die höchsten Kreise reichte und dessen Enthüllung den Einfluss der Drahtzieher in Gefahr brachte.

Larsens Blick verfestigte sich. Die zahlreichen Spuren, die er mühsam zusammengesetzt hatte, fügten sich jetzt zu einem erschütternden Gesamtbild zusammen. Becker zitterte nicht nur vor Angst vor den Konsequenzen, sondern auch vor der erdrückenden Last der Wahrheit, die nun endlich ans Licht kam. Mit einem letzten Seufzer fuhr Becker fort: „Ich werde alles preisgeben – egal, welchen Preis ich dafür zahlen muss."

Während weitere Fingerabdrücke, geheime Telefonaufzeichnungen und korrupte E-Mail-Konversationen ans Licht kamen, erkannte man, dass Lars Becker der ultimative Schlüssel zum Fall gewesen war. Er hatte den entscheidenden Beweis geliefert, der nicht nur Larsens Unschuld belegen konnte, sondern auch den politischen Skandal in all seinen verwerflichen Facetten offenlegte.

Die Rolle Beckers – von einem überforderten Akteur zum mutigen Whistleblower – wurde so zum Katalysator für den entscheidenden Showdown und eine Welle der Konsequenzen nahm – bis in die höchsten politischen Kreise – ihren unaufhaltsamen Lauf.

Kapitel 35

Der trübe Lichtschein des spärlich beleuchteten Konferenzraums kontrastierte scharf mit dem tosenden Regen, der unablässig gegen die Fenster peitschte – als ob die Natur selbst Zeugnis ablegen wollte. Der ehemalige Informant Becker hatte Larsen verraten, wann sich die Mitglieder des Konsortiums wieder auf Amrum versammeln würden. Das war der Moment, auf den Larsen lange gewartet hatte. An einem langen Tisch saßen sie alle, die jahrelang im Verborgenen agiert hatten: Machtspieler, politische Drahtzieher und korrupte Insider, die den Skandal geschickt zu vertuschen suchten. Doch heute war der Tag gekommen, an dem die Schatten endlich dem Licht preisgegeben wurden.

Larsen betrat unvermittelt den Raum und stand plötzlich am Kopf des Tisches, sein Blick fest und durchdringend. Mit ruhiger, aber bestimmter Stimme eröffnete Larsen den Showdown: „Heute endet das perfide Spiel. Ihre Lügen, Ihre Verstrickungen in Machtmissbrauch und Korruption stehen hier und jetzt offen – vor allen Augen." Seine Worte hingen schwer im Raum, während Becker den Umschlag auf den Tisch legte. Seitenweise manipulierte Akten und digital gesicherte Telefonaufnahmen bildeten eine unwiderlegbare Kette von Beweisen, die den ganzen Skandal in seinen Grundfesten erschütterten. Einige der Verschwörer warfen sich nervöse Blicke zu, während andere – die einst selbstsicheren Architekten der Intrigen – nun in panischer Erwartung schweigend dastanden.

In diesem Moment stürmten Uniformierte den Raum. Einer der hochrangigen Verschwörer, dessen Ambitionen und Machtspiele über Jahre hinweg das System vergiftet hatten, versuchte verzweifelt, über sein Funkgerät Alarm zu schlagen – doch alle Verbindungen brachen ab. In diesem Moment wurde klar: Der ganze Angriff, der inszeniert war, um Larsen in den Abgrund zu ziehen, war jetzt umgekehrt worden. „Mit dieser Beweisführung sichern wir nicht nur meine Unschuld, sondern legen auch das Fundament für Gerechtigkeit in unserem Haus. Heute tragen wir den Verrat in die Öffentlichkeit, und niemand von Ihnen wird sich hinter Machtspielchen verstecken können", rief Larsen den Mitgliedern des Konsortiums noch nach.

Die Atmosphäre im Raum glich einem Gemisch aus Angst, Reue und unausweichlichem Verrat. Einige Kollegen, die zuvor an Larsen gezweifelt hatten, nickten nun zustimmend, während Journalisten, die vorher informiert worden waren, ihre Kameras zückten, um diesen Moment festzuhalten.

Kapitel 36

Als Larsen später erfuhr, dass auch die Frau des Ministers verhaftet worden war, bat er die Kollegin Meyerhofer, bei dem Verhör dabei sein zu dürfen. Die hatte nichts dagegen. Im Gegenteil meinte sie sogar, dass Larsen gerne Fragen an Frau Doggerland richten könne, wenn er das denn wolle. Schließlich war sie diejenige, die Larsen beinahe ins Unglück gestürzt hätte. Also machte Larsen sich auf den Weg nach Flensburg. Nach seiner Ankunft im Polizeipräsidium und kurzer Begrüßung wurde die Frau des Ministers in das Verhörzimmer hereingeführt. An einem schlichten Holztisch saß Frau Doggerland – ihr edles, fast schon melancholisches Auftreten ließ erahnen, dass sie mehr als nur ein Relikt vergangener Zeiten war.

Polizeihauptkommissar Larsen, gekleidet in makellosem Dienstanzug, eröffnete das Gespräch mit einer Stimme, die zugleich ruhig und fordernd klang.

„Frau Doggerland, wir können beweisen, dass Sie hinter den Plänen stecken. Ihr Mann, der Noch-Minister, war lediglich das willige Werkzeug. Er wollte Sie nicht verlieren und hat deshalb in diesem Intrigenspiel mitgemacht. Erzählen Sie uns: Was hat Sie wirklich dazu bewogen, hier auf Amrum einen Golfplatz zu errichten? Wissen Sie denn nicht, dass Sie damit nicht nur den Charakter dieser Insel verändern, sondern auch die unberührte Natur zerstören?“ Larsen blickte sie dabei durchdringend an.

Ein schwerer Moment senkte sich über den Raum. Frau Doggerland ließ ihre Hände einen Augenblick lang über dem Tisch ruhen, als ob sie in den feinen Maserungen des Holzes nach Antworten suchte. Ihr Blick fuhr kurz zur Tür, ehe er wieder Larsens durchdringende Augen begegnete.

„Es ist“, sagte sie leise, fast flüsternd, „der Schatten der Vergangenheit, der mich antreibt. Mein Blut, mein Erbe – es schlug einst in den prunkvollen Sälen Ostpreußens, doch der Krieg riss es meiner Familie aus den Händen. Hier, auf dieser Insel, wollte ich ein neues Kapitel beginnen … auch wenn es bedeutet, dass ich der Natur einen Teil ihres Friedens opfern muss.“ Larsen lehnte sich vor, seine Stirn in tiefes Grübeln gefurcht. „Verstehen Sie mich nicht falsch. Ich respektiere den Schmerz, der in Ihrer Geschichte mitschwingt, den Verlust, der generationsübergreifend wühlt. Ihre Wurzeln reichen tief in die glorreichen, wenn auch schmerzhaften Tage Ostpreußens. Ich weiß, Ihre Familie musste alles zurücklassen. Aber ist es gerechtfertigt, dass aus der Sehnsucht nach einem neuen Anfang die Zerstörung eines Naturparadieses erwächst? Haben Sie nie darüber nachgedacht, welchen Preis die Transformation hier fordert?"

Ein kurzer Augenblick der Stille folgte, in dem beide, von unterschiedlichen Welten gezeichnet, über die Narben der Vergangenheit und die Herausforderungen der Gegenwart nachdachten. Frau Doggerland hob langsam den Blick, in ihren Augen blitzte ein Funken Trotz und Unbeugsamkeit auf.

„Manchmal muss Altes sterben, um Platz für Neues zu schaffen", antwortete sie mit fast herausfordernder Stimme. „Ist es nicht auch ein Akt der Wiedergeburt, wenn etwas bisher Unveränderliches transformiert wird? Für meine Familie war das Verlassen Ostpreußens ein schmerzlicher Anfang – dieser Golfplatz ist mein Versuch, aus der Katastrophe einen Neuanfang zu formen, auch wenn er auf den ersten Blick wie ein Verrat an der Natur erscheinen mag."

Larsen ließ seinen Blick einen Moment lang schweifend über den Raum wandern, seine Stimme wurde weicher und zugleich eindringlicher. „Ich verstehe Ihren Wunsch nach Neubeginn, Frau Doggerland. Aber ist es nicht so, dass jede Veränderung auch das Erbe einer verlorenen Welt in sich trägt? Vielleicht liegt die wahre Herausforderung darin, einen Mittelweg zu finden – einen Weg, der Ihre familiäre Geschichte ehrt, ohne die kostbare Natur Amrums zu vernichten."

Ihr Mann hatte die gleichen Worte auch schon einmal an sie gerichtet. Die Spannung zwischen den beiden schien greifbar, als ob der Dialog die Grenzen zwischen Pflicht und Privatleidenschaft auflöste. Während Regentropfen leise gegen die Fensterscheiben trommelten, blieb die Frage im Raum hängen: Wie kann man Vergangenheit und Zukunft versöhnen, ohne dass etwas – sei es Natur oder Geschichte – unwiederbringlich verloren geht?

Kommissarin Meyerhofer war erstaunt über die fast versöhnlichen Worte und das Verständnis, das er der Frau entgegenzubringen schien, obwohl sie viel Leid über ihn gebracht hatte. Erst durch seine Hartnäckigkeit und den starken Willen, sich für seine Überzeugungen einzusetzen, konnte verhindert werden, dass die Natur der wunderschönen Insel Amrum durch die Raffgier der Frau und des Konsortiums vielleicht unwiederbringlich zerstört worden wären.

Kapitel 37

Die akribischen Ermittlungen von Larsen hatten seinerzeit den Zorn des Konsortiums auf sich gezogen. Doch endlich war es zum lang ersehnten Gegenangriff gekommen. Intrigen und falsche Beweisketten sollten seinen Ruf beschmutzen und ihn diffamieren. Es sollte so aussehen, als ob Larsen selbst in die Sache verstrickt gewesen sei und sogar Bestechungsgeld angenommen habe. Medien wurden mit anonymen Berichten gefüttert, die Zweifel an den Methoden des mutigen Ermittlers säen sollten. Lars Becker, der einflussreiche politische Strippenzieher, hatte sich vorgenommen, Larsen ins Kreuzfeuer der öffentlichen Meinung zu rücken, weil er den Plänen des Konsortiums im Weg stand. Dass Becker darüber hinaus seine eigene Karriere befördern wollte, indem er Minister Doggerland in ein schlechtes Licht rückte, stand im Moment nicht zur Debatte.

Als nun endlich klar war, wer hinter der ganzen Sache steckte, ließ eine unabhängige Untersuchungskommission, zusammengesetzt aus obersten Beamten der Staatsanwaltschaft und externen Experten, den Fall aufrollen, weil der einstige Helfershelfer des Konsortiums, Lars Becker, sich zum Glück am Ende doch noch für die gute Seite entschieden hatte. Seine umfangreichen digitalen Beweismaterialien, Zeugenberichte und akribisch archivierten Bankunterlagen wurden überprüft. Dabei zeigte sich unmissverständlich, nicht Larsen, sondern das Konsortium war es, das mit seinen systematischen Korruptionspraktiken und der Anwendung von Gewalt den Widerstand gegen das Projekt zu brechen versuchte.

Die zuvor verbreiteten Gerüchte stellten sich, dank der Aussagen von Lars Becker, als Versuch heraus, Larsen zu diskreditieren. Das alles war endgültig fehlgeschlagen. Der wahre Übeltäter war das skrupellose Konsortium, das in einem verzweifelten Versuch, seinen Profit zu sichern, die Grundfesten der Gemeinschaft zu untergraben suchte. Während einige korrupte Lokalpolitiker versuchten, in den Schatten zu gleiten, trat Larsen mit seiner akribischen Arbeit als unerschütterlicher Verfechter des Gemeinwohls hervor.

In einem feierlichen Akt beim Polizeipräsidenten in Flensburg wurde Larsen in einer Pressekonferenz öffentlich gelobt. Dazu erklärte der Polizeipräsident: „Polizcihauptkommissar Larsen hat uns gezeigt, dass Integrität und Beharrlichkeit die stärksten Waffen gegen Korruption sind. Seine Arbeit hat nicht nur das repräsentative Antlitz von Amrum gerettet, sondern auch den Grundstein für neue Transparenz in unserer Verwaltung gelegt."

An diesem Tag wurde der einst angezweifelte Ermittler Larsen mit einer offiziellen Ehrenmedaille ausgezeichnet, seine Verdienste im Kampf gegen das System der Korruption untermauert und sein Ruf als unbeirrter Verteidiger der Rechtsstaatlichkeit wiederhergestellt.

Kapitel 38

Im Anschluss an die Veranstaltung nahm Larsen die Kommissarin, die ebenfalls anwesend war, beiseite. „Lassen Sie uns zum Abschluss mal was richtig Leckeres probieren“, meinte Larsen. „Wo kann man hier denn was aus der Heimat bekommen?“ Meyerhofer führte ihn in ein gediegenes Lokal und Larsen bestellte einfach mal zweimal Großer Hans. „Bitte die mit Kirschen, Kasseler und Kochwurst“. „Großer Hans?“, fragte Meyerhofer erstaunt. „Vom Blanken Hans habe ich schon mal gehört. So nennen Sie, glaube ich, hier die Sturmfluten, vom großen Hans bisher noch nicht“, sagte Meyerhofer und war gespannt auf die Erklärung. „Der Große Hans ist so eine Art Mehlbeutel. Den gibts in süß und in deftig. Früher haben die Leute altes Weizenbrot verwendet, heute nimmt man entweder einen Mehl- oder Hefeteig, so was wie Dampfnudel. Das kennen Sie vielleicht?“ „Ok, Dampfnudel kenne ich. Die werden bei uns in der Heimat, ich meine in Bayern, allerdings eher süß, also mit Vanillesoße oder Früchten gegessen“, erwiderte Meyerhofer.

„Ihr Nordfriesen habt schon einen eigenartigen Geschmack.“ „Finden Sie?“, fragte Larsen. „Wir mögen die Abwechslung.“ „Wir auch“, erwiderte Meyerhofer. „Aber nicht gleichzeitig. Soße mit eingemachten Kirschen, dazu Schweinebacke und Kochwurst. Wir würden daraus zwei verschiedene Gerichte machen. Das eine definitiv ohne Dampfnudeln“, meinte Meyerhofer und verzog leicht das Gesicht. Nachdem die Bedienung das Essen gebracht hatte, meinte Larsen nur: „Probieren geht über studieren.“ Er nahm die Gabel in die Hand und fing direkt an zu essen.

LARSEN

„Guten Appetit wünsche ich“, schob er noch hinterher, was nicht so leicht zu verstehen war, weil er bereits einen ordentlichen Bissen im Mund hatte.

„Da fällt mir übrigens ein Gedicht ein. Aus dem 19. Jahrhundert, soweit ich weiß. Ich erinnere mich allerdings gerade nicht an den Autor. Irgendeine Blume, Rose, Nelke, Veilchen. Nein jetzt weiß ichs wieder. Liliencron hieß der Dichter. Trutz, blanke Hans“, meinte Larsen, als er gerade mal nichts im Mund hatte. „Aha. Und was hat es mit unserem Essen zu tun?“, fragte Meyerhofer. „Nichts. Fiel mir nur gerade so ein, weil Sie doch vorhin gesagt haben, dass Sie den blanken Hans kennen“, antwortete Larsen.

„Erzählen Sie“, bat Meyerhofer und legte die Gabel zur Seite. „Kurz gesagt geht es darum, dass bei einer großen Sturmflut im Jahr 1362 die Warfteninsel Rungholt untergegangen war. Davor sollen die Rungholter ziemlich überheblich gewesen sein. Sie glaubten nämlich, dass ihnen die Sturmflut mit ihren Deichen nichts passieren kann. Das war leider ein Irrtum“, fuhr Larsen fort. „Noch Jahrhunderte später gab es Deichgrafen, die sich hochnäsig auf den Deich gestellt haben sollen und in Richtung Nordsee riefen: `Versuch doch, gegen unseren Deich anzustürmen, du ärmlicher Geselle´.“ Das sagte er allerdings so laut, dass sich die Gäste nach ihm umdrehten.
„Was ich noch sagen wollte, Kollegin Meyerhofer“, setzte Larsen an. „Noch ein Gedicht?“, fragte seine Kollegin. „Nein. Ich wollte mich bei Ihnen bedanken. Für Ihre Unterstützung in dieser für mich schwierigen Zeit.“ „Da nich für. Das sagt man bei Ihnen doch so?“, antwortete Meyerhofer. „Ja, das sagt man wohl“, antwortete Larsen und atmete erleichtert aus. „Das war ihm jetzt wohl nicht leicht gefallen“, dachte Meyerhofer. „Aber immerhin.“

Nach dem Larsen die Rechnung bezahlt hatte, standen

beide auf und gingen hinaus. „Dann will ich mal wieder“, sagte Kommissarin Meyerhofer zum Abschied. „Vielleicht sehen wir uns ja mal wieder.“ Dann gab sie ihm die Hand und meinte noch: „Ich bin froh, dass alles so gut ausgegangen ist. Kommen Sie gut zurück nach Amrum, Hauke.“

Kapitel 39

Nach seiner Rückkehr in die Polizeistation fragte Abbo Nissen seinen Kollegen: „Weißt du, Hauke, worauf ich mich freue?“ „Auf ein Fischbrötchen“, war die knappe Antwort. „Ja, auch. Du kennst mich. Ich bin eigentlich verbunden mit Amrum, dass ich mir kein Leben ohne die salzige Brise und vor allem ohne frische Fischbrötchen vorstellen kann. Aber einmal im Jahr“ geriet Abbo Nissen beinahe ins Schwärmen. „Einmal im Jahr, da zieht es mich fort. Aufs Festland. Und weißt du warum?“ „Nee, weiß ich nicht“, erwiderte Larsen. „Nu erzähl schon.“ „Anfang Mai, da ist Weltfischbrötchentag in Travemünde“, klärte Nissen seinen Kollegen auf.

„Ach, Nissen, du alter Inselkrieger“, meinte Larsen. „Klar weiß ich doch, dass du überall nur dann auftauchst, wenn dein kulinarischer Kompass nach einem perfekten Fischbrötchen ruft. Ich musste schmunzeln, als du neulich meintest, ein Dienstauftrag sei ‚nur eine Ablenkung‘ von deinem wahren Lebensinhalt.“ „Du weißt, was ich meine, Larsen. Während du dich um Akten und Fälle kümmerst, schwingt mein Herz immer dann höher, wenn der Duft von frisch gebackenen Brötchen und mariniertem Fisch in der Luft liegt. Ein echter Festtag für die Seele. Da ziehe ich alle Register.“

„Ja, ich erinnere mich noch an all die Geschichten, die du mir von früher erzählt hast, als du dich schon als junger Polizist heimlich zur Fischbrötchen-Akademie in Travemünde 'eingeschrieben' hast. Heute lachen wir darüber, und ich weiß genau, dass du jede Minute dieser kleinen Auszeiten genießt. Aber vergiss nicht, auch wenn du dem Ruf des Fischbrötchens folgst, bleibst du immer ein zuverlässiger Partner in unserem Team."

„Versprochen, mein Freund. Amrum bleibt mein Zuhause", sagte Nissen und war über das, was Larsen gerade gesagt hatte, beinahe beschämt. „Aber wenn es um die Kunst des perfekten Fischbrötchens geht, trete ich jedes Jahr aufs Festland. Und wer weiß, vielleicht bringen wir eines Tages sogar diese Leidenschaft in einen Fall ein. Schließlich sind kulinarische Genüsse manchmal der Schlüssel zur Aufklärung, nicht wahr?"

„Na, wenn das mal nicht ein Fall fürs kulinarische Ermittlerteam wird! Aber mach dir keine Sorgen, Nissen, solange du glücklich bist, freue ich mich mit dir", antwortete Larsen und lächelte. Abbo Nissen war stolz, einen solchen Freund zu haben. Nach diesem freundschaftlichen Gespräch hatten beide das Bedürfnis, endlich nach Hause zu gehen. „Sag mal, Hauke. Was macht eigentlich der Whistleblower, dieser… wie hieß der noch mal?", fragte Nissen noch. „Hast du noch mal irgendwas gehört?"

„Nee. Hab ich nicht. Lars Becker hieß der. Ich glaube auch nicht, dass wir darüber informiert werden. Ich hoffe für ihn, dass die Strafe nicht allzu hoch ausfällt. Immerhin hat er am Ende eingesehen, dass es falsch war, was er gemacht hat. Außerdem hat er maßgeblich dazu beigetragen, dass die wahren Täter hinter Schloss und Riegel kommen. Hoffe ich jedenfalls." „Hauptsache, du bist raus", meinte Abbo Nissen. „Noch wichtiger, Abbo, unsere Insel. Die rührt so schnell keiner mehr an.“ „Da hast du wohl recht, Hauke.“ „Sag ich doch.“

Kapitel 40

Am nächsten Abend, als endlich alles vorüber war, der Wind über das weite Wattenmeer wehte und das Regenlied gegen die alten Fenster seines Elternhauses prasselte, saß Polizeihauptkommissar Larsen in dem schlichten Wohnzimmer, das zugleich Heimat und Archiv der Familiengeschichte war. Das flackernde Licht des Kamins beleuchtete die feinen Linien im Gesicht seiner Eltern, als sie sich, beisammen in einem Moment zärtlicher Erinnerung, dazu bereit erklärten, ihre längst vergangenen Erlebnisse zu teilen.

„Weißt du, Hauke“, begann seine Mutter mit leiser, aber fester Stimme, „Wir sind froh, dass alles doch noch gut ausgegangen ist. Aber, bei all dem Leid, was man dir in letzter Zeit angetan hat, gibt es etwas, das uns in noch größere Sorge versetzt. Immer öfter hört man in den Nachrichten, dass es wieder Krieg geben könnte. Die Auswirkungen eines möglicherweise bevorstehenden Dritten Weltkriegs würden alles Bisherige in den Schatten stellen. Wir gehören zu einer Generation, die, wenn auch als Kinder, noch die Ereignisse von vor 80 Jahren in Erinnerung haben. Als der Zweite Weltkrieg endlich zu Ende war, waren wir kaum alt genug, um die Welt richtig zu verstehen.“

Ihre Augen, in denen sich das schwache Glimmen vergangener Tage spiegelte, suchten den Blick ihres Sohnes. „Damals waren wir nicht in der Lage, die lauten Schreie oder den Donner der Bomben zu begreifen – wir spürten nur, wie die gewaltige Angst und Unsicherheit unsere kleinen Seelen füllten. Hier auf der Insel sind die Menschen in Krisenzeiten zusammengekommen – ob beim gemeinsamen Abendessen, um Nachrichten auszutauschen oder durch stille, gegenseitige Hilfe in Notlagen. Dieser lokale Widerstand war weniger politisch als ein Ausdruck unseres Überlebenswillens." Sie schluchzte, als sie das sagte.

Sein Vater, der bis dahin in nachdenkliches Schweigen gehüllt gewesen war, fügte mit brüchiger Stimme hinzu: „Die Tage nach dem Krieg waren ein Kampf, selbst für uns Kinder. Wir verirrten uns in Träumen, die so fremd wirkten wie die zerstörten Fassaden unserer kleinen Ortschaft. Es gab ja kaum noch was. Die Lebensmittel waren knapp, kaum Medikamente oder Brennstoff. Die Menschen waren gezwungen, eng zusammenzuarbeiten, aber auch immer wieder an ihre Grenzen zu gehen. Dennoch habe ich gelernt, zwischen den Trümmern Trost zu finden – in den flüchtigen Momenten von Lachen und im Teilen unseres wenigen Trostes untereinander."

Larsen, der allmählich verstand, dass die Schatten der Vergangenheit auf Amrum tiefe Wurzeln hatten, hörte gebannt zu. Die Erzählungen seines Vaters und das zärtliche Bedauern seiner Mutter vermischten sich zu einem lebendigen Mosaik von Erinnerung und Schmerz, aber auch von jener zarten Hoffnung, die selbst in den dunkelsten Stunden nicht vergehen konnte. Dabei wurde ihm klar, dass jene turbulenten Zeiten – so jung erlebt – den Grundstein für die Stärke gelegt hatten, die er heute als Polizeihauptkommissar in sich trug.

In jenem Augenblick schien die Zeit aufzuhören, als wären die Worte seiner Eltern zu stummen Zeugen, die sowohl den Verlust als auch den Neuanfang jener Ära in sich trugen. Die Geschichten von fernen Bomben, verstörten Nächten und dem unerschütterlichen Zusammenhalt der Kinder, die sich in der Unsicherheit der Nachkriegszeit gegenseitig Halt gaben, ließen ihn tiefer über die Einflüsse seiner Herkunft und die unerschütterlichen Wurzeln der menschlichen Widerstandskraft nachdenken.

So verwoben sich in diesem Raum – im Herzen von Amrum – nicht nur die Vergangenheit und Gegenwart, sondern vor allem das stille Versprechen, dass selbst die verletzlichsten Erinnerungen zu einem Fundament werden konnten, auf dem mutige Seelen ihre Zukunft errichteten. Die Worte seiner Eltern eröffneten ihm einen Blick in diese mystische Welt der vernarbten, aber widerstandsfähigen Kindheit, die ihn auch jetzt noch leitete und inspirierte.

Amrum fungierte als ein konzentriertes Abbild der großen gesellschaftlichen Umwälzungen – ein Mikrokosmos, in dem Kriegstraumata auf intensive Weise erlebbar wurden. Die Bewohner der Insel standen dem Krieg nicht nur als geografisch isolierte Gemeinschaft gegenüber, sondern als eine Einheit, in der jeder Verlust, jede Angst und jedes kleine Zeichen des Überlebens spürbar wurde.

In diesem Mikrokosmos wirkten sich Kriegstraumata auf mehreren Ebenen aus. Zum einen war da die direkte, emotionale Verarbeitung: Die Erlebnisse – seien es berührte Familiengeschichten, wie die von Larsens Eltern, oder stille Momente des Gedenkens – ließen tiefe Spuren in den individuellen Seelen zurück. Die Kinder, die den Krieg als unfassbaren Bruch in ihre Kindheit erlebt hatten, wuchsen in einem Klima der Unsicherheit auf, in dem sich die Narben der Vergangenheit in den alltäglichen Gesprächen und Ritualen widerspiegelten.

Zum anderen führte der kollektive Austausch über diese traumatischen Erlebnisse zu einer neu definierten Gemeinschaftsidentität. Auf Amrum verband sich der Schmerz über den Verlust von Angehörigen und das Zerbrechen alter Ordnung mit der Fähigkeit, zusammenzustehen und neue Hoffnung zu schöpfen – etwa in den gemeinschaftlichen Gedenkstunden oder den mühevoll restaurierten Orten der Erinnerung. So wurden die individuellen Traumata zu einem Teil des kollektiven Gedächtnisses, das sowohl belastet als auch stärkte.

Schließlich zeigte sich, dass der Mikrokosmos Amrum auch in seiner kulturellen und sozialen Dynamik all jene Ambivalenzen barg, die in größeren Gesellschaften oft diffundiert und anonym erschienen. Die kleinen Geschichten und Zeichen – von verblassten Fotos in staubigen Alben bis hin zu den leisen Worten, die in stillen Wohnzimmern ausgetauscht wurden – machten deutlich, wie Kriegserfahrungen auf lokaler Ebene zu einem Spiegelbild universeller menschlicher Erfahrungen gelangten. Diese Verdichtung von Erlebtem und Erinnern bot nicht zuletzt auch Chancen zur Verarbeitung, da sie das Fundament für einen erneuerten sozialen Zusammenhalt bildete.

Die Erinnerungen wurden wieder wach und sein Vater erzählte Larsen von einem Ereignis, das er nie vergessen hatte. Es war am 10. Juli 1944. Das Datum hatte sich eingebrannt. Damals kam es zum schlimmsten Ereignis des 2. Weltkriegs für die Inseln Föhr und Amrum. Das WDR-Passagierschiff „Kapitäne Christiansen“ wurde von einem britischen Kampfbomber beschossen. Bei dem Angriff starben an Bord der "Kapitäne Christiansen" elf Menschen, 23 weitere wurden teilweise schwer verletzt. Larsens Vater hatte alles mit angesehen.

Benannt war die Fähre nach den Brüdern Christiansen. „Für uns Kinder waren das Helden. Friedrich Christian Christiansen und seine Brüder kamen aus einer Kapitänsfamilie. Schon mit 16 Jahren ist er schon nach Südamerika gesegelt. Nach dem Ersten Weltkrieg war er, glaube ich, Flieger und Kommandant der Do-X, einem Flugboot, das auf dem Wasser starten und landen konnte. Auf den Tragflächen waren zwölf riesige Propeller. Es war damals das größte Flugzeug der Welt. Und so weiter. Jedenfalls wurde die Fähre nach ihm und seinen Brüdern benannt."

Kapitel 41

Larsens Mutter ging zum Schrank und holte ein Tagebuch der Großmutter heraus und legte es ihm in die Hand. Darin fand Larsen einen Eintrag, der, beinahe poetisch, einen Tag gegen Ende des Zweiten Weltkrieges beschrieb:

„In den frühen Morgenstunden, als das fahle Licht des Tages zögerlich über dem endlosen Meer aufstieg, lag Amrum fast gespenstisch still. Die salzige Brise, die über die uralten Deiche wehte – Deiche, die schon viele Stürme mitgetragen hatten – schien auch die Schatten vergangener Tage mit sich zu tragen. Auf den schmalen Pfaden, die hinunter zum Hafen führten, stand manch einer mit sorgenvoller Miene, als ob jeder Schritt nicht nur den Weg, sondern auch das schwere Erbe des Krieges begriff.

Der alte Fischer Onno Larsen, Hauke Larsens Urgroßvater, dessen wettergegerbtes Gesicht von einem halben Jahrhundert auf See erzählte, lehnte mit zitternden Händen an der rauen Klippe. Sein Blick glitt über das aufgewühlte Meer, dessen Wellen wie unruhige Geister in die

Ferne ragten. „Jeder Wellenschlag", murmelte er leise, als könne er darin die verlorenen Stimmen derer vernehmen, die der Krieg in die Ferne gerissen hatte. Für Onno war das Meer nicht mehr nur die Heimat seines Lebens, sondern auch ein stiller Zeuge des unaufhaltsamen Verlusts und des sich verändernden Schicksals seiner Heimat.

Im Herzen des kleinen Dorfes Steenodde, in einer bescheidenen Gaststube, fanden sich die Bewohner zum Austausch ihrer Ängste und Hoffnungen. Zwischen gedämpftem Kerzenlicht und den schweren Schatten der Vergangenheit saß Frau Schulte, ihr Blick trüb vor Sorgen. Fest umklammert hielt sie einen Brief ihres Sohnes, der an der Front diente. Mit einer mitfühlenden, aber entschlossenen Stimme sagte sie: „Wir leben in einer Zeit, in der jede Nachricht ein Echo der Zerstörung trägt. Amrum, einst ein Ort des friedlichen Miteinanders, hat sich in einen Ort verwandelt, an dem jede Ecke die Narben des Krieges zeigt." Neben ihr saß ein junger Mann, dessen stiller Blick in die Ferne wanderte – als ob er in den unruhigen Wolken Antworten auf Fragen suchte, die niemand laut auszusprechen wagte. In dieser Mischung aus Ängsten und leisen Versprechen lagen Unsicherheiten, aber auch ein unerschütterlicher Glaube daran, dass selbst in den dunkelsten Zeiten die Menschlichkeit nicht völlig ausgelöscht werden konnte.

Die Fassaden der alten Häuser, bröckelig und von den Spuren der Zeit gezeichnet, sprachen Bände über das, was verloren gegangen war, und über das zarte Aufkeimen neuen Mutes. In jeder vorbeiziehenden Wolke, in jedem Tropfen, der auf das Pflaster fiel, lag die Erinnerung an jene unzähligen Stunden, in denen der Krieg nicht nur an fernen Fronten wütete, sondern direkt in das Herz dieser kleinen Insel eingedrungen war. Die Gemeinschaft –

in ihrer leisen Solidarität, in den tröstenden Armen und dem gemeinsamen Schweigen – formte einen schmalen, aber unerschütterlichen Pfad zwischen Verzweiflung und der Hoffnung auf eine friedlichere Zukunft.“

Larsen klappte das Tagebuch wieder zu. Er fragte sich „Was würde die Menschen auf Amrum und andernorts wohl in Zukunft erwarten?“

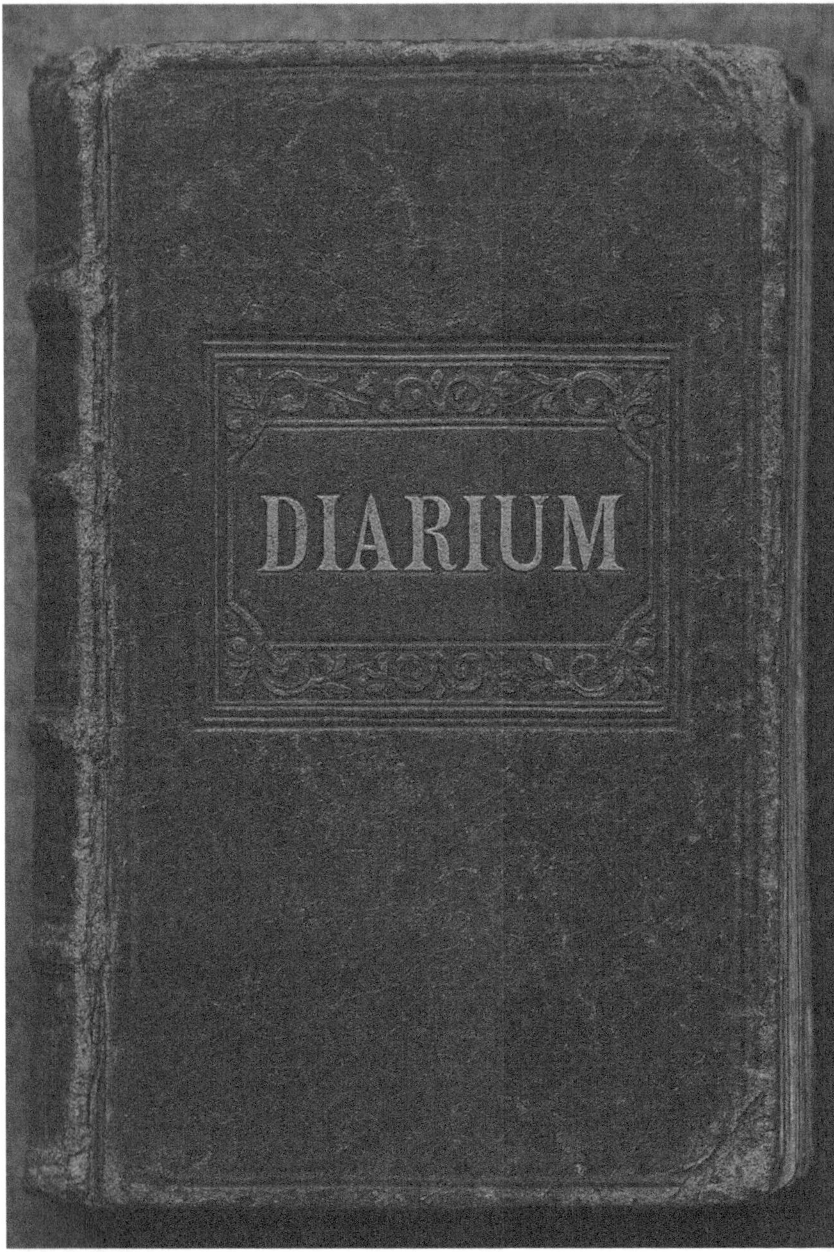
DIARIUM

Kapitel 42

Während der Heimfahrt hing er mal wieder seinen Gedanken nach. Hätte Larsen das alles auch ohne Unterstützung aus Flensburg und Kommissarin Meyerhofer hinbekommen? Diesmal sicher nicht. Rückblickend war die Zusammenarbeit mit der Kollegin auch wieder ganz angenehm. Jetzt war Feierabend. Nun wollte er erst einmal abschalten und den Kopf freibekommen. Jetzt, da die Sache mit dem Golfplatz erledigt und sein Ruf wieder hergestellt waren, gingen er und Bente mit Oskar, ihrem Dackel, an ihrem Lieblingsstrand bei Norddorf spazieren, um wieder ein bisschen zur Ruhe zu kommen, wobei, eigentlich wie jedes Mal, nicht ganz geklärt war, wer mit wem spazieren ging. Sie mit Oskar oder er mit ihnen, hier, auf seiner geliebten Insel - Sin Öömrang lun.

Eewen an aleewen

(Langsam und ständig)

- Gut Ding will Weile haben -

ISBN 978-3-8197-2319-3

9 783819 723193 00002

www.epubli.com